Seulement si

MAGALI
INGUIMBERT

Ce livre est une fiction. Toute référence à des évènements historiques, des personnages ou des lieux réels serait utilisée de façon fictive. Les autres noms, personnages, lieux et évènements sont issus de l'imagination de l'auteure, et toute ressemblance avec des personnages vivants ou ayant existé serait totalement fortuite.

Collection New Romance ® créée par Hugues de Saint Vincent, dirigée par Arthur de Saint Vincent
Ouvrage dirigé par Sylvie Gand
Photo de couverture : Kateryna Soroka – Tetra images/GettyImages
Couverture : Camille Decoster

34-36 rue La Pérouse
75116 PARIS
www.hugoetcie.fr

ISBN : 9782755644821
Dépôt légal : février 2020
Imprimé en France par CPI Brodard et Taupin - N° d'impression : 3037558

NEW ROMANCE®

Seulement si

MAGALI INGUIMBERT

TOME 2

Hugo Roman

À ma bonne étoile. Hugues de Saint Vincent.

Chapitre 1 – Alyssa

1 643e jour.

C'est presque devenu un rituel. Dès que j'ouvre les yeux, je sais que c'est une croix supplémentaire à cocher sur le calendrier. Un jour de plus, seule. Encore une minute, une seconde qui m'éloigne davantage de lui. Peu importe si c'est un rêve que je quitte… Quand le jour se lève, le poids sur ma poitrine reprend sa place.

Tout reprend sa place.

Cinq années se sont écoulées et le vide est toujours aussi grand… Aussi profond… Comme si le temps creusait mon âme au couteau chaque jour que Dieu fait. Je m'efforce de sortir de mon lit, le chagrin comme un nuage au-dessus de la tête. Je regagne la cuisine désespérément vide, Caroline a dû partir plus tôt au travail. Attendant que mon café coule, je lève les yeux sur le frigo et y trouve son Post-it.

Si tu le construis, il viendra.

Depuis que nous avons emménagé dans ce loft, elle joue à ce petit jeu, me laissant une réplique de film en guise de bonjour. Parfois, je les comprends, mais parfois, comme aujourd'hui, je me demande à quoi elle peut bien penser pour me laisser un mot pareil. Malgré tout, c'est mon sourire de la journée, ma parenthèse, et je reconnais que c'est devenu un moment que j'attends chaque matin depuis maintenant six mois.

Le diplôme en poche, nos opportunités professionnelles nous ont guidés vers New York. Joey a décroché un stage dans la prestigieuse Juilliard School[1] et Caroline dans la *New York Library*[2]. Quant à moi, j'ai effectué plusieurs stages chez Williams&Fields, célèbre cabinet d'avocats dans la ville où l'on ne dort jamais, à l'issue desquels je me suis vu offrir un poste à plein temps. Si je considère cette ville comme un simple port d'attache, il va falloir que je m'arme de patience pour que ce jour arrive.

En attendant, je cohabite avec mes amis. On peut concéder à Caroline sa force de persuasion. Je sais qu'elle se fait du souci, et m'avoir près d'elle lui permet de toujours garder un œil sur moi. Après mes études, c'est maintenant mon travail qui est devenu mon exutoire. Je ne compte pas mes heures, tout ce que je désire, c'est gravir les échelons le plus vite possible et que l'on m'offre ce pourquoi je travaille si dur : devenir avocate associée. C'est ça la clé, ou plutôt mon billet pour le tour du monde. Au cours d'un de mes stages d'été, j'ai déjà fait mes preuves. L'une des affaires que j'ai traitées a fait jurisprudence et j'en suis très fière. Je ne doute pas de mes capacités, j'attends simplement que l'on m'offre ma chance et je sais que ça viendra. C'est une nécessité, mais pour le moment, je suis cantonnée à la paperasse et à des affaires sans importance.

Un coup d'œil à l'horloge sur le mur de la cuisine m'informe que je suis déjà en retard. Je finis mon café

1. La Juilliard School est une école privée de spectacle de New York de réputation internationale.

2. La *New York Public Library* est un réseau de bibliothèques publiques situé à New York. Avec près de cinquante-trois millions de documents, elle est la deuxième plus grande bibliothèque publique des États-Unis, derrière la Bibliothèque du Congrès.

à la hâte, pose ma tasse dans l'évier et file rapidement me préparer. Lorsque j'ouvre ma penderie, je regarde tous mes tailleurs, qui sont dans différents tons de gris et de noir. *Tous ternes.* Aucune faute de goût et une bonne présentation assurée. Dans mon placard, c'est pareil, une bonne vingtaine de chemisiers blancs impeccablement repassés. Je me saisis d'un et cours dans la salle de bains. Une fois ma tenue parfaitement ajustée, je me contemple dans le miroir.

Maquille-toi, ma vieille, et ne lésine pas ! râle ma conscience.

Je tire d'abord mes cheveux en chignon puis mets un peu de blush sur mes joues, de l'anticerne, du mascara, et le tour est joué. Mes collègues n'ont pas besoin de lire sur mon visage la vie chaotique que je mène à l'extérieur. Le dernier accessoire qui me permet de faire illusion sont mes lunettes. Personne ne sait qu'elles sont factices, elles me servent simplement à me barricader, comme si elles empêchaient les gens de lire dans mes pensées. Me voilà fin prête. J'attrape rapidement ma mallette sur le canapé et claque la porte.

Aujourd'hui, pas le temps pour ma marche quotidienne. Au bas de l'immeuble, je hèle un taxi en espérant qu'il ne se fasse pas prier et l'un d'eux s'arrête enfin à ma hauteur. Je saute à l'intérieur. Après lui avoir indiqué l'adresse du cabinet, je profite de ces quelques minutes de répit pour m'enfermer dans ma bulle. J'ouvre ma mallette, y prends mon iPod et mets mes écouteurs dans mes oreilles, le volume à fond. *Rest of My Life* [3] résonne et, comme chaque fois que je l'écoute, j'ai l'impression de vivre pendant trois minutes et dix-neuf secondes. Caroline dit toujours :

« *Si tu pleures, regarde toujours vers le haut pour ne pas massacrer ton maquillage* », c'est un conseil que je connais à la perfection.

3. *Rest of My Life*, titre inédit interprété par Bruno Mars, en mai 2016, dans la 2e saison de *Jane the Virgin*, mais écrit depuis des années par le chanteur. Ce titre ne fait partie d'aucun de ses albums.

Lorsque mon chauffeur s'arrête devant la tour de verre griffée *W&F*, il est déjà temps de sécher mes larmes. Juste une seconde pour prendre une profonde inspiration et le lion est lâché dans l'arène. En arrivant au quarante-huitième étage, je salue poliment chacun de mes collègues avant de regagner mon bureau. On est loin du cadre idyllique avec une vue imprenable sur tout New York ! Un simple box que je partage avec Steve, un gars qui passe son temps à mâchouiller son stylo et dont les auréoles gigantesques sur ses chemises font sa réputation. Je pose mes affaires sur mon bureau à la décoration très… clinique et allume mon ordinateur. Je vais pour me plonger dans l'un de mes dossiers quand mon téléphone se met à sonner.

– Alyssa, monsieur Williams veut te voir dans son bureau tout de suite, m'informe Gina, la standardiste, dans le haut-parleur.

– Cet entretien n'était pas prévu. Il y a un problème ?

– Le meilleur moyen de le savoir, c'est de t'y rendre sur-le-champ.

Je raccroche, un peu abasourdie. *Est-ce que l'un des dossiers que j'ai remis aux associés comporte des erreurs ?* Je me dirige vers l'antre du grand patron d'une démarche mal assurée. Devant les portes imposantes se trouve le bureau de sa secrétaire.

– Bonjour, je suis Alyssa Conrad. Monsieur Williams a demandé à me voir.

– Un instant, je vous prie.

Je reste bien droite devant elle, essayant de maîtriser ma respiration.

– Vous pouvez y aller, il vous attend.

Je pousse la porte et pénètre dans ce bureau aussi spacieux que luxueux. Des tableaux ornent les murs et une énorme bibliothèque trône contre le mur du fond. La cloison derrière mon patron est recouverte de nombreux diplômes, ce qui est assez impressionnant.

– Mademoiselle Conrad, venez donc vous asseoir, m'intime mon responsable.

C'est un homme d'une soixantaine d'années qui a de faux airs de Richard Gere avec ses cheveux grisonnants. Il est très classe dans ses costumes hors de prix. Mais je crois que ce qu'il y a de plus intimidant chez lui, c'est sa réputation… un vrai requin. Personne n'a envie de s'y frotter dans un tribunal et c'est suffisant pour m'inspirer le plus grand des respects. Je prends place dans l'un des fauteuils face à lui et m'empresse de demander :

– Il y a quelque chose qui ne va pas dans mon travail ?

– Oh non ! Pas du tout ! Vous faites du très bon travail, Alyssa. Je peux vous appeler Alyssa ?

– Bien sûr.

– Non. Si je vous ai fait venir, c'est parce que j'ai un souci.

– Quel genre de souci ?

– J'ai une affaire très importante qui doit être réglée rapidement, seulement Carl est en Bolivie et Georges à Dubaï. Quant à Carol, elle est en congé maternité. J'ai besoin de quelqu'un de compétent pour ce dossier. Tout le monde ici reconnaît votre professionnalisme, alors j'ai pensé à vous.

– À moi… Pourquoi ? Que voulez-vous que je fasse au juste ?

–Vous allez partir demain pour les Philippines !

– Les Philippines ?

–Vous avez bien entendu. L'un de nos clients s'est fait arrêter à la douane de l'aéroport avec une quantité de drogue assez importante. Il clame son innocence, mais il a parfois le don de se mettre dans des situations inextricables.

–Vous le connaissez ?

– Oui… Oui… C'est un client du cabinet, répond-il un brin hésitant. Enfin ! Est-ce que je peux compter sur vous ?

– Évidemment.

– Ravi de l'entendre. Vous trouverez le dossier sur votre bureau dès que vous quitterez le mien. Je compte sur votre discrétion, naturellement.

– Vous pouvez me faire confiance.

– Parfait ! Dans ce cas, je ne vous retiens pas.

Alors que je me lève pour regagner la sortie, je me souviens de ce qu'implique un départ précipité et, malgré mes ambitions, je ne peux pas manquer ce rendez-vous. Je m'arrête donc sur le pas de la porte et me retourne pour faire face à mon patron.

– Une dernière chose, monsieur Williams.

– Je vous écoute.

– Je sais que c'est sans doute déplacé de vous demander cela, mais est-il possible de repousser mon départ à lundi ?

– Obligation familiale ? dit-il en regardant mon alliance.

– On peut dire ça, réponds-je en tournant nerveusement ma bague autour de mon annulaire.

– Alors dans ce cas… Je vais demander à ma secrétaire de vous réserver les vols à la première heure, lundi matin.

– Entendu. Merci.

Un simple hochement de tête de sa part et je repars vers mon poste de travail, le rêve de parcourir le monde au bout des doigts.

***

Effectivement, à mon retour, le dossier est sur mon bureau, avec un énorme tampon « CONFIDENTIEL » dessus. Je m'empresse d'en prendre connaissance. Un léger sentiment d'excitation s'empare de moi et ce n'est pas pour me déplaire. Mon client se prénomme Chase Cooper, et en tapant son nom dans Google, je comprends rapidement pourquoi tout cela doit rester secret. Il n'est autre que le capitaine des *Giants*, l'équipe de football américain de New York. Je regarde le chef d'inculpation dans son dossier.

Il s'apprêtait à reprendre l'avion pour rentrer au pays en jet privé quand, au contrôle de la douane, le chien a reniflé de la drogue dans son sac de voyage, une sacrée quantité. Depuis, il est incarcéré à la prison de Quezon City, dans la banlieue nord de Manille. Ça va faire maintenant dix jours. Je passe le reste de ma journée à étudier l'affaire. Le Code pénal philippin est clair : mon client encourt une peine d'emprisonnement à vie. J'envoie aussitôt un mail à l'ambassade américaine pour annoncer ma venue, demander l'appui d'un avocat pénaliste local ainsi qu'un traducteur. Le soleil rase déjà l'horizon quand je décide de rentrer à la maison.

★★★

Caroline est installée sur le canapé, un livre entre les mains. Sans attendre, je me dirige vers le frigo, sors une bouteille de vin et lui demande sans me retourner.

– Joey rentre bientôt ?

– Je dois le rejoindre, on boit un verre avec Kyle et Robbie. D'ailleurs…

Elle s'interrompt quand elle voit la bouteille que je tiens.

– On fête quelque chose ?

– Ça y est ! J'ai ma première affaire ! Je pars pour les Philippines !

– C'est pas vrai ?

– Siiiiii ! souris-je.

– Oh ! Je suis si heureuse pour toi !

Elle s'approche de moi et me prend dans ses bras. Nous trinquons à ma réussite et je lui confie tous les détails de mon entretien inattendu, en prenant soin de ne jamais mentionner le nom de mon client.

– Et tu pars quand ?

– Lundi.

Elle se racle la gorge.

– Et ce week-end... Tu vas... hum... à...

– Oui, l'interromps-je.

– Alyssa... Quand vas-tu arrêter de faire ça ?

– Je n'en sais rien.

– Tu vois bien que ça ne t'apporte rien.

– Si. Au contraire...

Je me lève, pose mon verre à pied dans l'évier et me dirige vers ma chambre sans un mot quand sa voix retentit dans mon dos.

– Je pensais que... peut-être... ce soir... tu pourrais te joindre à nous ?

– Je suis fatiguée.

– Ça va te faire du bien... Allez...

– Non, je te remercie. J'ai encore du travail. Amusez-vous bien.

Elle n'insiste pas, me sourit timidement, et je m'enferme dans ma chambre en m'adossant à la porte avant de lâcher un soupir. Je me gratte le front machinalement et ferme les yeux un instant. Comment puis-je être aussi près de mes amis et me sentir aussi loin ? Pour mes parents, il y a la distance géographique, mais lorsque nous sommes dans la même pièce, j'ai le sentiment d'être à mille lieues d'eux. Ils ne me comprennent pas, ils pensent que me bousculer me sortira de mon coma sentimental, mais ils n'ont pas saisi que c'est mon refuge. Seule, plongée dans mes pensées, c'est l'unique endroit où je me sens bien. Travailler sert uniquement à occuper le reste de mon temps et j'y trouve mon compte. Je vois bien dans les regards de mes proches que personne n'y croit. Ils cherchent par tous les moyens à me ramener à leur vie conventionnelle, comme si mon deuil avait une date de péremption. Il n'en a pas, il sera toujours là. Aujourd'hui, c'est comme s'il était devenu mon homme de compagnie. Où que j'aille, il est là, fidèle, comme mon ombre. Je me demande à quel moment Rose a décidé de lâcher la main de Jack. Moi, j'en suis bien incapable. Luke n'est peut-être pas là physiquement, mais ma douleur le ramène à moi chaque jour. Et si les gens ne peuvent pas le comprendre, alors, je la choisis, elle. Cette nuit-là, je m'endors comme chaque soir, mon oreiller trempé de larmes, et dans le cœur le rêve de pouvoir le sentir à nouveau.

Le vendredi soir, après mon travail, mon baluchon sous le bras, je pars en direction de Central Park. Je passe les portes du *Park Lane Hotel* [4] et me dirige vers l'accueil.

– Mademoiselle Conrad, bonjour. La 1608, comme d'habitude ?

– Comme d'habitude, réponds-je en me forçant à sourire.

Je monte les quelques étages et me dirige vers ma chambre. Rien que le numéro gravé sur la porte me fait frissonner. Lorsque je l'ouvre, cette odeur… Ce n'est que cela que je viens chercher ici. Rien n'a bougé. Le sofa, le dessus-de-lit, la télé posée là. Une fois par mois, je retourne dans cette chambre, celle qui a abrité tant de souvenirs. Tout est à sa place comme si chaque objet était figé à l'heure où notre amour était à son apogée. Je pose mon sac et me jette sur le lit, hume à plein nez l'odeur de ces oreillers restée intacte. Je pourrais demander à la gouvernante quelle est la marque de lessive qu'elle utilise, mais j'ai peur qu'à trop respirer ce parfum je finisse par oublier ce qu'il me fait ressentir. Je ferme les yeux et je revois son sourire parfait, sa fossette que j'adorais embrasser, je pourrais presque l'entendre rire. Quand je prends ma douche, je ferme les yeux et je sens ses mains sur mon corps. Ce sont les deux jours par mois où je suis sereine, tout simplement. Venir ici m'apporte un certain réconfort. Chaque centimètre carré de cette pièce me ramène à lui, à l'époque où je me sentais vivante. Je ne fais rien de spécial, je commande toujours

---

4. *Park Lane Hotel* : hôtel de New York où Luke et Alyssa ont passé leur première nuit d'amour ensemble, après avoir assisté au concert de Bruno Mars (cf. *Si seulement*, livre de la même auteure).

le même room service, je descends chercher des *fortune cookies* que je lis en regardant la télé. C'est dans des moments comme celui-là que je me sens près de lui. C'est ma façon d'exister, après lui…

★★★

Lorsque le réveil sonne, le lundi matin, je me masse la nuque pour tenter de chasser cette mélancolie qui reprend peu à peu possession de moi. Mais rien n'y fait, c'est comme une seconde peau. Je rassemble mes affaires, et alors que je m'apprête à passer les portes du grand hall, Ryan, le maître d'hôtel, a ce regard empli de sympathie, teinté de tristesse. Il sait ce qui me pousse à venir si souvent et je le remercie silencieusement de ne pas essayer de me consoler avec des phrases toutes faites.

Je passe rapidement à l'appart et à six heures trente un taxi m'attend au bas de mon immeuble pour me conduire à l'aéroport, destination les Philippines. Là-bas, la situation est bien engagée. L'ambassade a été très réactive, j'ai rapidement été mise en relation avec le cabinet Attyrod, à Manille. De mon côté, j'ai étudié le rapport de police, les déclarations de mon client, son itinéraire, le témoignage du réceptionniste de l'hôtel. Encore quelques formalités sur place et mon client devrait ressortir libre dans les jours à venir. J'ai rendez-vous à l'ambassade dès mon arrivée pour discuter de cette affaire, et ensuite, j'irai voir monsieur Cooper en prison, mais pour le moment, je vais revoir quelques détails pendant les vingt heures de vol.

Plusieurs jours après mon arrivée, nous avons enfin de bonnes nouvelles. Dès le début, mon confrère et moi-même avons rencontré nos premières difficultés au poste de police. À leurs yeux, mon client était un simple trafiquant pris la main dans le sac. Alors on nous a baladés d'un bureau à un autre, nous laissant poireauter des heures durant à l'accueil dans un unique objectif: nous voir baisser les bras. Mais c'était mal me connaître. Sur les conseils de mon confrère, j'ai engagé un détective privé qui s'est avéré redoutable. Très vite, le puzzle s'est reconstitué et la thèse du coup monté s'est confirmée, mon client étant seulement la victime d'une terrible machination. Un dossier solide sous le bras, j'ai obtenu une entrevue avec l'ambassadeur. Au regard des preuves irréfutables, un mandat d'arrêt a été lancé contre les vrais responsables. Monsieur Cooper a eu beaucoup de chance qu'on puisse découvrir la vérité. Sans cette arrestation, la police tenait un coupable parfait en la personne de mon client. Depuis l'investiture de Duterte, le pays livre une véritable guerre au trafic de drogue et Chase Cooper aurait été l'exemple parfait de cette nouvelle politique.

J'attends devant le parloir qu'on veuille bien me laisser entrer. Grisée par ma victoire, je suis le gardien. Lorsqu'il m'ouvre enfin, je suis stoppée net dans mon élan, happée par mon client qui se tient assis devant moi. Il n'a rien à voir avec l'homme qui figure sur les photos. Sa barbe cache la moitié de son visage et fait ressortir ses yeux cernés. De toute évidence, il n'a pas pris de douche depuis plusieurs jours. Son tee-shirt n'est plus vraiment blanc. Il a le regard égaré et son désespoir me noue la gorge. J'essaie de déglutir, mais j'en suis incapable. Je ferme un instant les paupières, essayant de ne pas me laisser gagner par l'empathie, convaincue que c'est la seule raison capable de me mettre dans un tel état. *Fais preuve de discernement, bon sang!* Le maton fait un bruit avec la chaise métallique et l'homme cligne alors des yeux, sa fragilité a disparu. Il m'observe et son visage se durcit, sa mâchoire se crispe et je reste là, pendant qu'il me dévisage amèrement.

– J'avais demandé un ténor du barreau pour me sortir de là! À vous regarder, je pourrais moucher le lait qui vous sort encore des narines!

Son agression me frappe de plein fouet et me ramène sur Terre sur-le-champ. Mon altruisme s'envole en un battement de cils. Je me racle la gorge pour reprendre un peu contenance et enfile le masque d'Alyssa, l'avocate.

– Monsieur Cooper, permettez-moi de vous corriger. Pour votre gouverne, je suis sortie major de ma promotion et j'ai déjà, au cours de mes stages, gagné une affaire qui fait jurisprudence aujourd'hui. Concernant votre dossier, je suis venue vous dire en personne que vous étiez sorti d'affaire. La prostituée, qui a mis dans vos valises la drogue pour laquelle vous avez été arrêté, vient d'être incarcérée. Elle et son dealer de petit ami n'en étaient pas à leur coup d'essai. Il vous suffit de confirmer son identité sur les photos que j'ai dans ce dossier. Maintenant, si vous souhaitez changer d'avocat, c'est votre droit. Mais votre sortie risque d'être repoussée. Remarquez, vous avez l'air de vous plaire, ici, dans dix mètres carrés à partager avec de nombreux détenus…

Il m'observe sans mot dire, essayant de jauger l'exactitude de mon compte rendu. J'essaie de ne pas laisser son regard hypnotique me déstabiliser. Je remonte nerveusement mes lunettes sur mon nez, persuadée que c'est mon rempart pour l'empêcher de lire en moi, et je m'accroche à mes compétences inébranlables.

Tu peux y aller, mon petit ! Je connais mon métier sur le bout des doigts.

Quelques secondes après, qui me paraissent une éternité, il me fait signe de m'asseoir.

J'ouvre mon dossier sans tarder et lui présente plusieurs photos. Il les examine quelques secondes et finit par relâcher un soupir sans doute coincé depuis qu'il est entré ici et ses épaules s'affaissent de soulagement. Les traits de son visage commencent à s'adoucir peu à peu et j'entrevois même un début de sourire se dessiner sur ses lèvres. Ses yeux se rivent aux miens, une lumière fugace illumine son regard un court instant et me met aussitôt mal à l'aise.

– Je vous prie de m'excuser, c'est juste que…

– Monsieur Cooper, reconnaissez-vous cette jeune femme sur les photos ? le coupé-je.

Inutile de se confondre en excuses, ce n'est pas la dernière fois que j'aurai droit à ce genre de réflexion.

Il regarde les clichés sous ses yeux, avec attention.

– C'est bien elle, je suis formel, mais je ne savais pas que c'était une… Euh… Vous voyez ?

– Une prostituée ?

– C'est ça.

– Signez ces papiers. Dès que je sors d'ici, je les envoie à l'ambassade et les confie à la justice philippine. Vous devriez être libéré dans la journée, demain matin tout au plus.

Les documents dûment émargés, glissés dans ma mallette, je lui serre la main. Une poignée de main bien trop longue à mon goût alors je retire vivement mes doigts afin de regagner la sortie. Avant de disparaître, j'entends sa voix derrière moi.

– Hey ! Vous ne m'avez même pas dit votre nom.

Je fais volte-face et réponds simplement :

– Maître Conrad.

– Alors, merci, Maître, de m'avoir sorti de là.

Je lui adresse un sourire qui doit plutôt s'apparenter à une grimace, et je pars sans même me retourner. Lorsque je peux enfin respirer l'air extérieur, je m'assieds, lasse, comme si tout mon courage était resté enfermé dans ce parloir. Il me faut quelques minutes pour reprendre mes esprits et regagner la voiture qui m'attend. Mon travail ici est terminé, mais le regard perdu de cet homme et sa détresse repartent avec moi et tournent en boucle dans mon esprit sans que je puisse en comprendre la cause.

Chapitre 2 – Alyssa

1 668e jour.

Quinze jours se sont écoulés depuis mon retour des Philippines. La libération de mon client a fait les choux gras de la presse, et moi, je suis retournée crouler sous la paperasse de mon minuscule et étroit bureau. Je pensais obtenir un peu plus de confiance de la part de mes patrons, mais étant donné que les cadors du cabinet sont de retour, ils ont sans doute moins besoin de moi.

Encore un peu de patience, Alyssa ! Allez…

Alors que j'observe Carl Evans, un des associés, entrer dans son bureau, je me surprends à rêver d'être à sa place. Dans cette somptueuse pièce vitrée, avec une vue imprenable sur tout New York, trônant dans ce superbe fauteuil en cuir. *Qu'est-ce qu'il doit être confortable, ce siège !* La sonnerie du téléphone me fait sursauter.

– Alyssa Conrad.

– Alyssa, monsieur Williams veut te voir dans son bureau.

– Tout de suite ?

– Tout de suite ! me répond sèchement Gina.

Je raccroche et me lève sans attendre. Je respire un grand coup et me dirige vers le bureau de mon patron.

Sa secrétaire étant au téléphone, je patiente en attendant la fin de sa conversation.

– Monsieur Williams veut me voir, bredouillé-je timidement.

– Ils vous attendent. Vous pouvez entrer.

– Ils ? dis-je à haute voix, mais elle ignore ma dernière question et répond à un nouvel appel.

Je frappe maladroitement à la porte et une voix grave à l'intérieur m'intime d'entrer. Je m'exécute sans attendre et vois monsieur Williams, monsieur Fields et deux autres avocats associés du cabinet assis à la grande table.

– Mademoiselle Conrad, entrez donc ! Asseyez-vous, m'invite monsieur Williams.

Je m'exécute en silence.

Sans attendre plus longtemps, mon patron prend la parole :

– Bien. Nous avons demandé à vous voir, car nous avons quelque chose à vous proposer.

J'aurais bien répondu par un hochement de tête ou quelque chose de similaire, mais mon corps semble être en veille.

– Cela fait maintenant six mois que nous vous avons embauchée. Vous aviez déjà fait vos preuves durant vos différents stages, mais nous avons tous été très impressionnés par votre façon de gérer l'affaire Cooper aux Philippines. Vous êtes brillante, mademoiselle Conrad, très brillante.

– Je vous remercie, monsieur Williams, bafouillé-je.

– Nous avons donc discuté de votre carrière au sein de notre cabinet et nous sommes tombés d'accord. Seulement… Il y a une condition.

Mes yeux s'agrandissent, ma gorge s'assèche.

Ça y est ! C'est mon moment !

– Une condition ? répété-je.

– Une condition, oui. Comprenez que nous n'avons jamais promu un avocat associé avec si peu d'ancienneté dans notre cabinet.

En quelques mots, je sens mes épaules s'affaisser sous le poids de la déception.

– Nous avons échangé, beaucoup échangé à votre sujet... Et nous avons trouvé un terrain d'entente. Un avocat doit être détaché pour un poste d'un an à Los Angeles.

– Los Angeles ?

– Oui. D'ailleurs, vous avez déjà travaillé pour ce client et il ne tarit pas d'éloges sur vous. Il s'agit de Chase Cooper. Il prépare sa retraite sportive, il a donc beaucoup de contrats publicitaires, avec les chaînes de télé, etc. Il va falloir le représenter pour toutes les marques et s'assurer que tout soit en règle.

– Mais... Mais... Ce n'est pas ma spécialité, me défends-je.

– Pour une jeune femme qui a mené deux spécialités de front pendant ses études, la rédaction de quelques contrats ne devrait pas trop vous poser de soucis...

– Mais... si... si... je refuse...

– C'est votre droit, mais pour quelqu'un d'aussi ambitieux que vous, une opportunité pareille ne se représentera sans doute jamais. Un logement et une voiture de fonction... Et à votre retour, un poste d'associé dans l'un des cabinets les plus réputés de la ville deviendrait bien plus qu'une éventualité, surtout si votre travail avec Chase Cooper donne toute satisfaction. Réfléchissez bien, mademoiselle Conrad !

– Je... Je... Puis-je avoir un délai de réflexion ?

Monsieur Williams jette un œil aux autres avocats présents, aussi effarés que lui par ma réaction, mais monsieur Fields finit par hocher légèrement la tête et monsieur Williams me fixe à nouveau.

– Je ne vous cache pas que je suis assez surpris par votre hésitation, mais, après tout, pourquoi pas... Nous vous laissons jusqu'à la fin du mois. Cependant, passé ce délai, nous devrons proposer ce poste à quelqu'un d'autre...

Je déglutis avec peine. Toutes ces informations sont difficiles à assimiler.

– Entendu.

– Bien… Je pense que nous avons fini. Nous attendons votre réponse. Ne me décevez pas, mademoiselle Conrad, je mise beaucoup sur vous, vous savez, ajoute-t-il en se levant et en me saluant.

Machinalement, je leur tends la main telle une automate et je retourne vers mon bureau dans cet état quasi léthargique, complètement abasourdie par cet avenir que je désirais tant, mais qui ne prend pas la direction escomptée.

En rentrant, ce soir-là, je découvre Joey sur le canapé en train de regarder un match à la télé, une bière posée devant lui. Aucune trace de Caroline à l'horizon.

– Salut.

Joey me jette un rapide coup d'œil.

– Oh salut ! Ça n'a pas l'air d'aller.

– Ça se voit tant que ça ?

– Prends une bière et viens t'asseoir près de moi, dit-il en tapant du plat de la main l'assise du canapé.

Je m'exécute sans me faire prier. Je porte le goulot à ma bouche alors qu'il est toujours captivé par la télévision.

– Dure journée ?

– Dure journée, répété-je, en guise de réponse.

– Tu veux en parler ?

– Où est Caroline ?

– Dans la salle de bains, ça fait des heures qu'elle y est. Elle ne devrait pas tarder. Enfin… Tu la connais.

– Oh ça, oui ! On devrait enlever les miroirs de cette pièce, ça la pousserait peut-être à sortir plus vite…

– C'est une idée, sourit-il.

Je balance ma tête nonchalamment contre le dossier du canapé, en soupirant.

– Et si tu me disais plutôt ce qui ne va pas ?

– On veut me nommer associée.

– Ce n'est pas ce que tu voulais ?

– Si. Mais on me l'offre à condition que je parte un an à Los Angeles.

– Mais tu as toujours dit que ta vie serait entre deux avions, non ?

– Oui !

– Eh bien… Où est le problème ? Je ne te suis pas.

– Je n'en sais rien… Je…

– Qu'est-ce qui se passe ici ? m'interrompt Caroline.

– Alyssa était en train de me dire qu'on lui a proposé une promotion.

– LA promotion ? Celle que tu convoitais ?

– Oui, celle-là, mais pour ça, elle doit partir un an à Los Angeles et ça semble l'inquiéter.

– Mais pourquoi ? C'est tout ce que tu désirais, dit-elle en venant s'asseoir près de moi.

– C'est si soudain… Et puis ce n'est pas vraiment ce que je voulais… Je vais devoir travailler pour Chase Cooper alors que je suis avocate en droit international, pas d'affaires.

– Chase Cooper ? Chase Cooper, le quarterback des *Giants* ? Ce Chase Cooper-là ? s'excite Joey.

Ses yeux s'arrondissent et il se lève d'un bond, complètement électrisé.

– Chérie, tu te rends compte ? Quand je vais dire ça…

– Tu devrais descendre au sous-sol, je crois que la machine est terminée.

– Mais…

– Ne discute pas ! le gronde-t-elle en lui faisant les gros yeux.

Alors qu'il se dirige vers la porte d'entrée, on entend résonner un « you hou » avant qu'il la claque.

– Un gamin ! conclut ma meilleure amie, avant de reprendre. Si tu me disais vraiment ce qui te chagrine. Je veux dire… Je te connais et je sais que tout ce qui est lié au travail ne t'a jamais fait peur. Au contraire, tu y es toujours allée tête baissée, alors je ne peux pas croire que ce soit ça le problème, il y a autre chose, n'est-ce pas ?

Je passe mes mains sur mon visage comme si ça allait m'aider à prononcer les mots qui s'apprêtent à sortir de ma bouche.

– Je ne veux pas le laisser encore une fois…

– Luke ?

– Tout est ici et me fait penser à lui. Une odeur… Un coup de klaxon… Notre chambre d'hôtel… Notre chanson… Un *fortune cookie*… Tout me ramène à lui. Parfois, je l'imagine même près de moi. Tout ça m'aide à le sentir, tu vois… Si je pars… Son image va disparaître peu à peu et je n'aurai plus rien. Absolument plus rien. Même toi, tu ne seras plus là pour sécher mes larmes. Ici, j'arrive à surmonter mon chagrin… Là-bas…

– Oh ma chérie… Mais Luke, il est partout où tu es, toujours… C'est ta force quand tu te lèves le matin, c'est ta détermination pour survivre à une nouvelle journée et c'est ton soupir de soulagement quand tu t'endors. Il fait partie de toi, et ça, où que tu sois, personne ne peut te l'enlever.

– Alors pourquoi ai-je le sentiment de l'abandonner ?

– C'est un peu comme des béquilles, tu vois. Tu t'appuies sur des souvenirs de vous deux pour continuer d'avancer, mais si tu arrêtais de retourner dans cette chambre d'hôtel tous les mois, ou d'aller au *Magic Square Garden* [5] ou encore d'écouter cette chanson en boucle, toutes ces choses sur lesquelles tu t'appuies, eh bien, tu continuerais à marcher quand même.

– Je ne peux pas marcher sans ces béquilles.

– Si tu peux. Bien sûr que tu peux. Tout doucement. Pas à pas… le destin est en train de te donner un coup de pouce.

---

5. *Magic Square Garden* ou *Madison Square Garden* est une salle de sport et d'événements à New York pouvant accueillir 20 000 personnes. Chaque année, elle abrite de nombreux concerts et événements sportifs. Elle dispose également d'un cinéma, d'un théâtre, d'un restaurant et de salles de réunion.
C'est dans ce lieu que Luke et Alyssa sont allés au concert de Bruno Mars (cf. *Si seulement*).

– Seigneur… Je suis perdue ! réponds-je en tapant de nouveau ma tête contre le dossier du canapé et en contemplant le plafond.

– Regarde le côté positif : ton cœur et ta mémoire sont du voyage. Tu as toujours une béquille sur laquelle t'appuyer, ajoute-t-elle en me tapotant la cuisse affectueusement.

Et elle me laisse… seule. Avec mes pensées.

Les jours passent et je me noie dans mes réflexions. J'ai fait une dizaine de listes « pour ou contre », j'essaie d'interpréter les signes du destin, mais même là, c'est contradictoire. Dans une semaine, je dois donner ma réponse, mais je n'en ai aucune.

Pourtant c'est oui ou non, rien de plus simple, mais dans ma réalité, c'est si compliqué. J'ai décidé de passer le week-end au *Park Lane Hotel*, peut-être qu'en étant dans notre atmosphère, le brouillard pourra enfin se dissiper. Je marche l'esprit complètement ailleurs avec *Rest of My Life* à fond dans les écouteurs quand j'entends le son lointain d'une sonnette. Je relève le nez, mais c'est trop tard. Un vélo, le trottoir et, enfin, le trou noir…

Cette douleur lancinante… C'est comme si mon crâne était passé au rouleau compresseur… Ouvre les yeux, Alyssa… Ouvre les yeux…

Je cligne des paupières, mais la lumière du jour me fait affreusement souffrir.

– Aïe… Ma tête !

J'essaie de garder les yeux ouverts tant bien que mal pour comprendre où je me trouve. Un homme en blouse blanche se tient juste au-dessus de moi.

– Mademoiselle Conrad, vous avez eu un accident. Vous êtes à l'hôpital.

– À l'hôpital ?

– Vous avez fait une mauvaise chute, alors on va vous garder un peu. Nous avons trouvé votre téléphone dans votre sac à main et votre amie a été prévenue.

– Alyssa, je suis là. Je suis là…

Je reconnais la voix de Caroline. En la cherchant du regard, mes iris se posent sur la chaise contre le mur. Je cligne des yeux à plusieurs reprises, mais la plus belle image qui soit, et qui est devant moi, a décidé de ne pas s'en aller. Aussitôt, des larmes se mêlent à un large sourire qui se dessine sur mon visage.

– Docteur, pourquoi sourit-elle ? demande Caroline.

– Mademoiselle Conrad, est-ce que ça va ?

Mais j'ignore sa question, bien trop captivée par ce que je vois.

– Luke, soufflé-je.

– Luke ? répète le médecin.

– C'est son petit ami qui est décédé. Y a quelque chose qui ne tourne pas rond, docteur ! s'inquiète tout de suite Caroline.

Tout va très bien au contraire.

Luke est là, il n'a pas changé. Il porte le smoking de notre mariage, qui n'a pas eu le temps d'avoir lieu, le nœud de cravate dénoué autour du cou. Les deux boutons du haut de sa chemise blanche sont défaits, ses cheveux sont en bataille, exactement comme je les aime, et il me sourit, de ce sourire qui me fait fondre, comme lui seul en est capable. Plus rien n'a d'importance.

– Mademoiselle Conrad ? Alyssa ? Regardez-moi ! intervient le docteur, brisant ainsi cet instant magique.

Il plante sa lampe devant mes yeux, ce qui me rappelle que j'ai affreusement mal à la tête.

– On va vous faire passer un scanner. Je reviens tout de suite.

Il sort de la chambre et Caroline prend place sur le lit près de moi.

– Comment tu te sens ?

– Merveilleusement bien.

– Ils t'ont donné un truc ? Une drogue ?

– Je n'en sais rien ! Mais peu importe ce que c'est, j'en veux une prescription !

– Alyssa, ce n'est pas drôle. Tu vois ton petit ami qui n'est plus là. Ce n'est pas normal.

– Et alors ? Qu'est-ce que ça peut faire ?

Luke se lève de sa chaise pour venir près de moi et je n'ai d'yeux que pour lui.

– Salut.

– Salut, réponds-je.

– Tu avais besoin de moi ?

– J'ai toujours besoin de toi.

– Tu sais que je suis juste le fruit de ton imagination.

– Je veux bien halluciner jusqu'à la fin de ma vie !

– Tu vois que tu as de l'humour, quand tu veux…

– Tu as toujours su faire ressortir le meilleur de moi-même.

– C'est faux. Alyssa Conrad n'a jamais eu besoin de personne…

Une infirmière revient, cette fois pour m'emmener passer le scanner. Luke ne m'abandonne pas et mon sourire non plus. Quand nous ressortons de cet examen, le médecin nous rejoint dans la chambre. Caroline est toujours là, son inquiétude se lit sur son visage.

– Alors, docteur ? s'empresse de demander ma meilleure amie.

– Le choc a dû être brutal. Un hématome s'est formé près du cerveau.

– Qu'est-ce que ça signifie ?

— On va vous garder encore douze heures pour suivre son évolution. S'il se résorbe, alors vous pourrez sortir. En revanche, si ce n'est pas le cas, il faudra envisager un drainage.

– Et pour ses hallucinations ?

– Il est possible que l'hématome compresse une partie du cerveau, ce qui pourrait les provoquer, mais s'il se résorbe normalement, elles devraient cesser. Dans cette hypothèse, c'est l'affaire de quelques jours, deux semaines tout au plus.

Ce diagnostic suscite un pincement au cœur, mais je ne veux pas m'attarder sur ce sentiment. Je veux me concentrer sur cette deuxième chance, celle de l'avoir près de moi une nouvelle fois.

★★★

Le verdict est tombé, je dois sortir demain et je sais d'ores et déjà que le compte à rebours est enclenché. L'hématome va se résorber et Luke va disparaître, c'est la fatalité. Mais je refuse d'y penser pour l'instant. J'ai peur de m'endormir et de ne plus le retrouver à mon réveil. Et si ces hallucinations ne duraient même pas deux semaines ? Mais il me rassure, en me prenant la main :

– Yale, endors-toi. Je ne vais pas partir tout de suite, je vais rester tant que tu as besoin de moi.

Comme convenu, il est temps pour moi de rentrer, Caroline est venue me chercher à l'hôpital. Durant le trajet, elle n'a pas desserré les dents. Elle est soucieuse et ne fait absolument rien pour le cacher.

– Alyssa, tu sais que ça fait flipper de t'entendre parler à quelqu'un alors que la banquette arrière est vide, me dit mon amie.

– Pourtant, je t'assure, il est bien là.

Elle ferme les yeux un instant, comme pour reprendre le contrôle.

– Alyssa…

– Caroline… Je sais que c'est temporaire, mais j'en ai besoin. Les béquilles, tu te souviens ?

– Enfin… Ce ne sont plus des béquilles ! C'est en fauteuil roulant que je vais te retrouver ! marmonne-t-elle dans sa barbe.

Lorsque nous arrivons à l'appartement, Joey nous attend sur le pas de la porte, lui aussi inquiet de mon état.

– Alyssa, comment tu te sens ?

– Super bien !

Manifestement, ce n'est pas la réponse à laquelle il s'attendait. Caroline lui lance un regard qui veut sans doute dire « je t'expliquerai ». Je me dirige vers ma chambre, Luke sur mes talons. Je referme la porte. *Enfin chez soi !*

– Joey et Caroline, c'est toujours le grand amour !

– On va finir par les marier ces deux-là ! ris-je.

– Et toi ?

– Tu m'as plantée devant l'autel, je te rappelle !

Luke lève les sourcils, étonné par ma repartie.

– Yale plaisante… Comment se fait-il que tu aies arrêté pendant toutes ces années ?

– Je revis parce que tu es là !

– Yale… Tu as été quelqu'un avant moi et tu seras toujours quelqu'un après moi. Tu n'as jamais eu besoin de personne pour exister.

– Tu te trompes.

– Laisse-moi te prouver le contraire.

– Et comment ?

– Déjà… Commence par accepter ce poste à Los Angeles.

– Je ne sais pas.

– De quoi as-tu peur ? Tu voulais que je sois là ? Je suis là.

– Tu partiras avec moi ?

– J'irai où tu iras. Je suis ton hallucination, je te rappelle.

Je me sens si bien, si légère… Toutes ces sensations, qui m'étaient étrangères depuis si longtemps, reprennent leur place avec tellement de naturel que c'en est déconcertant.

– Endors-toi, maintenant. Je veille sur toi.

***

Se réveiller et avoir Luke près de moi est indescriptible. Je ne peux pas m'empêcher de le regarder, mais je veux graver ces secondes, ces minutes que le destin me laisse grappiller. Tout cela est éphémère, c'est sans doute un message subliminal de ma conscience, mais là, dans l'immédiat, je veux juste profiter de l'avoir près de moi, sans me torturer l'esprit. C'est une période de paix que je n'ai pas connue depuis très longtemps. Depuis la mort de Luke, en fait.

Au petit déjeuner, Caroline et Joey sont déjà partis travailler. Mais Caroline m'a laissé mon Post-it journalier sur le frigo. Je le lis à voix haute : « *Carpe Diem ! Profitez du jour présent. Que vos vies soient extraordinaires.* »

Le Cercle des poètes disparus…

En effet…

– Elle a raison, tu sais…

– Tu éviteras de lui dire quand tu la verras…

– Sérieusement.

– Mon présent ne me plaît pas. Mon futur ne sera qu'un simple reflet de mon présent. Tout ce dont j'ai besoin est dans mon passé, alors je fais en sorte d'y rester.

– Tu sais que tu ne joues pas avec les bonnes règles.

– Je croyais que chaque être humain fixait ses propres règles.

– Mais les règles du passé sont obsolètes dans le présent.

– Qu'est-ce que tu essaies de me dire ?

– Que fais-tu de ma lettre ? De cet avenir que tu chérissais tant ? Où est passée ma Yale, celle qui faisait battre mon cœur et me rendait dingue ?

– Elle est devant toi.

– Non, celle que je vois, elle est comme moi, c'est un fantôme.

Les larmes me montent aux yeux. Je suis incapable de dire quoi que ce soit, aucun son ne veut sortir de ma bouche.

– Je serai toujours là. Toujours… Je te l'ai promis et une promesse est une promesse, mais tu n'es pas obligée de me voir pour me sentir. Je suis là à chacun de tes pas, de tes gestes, et arrête de croire que tu vas m'oublier. Tu ne m'oublieras jamais, c'est juste que tu penseras à moi moins souvent parce qu'il faut que d'autres choses bien réelles puissent te rendre heureuse, mais encore une fois, je serai là quand ce jour viendra. Il faut que tu arrêtes de te barricader derrière ton chagrin. Ouvre les portes de ton avenir et rayonne ! Sois toi et non pas l'ombre de toi-même.

– Et si je n'y arrive pas ? sangloté-je.

– Je ne connais personne d'aussi courageux que toi.

Je feins un sourire. Être forte, être courageuse, c'était comme ça que j'étais lorsqu'il était près de moi, mais ces cinq dernières années m'ont bien montré que sans Luke mon monde s'est écroulé. Je n'arrive pas à envisager ma vie sans lui, je n'arrive pas à me voir avec ses yeux. Ce regard dans lequel ma vie était tracée et qu'on m'a enlevé.

★★★

Luke m'accompagne à mon bureau. Je lui fais visiter les lieux et, pour la première fois, j'attire l'attention de mes collègues ; pas parce qu'ils ont enfin remarqué que je bosse ici, mais simplement parce que me voir parler seule les intrigue. Lorsque Luke découvre mon espace de travail, son expression me fait rire aux éclats.

– C'est ton bureau ?

– Comme tu vois !

– Tu vaux mieux que ça !

– Comme celui-là, là-bas, tu veux dire ?

Je lui indique celui de Carl de l'index.

– Ah oui ! Comme celui-là !

– Après Los Angeles, si tout va bien, plaisanté-je.

– Alors qu'est-ce que tu attends ? Appelle ton patron et dis-lui que tu veux le voir !

– Mais… Je dois lui donner ma réponse à la fin de la semaine.

– Appelle-le maintenant et dis-lui que tu acceptes sa proposition.

Je fais ce qu'il m'ordonne. Je compose le numéro de sa secrétaire et elle répond à la deuxième sonnerie.

– Bonjour, c'est mademoiselle Conrad. Pourrais-je parler à monsieur Williams, s'il vous plaît ?

– Un instant, je vous prie.

Quelques secondes s'écoulent avant que la voix grave de mon patron ne retentisse :

– Mademoiselle Conrad, vous avez pris une décision ?

– J'accepte votre offre.

– Heureux de vous l'entendre dire ! Eh bien, c'est parfait ! Je vais demander à ma secrétaire de vous réserver votre vol pour ce week-end. Vous aurez le temps de vous installer convenablement avant de commencer votre nouvelle vie.

– Euh… C'est-à-dire que…

– Vous allez vous y plaire, vous verrez !

Et il raccroche.

– Qu'est-ce qu'il a dit ? s'empresse de demander Luke.

– Je pars ce week-end.

– C'est formidable !

– Je ne pensais pas que ce serait aussi précipité.

– Qu'est-ce que ça peut faire ? Tu n'as qu'à préparer tes valises et me prendre dans tes bagages. C'est aussi simple que ça ! dit-il en riant.

– C'est vrai… réponds-je, distraitement.

Je viens d'accepter de partir à Los Angeles, en terre inconnue. Dans un endroit où je n'ai aucun repère et où tout est à construire. Je sens mon angoisse gagner du terrain, mais je m'accroche au regard de Luke, à ses bras appuyés sur mon box, et je me rappelle qu'il sera avec moi, au moins un temps. Il a promis de m'aider et je sens déjà que sa présence calme mes inquiétudes comme personne ne sait le faire.

Chapitre 3 – Alyssa

Après six heures d'avion, nous posons enfin le pied sur le tarmac de l'aéroport de Los Angeles. Les températures sont bien plus douces ici en ce mois d'octobre. Un chauffeur nous attend avec une pancarte portant mon prénom. Étonnée d'être aussi bien traitée, je le suis malgré tout jusqu'à une limousine rutilante, garée devant l'aéroport. L'homme m'ouvre la portière et je me glisse à l'intérieur. Il dépose mes bagages dans le coffre et s'installe à son tour, en me jetant un coup d'œil dans le rétroviseur.

– Je m'appelle Jim.

– Alyssa.

– Enchanté, Alyssa. Vous avez fait bon voyage ?

– Très bon, je vous remercie.

– Parfait. Je vais vous conduire à votre appartement.

– C'est loin d'ici ?

– Malibu.

– Malibu ? Tu te rends compte ? dis-je en regardant Luke.

– Je vous demande pardon, Mademoiselle ?

– Ne faites pas attention !

Luke sourit et j'en fais autant. Jim prend la route et j'en profite pour regarder défiler les paysages. Des palmiers, il n'y a pas ça à New York, voir le soleil briller aussi haut en cette saison, non plus. Je suis subjuguée par tout ce que je vois.

– Comment tu te sens ? me demande Luke.

– Incroyablement… bien.

J'aperçois le chauffeur lever un sourcil dans le rétroviseur, mais les gens peuvent bien me prendre pour une folle, je n'ai pas le temps de leur expliquer que ce qu'ils interprètent comme une extravagance est, en réalité, une bulle d'oxygène inespérée.

– Tant mieux, sourit-il.

Quelques kilomètres après, la limousine s'arrête.

– Nous y sommes, prévient le chauffeur.

Je n'ai pas encore sorti un pied de la voiture qu'un homme vient jusqu'à nous.

– Mademoiselle, voici Stuart, le concierge. Il va monter vos bagages dans votre appartement.

Stuart s'avance jusqu'à moi et me serre la main. Il doit être âgé d'une quarantaine d'années, les cheveux blonds très courts, des yeux couleur océan et un sourire qui inspire confiance. Vêtu d'un costume bleu nuit, il est d'une élégance certaine. Je le regarde prendre mes valises puis il m'observe un instant.

– On y va ?

– Je vous suis !

Avant de monter les quelques marches, je me tourne vers mon chauffeur pour le remercier et lui glisser un pourboire, puis j'emboîte le pas à Stuart en direction du hall. Tout est très moderne, très épuré. Au sol, le carrelage beige brille, les murs sont d'un blanc impeccable, d'énormes pots de fleurs sont posés çà et là et donnent un côté très cosy à cette entrée. Nous montons tous les trois dans l'ascenseur en silence.

– Votre appartement se situe au dernier étage, précise le concierge.

– Oh… dis-je, sans savoir trop quoi dire.

Un sourire se dessine sur les lèvres de Luke et je sais qu'il se moque de ma maladresse. Sans m'y attendre, je ne peux retenir un gloussement, essayant bêtement de réprimer ce fou rire naissant. Mais cela doit être communicatif, car Stuart rit lui aussi.

– C'est vrai que les ascenseurs ont le chic pour mettre mal à l'aise…

– Je suis désolée.

Mais il n'a pas l'air d'être offensé et j'en suis soulagée. Le ding de l'ascenseur met fin à ce malaise. Je n'ai jamais eu autant envie de m'échapper d'un endroit.

Stuart ouvre le chemin. Un grand palier sépare deux logements. Il se dirige vers celui de gauche, introduit la clé dans la serrure et entre enfin. En passant le seuil, je suis éblouie par la luminosité des lieux. Il est comme le reste de la résidence, blanc. Un hall, avec une desserte à l'entrée, donne sur un gigantesque séjour. Un canapé d'angle en cuir blanc trône au milieu du salon. Séparée par une table basse, une belle cheminée moderne orne le mur. Et enfin le clou du spectacle, la vue… À couper le souffle ! Une grande baie vitrée offre un panorama magnifique sur l'océan. Je m'empresse de l'ouvrir pour respirer l'iode à pleins poumons et découvrir la vaste terrasse. C'est simplement fabuleux… Si je m'attendais à ça !

– Mademoiselle Conrad. Je vous laisse les clés dans l'entrée, vous y trouverez également celles de votre voiture. Elle est garée au sous-sol, sur la place deux cent treize. Le frigo est plein, mais si vous avez besoin de quoi que ce soit, je vous ai écrit mon numéro de téléphone sur le bloc-notes, sur le bar.

– Je vous remercie, Stuart.

Je lui tends un billet de cinquante dollars, qu'il saisit en souriant timidement.

– Bienvenue à Los Angeles, Mademoiselle.

– C'est gentil.

Lorsqu'il claque la porte d'entrée, je pousse un cri d'excitation.

– Luke, tu te rends compte ? Tout ça, c'est pour nous !

– Pour toi, rectifie-t-il.

J'ignore sciemment sa remarque.

– Je vais visiter le reste de l'appartement, m'empressé-je d'ajouter. Luke, viens voir la salle de bains ! Elle est aussi monumentale que tout le reste. Si Caroline voyait ça, elle en ferait une jaunisse !

Lorsque j'arrive dans la chambre, mes yeux ne sont pas assez grands. Elle doit faire la moitié de l'appartement que nous avions à Yale. Un dressing de la taille de Hawaï est séparé du reste de la pièce par une double porte !

Je me jette sur le lit *king size* et rebondis comme une enfant. Puis je reviens dans le salon. Luke est assis sur le canapé, d'un calme olympien, alors que je déborde d'excitation.

– On va voir la voiture ?

Il s'amuse de me voir ainsi, je le sais. Je lis ses expressions sur son visage comme personne, et j'aime bien l'idée d'en être à l'origine.

– Allons-y ! dit-il faussement exaspéré.

Je continue de pousser de petits cris, c'est plus fort que moi. Tout ça me dépasse un peu. J'ai l'air hystérique, il faut bien l'admettre.

En remontant dans l'ascenseur, Luke ne peut s'empêcher de rejouer la scène avec le gardien.

– L'appartement est au sixième étage, indique-t-il en forçant sur sa voix. Oh ! poursuit-il d'un ton guilleret montant dans les aigus.

– Mais que voulais-tu que je dise ? pouffé-je.

– Tout ce que tu veux ! Mais un pauvre petit « oh »... tu aurais dû voir ta tête ! Ça valait vraiment le coup.

Nous sortons, hilares.

– Bon, où est donc cette place de parking ?

Nous cherchons pendant quelques instants, jusqu'à ce que Luke m'interpelle.

– Je crois que c'est là.

Je suis le son de sa voix, jusqu'à découvrir ma voiture de fonction. Elle est en accord avec le reste : luxueuse.

– Oh mon Dieu ! m'exclamé-je.

– Je le connais bien. Et il n'y est pour rien…

– Tu n'es pas drôle !

Il continue de faire le tour de la voiture tout en la caressant, il semble captivé.

– Tes patrons ne se sont pas moqués de toi, ça ne fait aucun doute. Une Jaguar cabriolet neuve !

– Et si je l'abîme ? Je ferais mieux de prendre un taxi pour aller au travail, non ?

– Ne dis pas de bêtises ! Et si on allait faire un tour, plutôt ? Comme ça, tu pourras te faire la main.

– Je ne suis pas sûre…

– Allez, tu n'as pas envie de t'asseoir et de passer tes mains sur le volant de ce petit bijou ?

Un sourire naît sur mes lèvres et je sais que cette idée m'a déjà conquise.

Je m'installe et Luke en fait autant sur le siège passager. Rien que le bruit du moteur fait grimper mon excitation d'un cran. Nous sortons du parking et prenons la route, les cheveux au vent. Je ris à gorge déployée. Je suis tellement heureuse, comme ça ; il y a si longtemps que je ne l'avais pas été. J'ai le doux sentiment que l'on vient de donner un second souffle à ma vie. Nous roulons pendant une éternité. Aucune importance ! Le soleil rase l'horizon quand nous revenons de notre balade. Lorsque je m'installe sur le canapé, je me sens repue d'un bonheur exquis.

– Tu stresses pour ton premier jour ? me demande Luke.

– Un peu. Mais ce sont surtout mes rapports avec mon client qui m'inquiètent.

– Pourquoi ?

– Parce que la seule fois où nous nous sommes vus, on ne peut pas dire que ça se soit très bien passé.

– Mais tu l'as sorti de prison, pourtant.

– Oui, mais lorsqu'il m'a vue entrer, je crois qu'il ne s'attendait pas à ce que ce soit moi qui intervienne pour son affaire. Il aurait voulu un homme avec un peu plus de bouteille. Mais ça ne fait rien. J'ai travaillé dur pour en arriver là où j'en suis aujourd'hui et je lui montrerai de quoi je suis capable. Je ne vais pas me laisser impressionner par une espèce de macho arriéré !

– Voilà qui est bien dit !

– Je vais avaler un bol de soupe et aller me coucher. Cette première journée a été éreintante.

– Sage décision.

Poser ma tête sur l'oreiller, en ayant pour dernière image le visage de Luke, est la meilleure manière d'avoir un sommeil paisible.

Au réveil, je prends le temps de choisir ma tenue encore fourrée dans mes valises et de me préparer convenablement. Quand j'arrive dans le salon, Luke se retourne et me détaille de la tête aux pieds.

– Pourquoi mets-tu ces lunettes ? Tu n'as pas de problème de vue.

– Non, mais ça fait plus sérieux.

– Tu te caches, Alyssa. Elles prennent la moitié de ton visage.

– N'importe quoi !

Il s'approche de moi, me regarde dans le blanc des yeux et, délicatement, il me les retire.

– Tu n'as aucune raison de te planquer ! Tu maîtrises ton travail sur le bout des doigts et si les gens doivent te juger, c'est pour ce qu'il y a ici, dit-il en tapant légèrement sur ma tempe. Et non pas parce que tu te déguises pour te donner de faux airs de femme rigide, tu ne trompes personne mis à part toi.

– Tu as sans doute raison. Mais pour mon premier jour, il faut que j'aie l'air sérieuse, rétorqué-je en lui reprenant mes lunettes des mains.

Je prends rapidement un café avant de me mettre en route. L'adresse de mon nouveau lieu de travail est déjà intégrée dans le GPS de la voiture. À peine dix minutes plus tard, je me gare devant un immeuble bien plus petit que celui où je travaille à New York. Nous entrons et je me présente à l'entrée.

Après être passés par l'accueil, nous prenons l'ascenseur et nous nous retrouvons devant une porte vitrée avec l'inscription Cooper Company. Nous entrons, une femme blonde vient immédiatement jusqu'à moi. Le charisme qu'elle dégage m'impressionne, et à voir l'expression sur le visage de Luke, je ne suis pas la seule. Elle porte un tailleur noir avec une chemise d'un rouge aussi éclatant que ses lèvres. Ses cheveux sont tirés dans un chignon tellement strict qu'aucun cheveu ne dépasse. Je commence à comprendre ce que voulait dire Luke au sujet de mes lunettes.

– Mademoiselle Conrad, Grace Evans. Je suis l'agent de Chase Cooper.

– Bonjour.

Je lui tends la main mais elle me tourne délibérément le dos.

– Suivez-moi, je vais vous montrer votre bureau.

Je lui emboîte le pas et j'en profite pour observer sa démarche si assurée malgré ses talons vertigineux.

– Voilà, nous y sommes. Je vous laisse vous installer, en espérant que vous resterez un peu plus longtemps que votre prédécesseur…

Sa remarque pleine de sarcasme me surprend, mais je n'ai pas le temps de lui demander à quoi elle fait allusion qu'elle a déjà fait demi-tour. *Quel accueil !*

Je rentre dans mon nouveau bureau, un lieu entièrement vitré avec une vue sur l'océan qui n'est pas pour me déplaire.

Un air de vacances comme décor, c'est quand même pas mal…

Des dossiers sont déjà posés sur la table en verre. Je m'installe dans le beau fauteuil en cuir comme celui que je lorgnais à New York mais qui, aujourd'hui, m'est destiné.

– Eh bien… Cette femme fiche la trouille ! soupire Luke en s'asseyant sur le divan en face de mon bureau.

– Tu l'as dit !

On frappe à la porte. Une jeune fille, qui doit avoir à peu près le même âge que moi, fait son entrée.

– Bonjour, mademoiselle Conrad. Je suis Stacy, votre assistante.

– Ravie de faire votre connaissance, Stacy.

– Monsieur Stewart, l'avocat qui s'occupait des affaires de monsieur Cooper, avait des dossiers en cours, vous les trouverez sur votre bureau.

– J'ai vu, merci.

– Est-ce que je peux vous apporter un café ? Ou autre chose ?

– Un café, ce sera parfait, je vous remercie.

– Très bien.

Elle fait demi-tour et Luke me jette un coup d'œil.

– Une assistante, hein ?

– C'est la classe, n'est-ce pas ?

– Je suis si fier de toi !

Je souris et des larmes se forment au coin de mes yeux.

– Et si je me mettais au travail ? dis-je pour faire diversion.

– Bonne idée. Je vais rester sur ce sublime canapé et te regarder.

Mais j'ai à peine le temps d'ouvrir le premier dossier de mon confrère que Chase Cooper débarque sans même frapper…

– C'est vous ?

Je hausse les sourcils sans pouvoir cacher ma surprise.

– Eh bien… Vous avez une drôle de manière de souhaiter la bienvenue, par ici…

–Vous êtes ma nouvelle avocate ?

– Bien sûr que non. Je suis assise ici juste pour faire un sudoku, la vue m'inspire !

De toute évidence, il a retrouvé les couleurs qu'il avait perdues aux Philippines. La colère inonde ses yeux caramel et je sais déjà que la communication sera difficile avec lui. Je vois sa poitrine gonfler au rythme de sa respiration sous son tee-shirt des *Knicks*. Ses cheveux en bataille indiquent qu'il a dû être victime d'une panne de réveil. Ce qui peut expliquer sa mauvaise humeur.

– Ce n'est pas vous qui avez demandé à mes patrons que je sois détachée du cabinet de New York ?

– Je ne crois pas, non, ricane-t-il.

– Pourtant on m'a informée que…

– Je vous dis que ce n'est pas moi ! C'est encore une idée de mon père ! hurle-t-il.

–Votre père ? Mais qu'est-ce qu'il vient faire là-dedans ?

– J'ai viré son employé incompétent alors il vous envoie ! S'il croit que ça va se passer comme ça…

Est-ce que quelqu'un pourrait m'expliquer ce qu'il se passe ?

Devant ma confusion apparente, mon nouveau client ajoute.

– Georges Williams est mon paternel !

Comment faire une chute de dix étages en quelques secondes. Si je m'attendais à ça !

– Mon patron est votre père ? Et pourquoi personne n'a fait mention de ce détail capital ?

– Parce que ce n'est pas son genre. Il envoie un de ces sbires pour me surveiller, l'air de rien. Comme si j'étais aussi stupide !

– Dans ce cas, comment se fait-il que vous vous appeliez Cooper ?

– C'est le nom de ma mère !

– D'accord.

– Qu'est-ce qu'il vous a promis, cette fois ? Une promotion ? De doubler votre salaire ?

– Écoutez, je vais vous laisser régler vos différends avec votre père et je vais me mettre au travail.

– Mais je ne veux pas de vous ici !

– Bien. Essayez donc d'en toucher un mot à monsieur Williams, mais manifestement, vous n'avez pas beaucoup d'ascendant sur lui. Quoi qu'il en soit, laissez-moi en dehors de votre petite guéguerre familiale, vous serez gentil. Pendant ce temps, je vais lire ce dossier. Je ne vous retiens pas.

J'essaie de paraître détachée par ce que je viens d'apprendre mais je comprends maintenant pourquoi une promotion, un superbe appartement et une voiture de luxe sont la clé de ce job. Tous mes prédécesseurs ont payé les mésententes d'une relation père-fils et je viens de m'asseoir sur un siège éjectable. J'ai cependant la ferme intention de briser cette malédiction. Je ne laisserai personne se mettre entre mes ambitions et moi.

Assez surpris par ma façon de le congédier, il finit par rebrousser chemin sans cacher son exaspération. Stacy revient avec mon café fumant et croise un Chase Cooper en furie.

– Il n'est pas souvent comme ça, mais tout ce qui se rapporte à son père, de près ou de loin, le met toujours d'une humeur de chien.

– Merci pour cette information. Mais rassurez-vous je ne vais pas me laisser impressionner par ses sautes d'humeur.

– Tant mieux, parce que c'est un type bien. Est-ce qu'il vous faut autre chose, mademoiselle Conrad ?

– Ça ira, merci.

Elle s'apprête à quitter mon bureau quand je l'arrête.

– Stacy ?

– Oui ?

– Appelez-moi Alyssa, d'accord ?

– Bien... Alyssa.

– Ton client, c'est Chase Cooper ? intervient Luke.

– Quelle perspicacité !

– Pourquoi tu ne me l'as pas dit plutôt ? Cooper ? Le quarterback des…

– *Giants*, je sais…

– Ils ont gagné deux fois le *Super Bowl*, et chaque fois, il était capitaine.

– On croirait entendre Joey ! dis-je en souriant. Tu veux un autographe ?

– Je mourrais pour…

Je hausse un sourcil en le fixant droit dans les yeux.

– Oui… Je le suis déjà ! dit-il en éclatant de rire.

Chapitre 4 – Alyssa

– Hé, debout !

– Huuumm…

– Allez… Réveille-toi…

– Mais quelle heure est-il ?

– Six heures et demie, chuchote Luke.

– Mais qu'est-ce qui ne tourne pas rond chez toi ? Le réveil ne sonne que dans une heure.

– On va courir ?

– On va quoi ? dis-je en me redressant dans le lit.

– Tu as très bien entendu. On va se décrasser le corps, mais surtout l'esprit ! répond-il fièrement.

– Luke… Non… Ça fait une éternité… Laisse-moi dormir…

– Debout ! C'est l'heure du changement !

– C'est officiel ! Tu es bien une hallucination !

– Une hallucination qui ne va pas te lâcher jusqu'à ce que tu sortes de ce fichu lit. Allez remue-toi !

– Mais qu'est-ce que je vais mettre pour courir ? prétexté-je.

– Tu n'as qu'à mettre ton pantalon de yoga et tu trottineras quelques pas devant moi, ajoute-t-il, un sourire narquois sur les lèvres.

– Espèce de pervers ! lui craché-je au visage en me dirigeant vers mon armoire.

Lorsque nos pieds foulent le sable encore humide après une nuit fraîche, je suis toujours en train de bougonner.

– Je ne comprends toujours pas pourquoi tu m'as emmenée jusque-là.

– Tu as besoin d'une soupape de décompression.

– Dans ce cas, tu aurais très bien pu me réveiller avec un pot de glace Ben & Jerry's et une bouteille de nappage au chocolat.

– Je ne pensais pas à ce genre de décompression.

– Tu aurais dû…

– Yale. Sérieusement, ces dernières années, c'est comme si tu vivais ta vie en sous-marin. Tu avances parce que ce sont les vagues qui t'y poussent, mais tu es hermétique à tout ce qui se passe à l'extérieur. Tu gardes toutes tes émotions enfermées à double tour, même ton chagrin. Et tu traverses ta vie, ton océan, sans faire attention à ce qui t'entoure. Libère-toi, brise la chaîne de cette ancre qui te maintient la tête sous l'eau.

Les mots sont là, noués dans ma gorge. Une fois de plus, je n'arrive pas à formuler ce que je ressens et, si ce sentiment fait écho aux paroles de Luke, c'est qu'il a peut-être raison. Mais entre l'entendre et l'admettre, il y a un monde. Au lieu de poursuivre dans cette direction, je décide de détourner l'attention.

– On s'y met ?

– On s'y met, affirme-t-il. Pour une première, trente minutes, c'est un bon début.

– Trente minutes de quoi ?

– Allez, cours !

– Tu ne m'as pas répondu !

– Tu ferais mieux d'économiser ton souffle !

Trente minutes, c'est trente minutes de course ! Même si j'ai relevé le défi, je suffoque comme un poisson qu'on a laissé trop longtemps hors de l'eau. Nous marchons le long du rivage et j'en profite pour me rafraîchir le visage avec les vagues qui viennent s'échouer sur mes jambes. Mais Luke est joueur et a décidé de m'éclabousser. Ce petit jeu me fait rire aux éclats et alors que je pensais ne plus en avoir la force, je me remets à courir pour lui échapper. Au moment où je lève la tête, je remarque Chase Cooper sur sa terrasse, une tasse à la main, les yeux braqués sur moi. *Il ne manquait plus que ça ! On est voisins !* Je décide de l'ignorer. À cette heure-ci, il n'est pas encore mon patron.

Après une douche rapide, il est temps d'aller travailler. En chemin, je m'arrête prendre un café pour Stacy et moi au *Starbucks* du coin. Lorsque je dépose le gobelet sur son bureau, Stacy ne cache pas sa surprise.

– Je ne savais pas ce que vous preniez…

– C'est plutôt mon travail de vous apporter votre café.

– Je crois que votre tâche se résume à bien plus que ça, dis-je en souriant.

– Je vous remercie, mademoiselle Conrad.

– Alyssa.

– Alyssa.

Mais lorsque j'entre dans mon bureau, mon sourire s'efface. Je fais un pas en arrière.

– Mais qu'est-ce que… C'est quoi cette pile sur mon bureau ? demandé-je à Stacy.

– C'est monsieur Cooper qui les a déposés tôt ce matin.

– Très bien, balbutié-je.

Je m'introduis dans la pièce à pas de loup comme si, au moindre mouvement brusque, la pyramide pouvait s'effondrer. Je ne quitte pas des yeux l'impressionnante montagne de dossiers. Je m'installe dans mon fauteuil, persuadée que Stacy, de là où elle est, ne peut plus me voir. Je soupire, convaincue que je vais mourir ici, engloutie et asphyxiée par du papier. Lorsque je décide que la minute « je m'apitoie sur mon sort » est terminée, je saisis le premier dossier tout en haut de la pile. Il est inscrit dessus «Téléphone». Je fronce les sourcils d'étonnement et l'ouvre pour en savoir plus. Au bout de quelques lignes de lecture, je suis atterrée. J'en saisis un autre, «Appartement», puis un autre, « Eau », et encore un autre, « Électricité ». Je sens la colère m'envahir et, avant même d'avoir fini de m'énerver, j'ai le combiné du téléphone en main. Mon client répond à la première sonnerie comme s'il attendait mon appel.

– Monsieur Cooper ? Alyssa Conrad. J'ai consulté quelques dossiers que vous avez laissés sur mon bureau ce matin. Dites-moi, c'est une plaisanterie ?

– Mademoiselle Conrad... Alyssa, vous permettez ?

– Non.

Un silence s'ensuit, mais je l'entends se racler la gorge au bout du fil.

–Vous êtes avocate et ce sont des contrats qu'il faut contrôler pour vérifier s'ils sont en règle. Ça fait partie de votre travail, me semble-t-il.

– Je crois que vous faites fausse route. Mon travail, c'est de rédiger vos contrats professionnels, vérifier que vos droits soient respectés par les clauses adéquates, mais en aucun cas je ne dois m'occuper de vos affaires personnelles, débrouillez-vous !

– Relisez donc votre contrat, vous constaterez qu'il ne fait mention nulle part de cette minuscule précision, s'amuse-t-il.

– Bref, passons... Monsieur Spencer m'a répondu. Notre rendez-vous de lundi concernant le nouveau contrat de sponsor avec Nike est confirmé.

– Lundi ? Mademoiselle Conrad, j'ai entraînement chaque début de semaine, les entrevues doivent être planifiées le jeudi et le vendredi uniquement...

– Mais c'est vous qui êtes à l'origine de ce rendez-vous ! C'est vous qui...

– Mademoiselle Conrad, ressaisissez-vous, soyez un peu plus consciencieuse dans votre travail, voulez-vous ? Sinon, je serai dans l'obligation d'en faire part à mon père... siffle-t-il.

–Vous l'avez fait exprès, hein? fulminé-je.

–Vous pensez vraiment que je n'ai que ça à faire? Vous vous donnez trop d'importance. Bon... Je ne voudrais pas vous retarder dans votre travail. Bonne journée, mademoiselle Conrad.

Je ne prends pas la peine de lui répondre et raccroche sèchement. Agacée par son mépris, je prends quelques minutes pour me tempérer. Après le vent de colère, vient toujours le calme de la vengeance. Il veut que je m'occupe de ses dossiers personnels? Très bien, il va être servi.

Finalement, ma journée n'est pas aussi terrible que je l'aurais pensé. Je dirais même qu'elle a été divertissante. Pris à son propre piège, Cooper doit être ivre de rage à l'heure qu'il est, comme moi ce matin même. Chacun des documents que j'ai relus comportait des anomalies. Au lieu de les renouveler comme il est prévu que je le fasse, je les ai résiliés... Un par... un... Ce qui signifie, plus de téléphone, plus d'eau, plus d'électricité, plus de chauffage, plus d'assurance, et ainsi de suite... Certes, ce petit jeu ne durera pas plus de quarante-huit heures, le temps qu'il rétablisse chacun d'entre eux, mais tout de même, ma satisfaction est grande. Je passe le pas de la porte de l'appartement, l'allégresse visible sur mon visage. Luke est assis sur le canapé, les pieds sur la table basse. Dès qu'il m'aperçoit, un sourire naît sur ses lèvres.

– Eh bien, je vois que pour une première journée de travail sans moi, ça te réussit plutôt bien.

–Je me suis amusée comme une folle!

–Voyez-vous ça? Yale... Nouveau boulot... S'y rend seule... Comme une grande... Qui rentre du travail avec un sourire béat. Qui l'eût cru?

– C'est mon client, Cooper! Je...

Je suis sur le point de tout raconter à Luke lorsque je suis interrompue par des coups violents provenant de la porte d'entrée. Plus je m'en approche et plus le bruit des poings contre le bois s'intensifie.

– J'arrive !

Lorsque j'ouvre, ma surprise est de taille. Cooper se tient devant moi simplement vêtu d'une serviette autour de la taille. Je devine des restes de shampoing dans ses cheveux bruns et son corps musclé est encore tout ruisselant. Quelques gouttes s'écrasent sur le sol. Quand je finis de relever chaque détail, mes yeux s'accrochent aux siens. Je peux y voir briller les flammes de l'enfer.

– Mais qu'est-ce que… bégayé-je.

Avant que je puisse terminer ma phrase, il pousse la porte de mon appartement avec détermination, sans un mot, et entre sans y être invité.

– Vous avez fait couper l'eau de mon appartement, je viens finir de prendre ma douche chez vous, crie-t-il en traversant le salon.

– Je… Je ne vous permets pas ! hurlé-je.

Mais la porte de la salle de bains qui claque est ma seule réponse.

– Eh bien… s'étonne Luke qui n'a pas bougé pendant l'esclandre.

– C'est de ça dont je voulais te parler, justement.

– Qu'est-ce que tu as fait ?

– Il m'a prise pour son larbin, je lui ai montré de quoi je suis capable.

– Pauvre homme ! Il ne sait pas où il met les pieds. On ne s'échappe pas des mailles du filet de Yale Conrad ! Tu ne t'en sors jamais !

– Vas-y, moque-toi !

Je vais me servir un verre de vin blanc et ouvre la baie vitrée pour profiter de cette météo clémente sur le balcon. Luke me rejoint.

– Je ne me moque pas, au contraire. Ta détermination, c'est ta force. Tu ne te laisses pas intimider et encore moins impressionner. Et tu as toujours été comme ça, tu ne t'en rends pas compte, mais quand on te voit à l'œuvre, on ne peut pas être insensible. Tu veux que je te dise le jour où je suis tombé amoureux de toi ?

– Je t'écoute.

– Tu te souviens quand on vendait de la citronnade devant chez mes parents pour s'acheter la machine à pop-corn qu'on avait vue chez madame Stills ?

– Bien sûr.

– Un jour, le vieux monsieur Thomson était venu à notre stand de fortune, il effrayait tous les enfants du quartier. Il avait des sourcils touffus, une verrue au menton, beurk ! Rien que d'y repenser, j'en ai froid dans le dos. Il avait voulu boire un verre sans payer et tu ne t'étais pas démontée, droite dans tes bottes, tu lui avais expliqué tout le temps qu'on avait passé à presser les citrons du jardin de tes parents et que lui n'aurait jamais accepté de travailler gratuitement. Il avait même fini par payer le dollar requis ! Tu t'en souviens ?

– Oui je me le rappelle, dis-je en éclatant de rire, un son teinté de nostalgie.

– Je te l'ai toujours dit, tu es comme le chant des sirènes, impossible de résister à ta douce mélodie.

– Pourquoi tu me dis ça ?

– Parce que, pierre par pierre, je vais détruire les remparts que tu as construits autour de ton cœur. Ou plutôt, je vais commencer ce travail et quelqu'un d'autre le terminera.

Avant que je puisse protester, je vois mon voisin dans le salon, les yeux braqués sur moi, le regard indéchiffrable. J'ai l'impression qu'il était là depuis un petit moment. Il a sans doute dû me voir rire, seule sur mon balcon, et il tire les conclusions qui s'imposent : cette fille est complètement barrée. Mais avant que je puisse dire quoi que ce soit, il reprend le chemin de son appartement.

Le lendemain, Luke me réveille à l'aube. Je peste, je râle, mais force est de constater qu'après tant d'efforts, je me sens bien. J'ai cette impression que mon corps exprime, dans cette course, toute la rancœur que je garde au fond de moi, une façon de la libérer et de me sentir plus légère à la fin.

Peut-être vais-je y prendre goût, sait-on jamais ?

Au travail, la pile démentielle s'amenuise et mon petit jeu ne m'amuse plus autant. Mais, cachée entre deux dossiers, je découvre une enveloppe dorée, fermée par un sceau. Tout ça fait très officiel, mon nom est inscrit dessus, pourtant, avant de l'ouvrir, je veux m'assurer qu'il n'y a pas d'erreur.

– Stacy ? Ça vous dit quelque chose ?

– C'est l'invitation au gala de charité de monsieur Cooper au profit de l'association pour la trisomie dont il est le président d'honneur.

– Et je suis conviée ?

– Tous les salariés sont invités, notre présence est obligatoire.

– Ah bon ?

– Il a lieu chaque année sur les hauteurs de Los Angeles dans une somptueuse villa. Petits fours, champagne, musique, personnalités... Tout y est ! se réjouit-elle les yeux pétillants.

– Et comment faut-il être habillée ?

– En robe de soirée, bien évidemment, intervient Grace.

Stacy perd son sourire, et moi, je sens un frisson me parcourir l'échine. Cette femme me fait froid dans le dos.

– Bien.

– Mais ne vous embêtez pas avec ça, je ferai porter une robe à votre appartement. Cela nous épargnera une éventuelle faute de goût, dit-elle en me parcourant de la tête aux pieds avec un dégoût non dissimulé.

J'aurais pu lui expliquer que, depuis la fac, j'ai fait du chemin du point de vue vestimentaire. Ses cheveux se seraient dressés sur sa tête si elle m'avait connue avant que je passe entre les mains de Caroline. En jetant un coup d'œil rapide à ma tenue, je ne suis pas peu fière de la femme que je suis devenue. Mais au lieu de ça, je choisis une phrase simple et concise.

– C'est gentil de votre part.

Pour seule réponse, je dois me contenter d'un sourire pincé, d'un regard chargé de dédain, de ceux qui vous laissent totalement nue et vulnérable, et d'une sortie théâtrale.

En observant l'expression sur le visage de Stacy après son départ, je comprends qu'elle doit partager mon opinion.

– Elle est toujours comme ça ?

– Toujours. Monsieur Cooper est son poulain, mais je crois bien que ce qu'elle désire vraiment, c'est le monter, si vous voyez ce que je veux dire…

Son allusion me prend par surprise. Ajoutée à la tension qui règne dans mon bureau depuis que Grace a débarqué, elle provoque mon fou rire. Stacy ne résiste pas non plus et c'est l'hilarité générale.

Ce soir-là, en rentrant, l'appartement me semble vide. J'ai beau l'avoir cherché partout, Luke est introuvable. Ça m'angoisse, alors pour éviter de penser au pire, je me plonge dans les dossiers que j'ai emportés du bureau pour m'avancer. Mais complètement épuisée, je finis par m'endormir au beau milieu de mes papiers.

En me réveillant, je découvre Luke, assis sur le canapé, en train de me contempler. Je dois avoir une mine affreuse et pourtant, dans ses yeux, j'ai l'impression d'être la *Vénus* de Botticelli.

– Où étais-tu passé ?

– Tu sais que je ne serai pas toujours là, n'est-ce pas ?

– Tu réponds toujours à une question par une question ?

Je me lève pour aller me servir un café dans la cuisine.

– Et toi, pourquoi changes-tu de sujet chaque fois que je l'évoque ?

J'ignore sa question, lui tournant le dos volontairement.

– Yale, tu m'entends ?

Le silence est le meilleur des mépris.

– Bien sûr que tu m'entends, et faire la sourde oreille ne sert à rien.

Le mépris… Le mépris… Le mépris.

– Yale… S'il te plaît.

– Pas de conversation sérieuse avant d'avoir avalé mon café, c'est la règle ! dis-je pour me débarrasser de cette conversation brûlante qui me ramène au bord du précipice.

Je me retourne, mais il n'est déjà plus là.

Deux jours sans le voir, sans entendre sa voix, sans ses regards pleins de sagesse. Je vais courir chaque matin, seule, dans l'espoir de le voir apparaître. Je cours à perdre haleine dans l'unique désir de le retrouver, mais je ne sais pas comment fonctionnent ces fichues hallucinations, comment elles vont et viennent, par quel moyen je peux de nouveau l'avoir devant moi. Je sens le vide dû à son absence se creuser une nouvelle fois comme un volcan qui naît, mais dont il ne resterait que le cratère noir et sec après l'éruption. Je n'y peux rien, les cendres me consument peu à peu sans que j'aie aucun moyen d'arrêter cette brûlure.

À mon retour de la plage, sur la table de la cuisine, trône un énorme carton blanc avec une carte dessus. Je l'ouvre et y trouve un mot qui ne peut provenir que de Grace.

« Faites votre possible pour rendre hommage à cette robe. »

Connasse !

Je déballe le carton en entendant sa petite voix aiguë me répéter à quel point je suis à côté de la plaque. Mais lorsque je découvre la tenue, cette voix se tait. Je ne suis plus qu'admiration.

Et en plus, cette garce a du goût !

C'est une belle robe de soirée noire, un fourreau avec un décolleté en forme de cœur qui brille par sa simplicité.

– Tu vas être magnifique, là-dedans !

Je me retourne à la hâte pour trouver Luke, les mains dans les poches de son costume, les cheveux décoiffés, et aux lèvres, le sourire qui illumine mon monde. J'aurais pu dire tant de choses, mais un sourire de cet homme et plus rien n'a d'importance.

– Tu es là ?

– Je n'allais quand même pas te laisser aller à une soirée mondaine sans moi.

– Évidemment.

Je passe quasiment le reste de l'après-midi dans cette satanée salle de bains, à tenter de *« rendre hommage à cette robe »*. Je lisse et boucle, puis boucle et lisse, attache puis détache mes cheveux, mais rien ne va. Je me débats avec tous ces outils qui doivent me rendre belle, mais soit ce sont des publicités mensongères, soit je ne suis qu'une amatrice. Pourtant, je pensais m'être améliorée dans la matière. Quelle erreur !

– Qu'est-ce qui ne va pas ici ?

Luke m'interrompt dans mon massacre au fer à lisser.

– Tu ne vois donc pas ? hurlé-je.

– Pas vraiment, mais tu vas me le dire…

– Je me suis mis du mascara partout, mes cheveux sont affreux, je n'arrive pas à les dompter pour en faire quelque chose de convenable.

– OK. Ferme les yeux et respire un grand coup.

Je lui obéis.

– Bien. Maintenant, tu vois ce truc, là ?

– Oui.

– Et celui-là ?

– Oui.

– Bien. Ça s'appelle du démaquillant, et ça, un coton. Tu vas voir, il paraît que ça fait des miracles et que toutes les traces de maquillage indésirables peuvent disparaître grâce à eux.

Sa remarque m'arrache un sourire.

– OK. Et pour tes cheveux, il suffit de mettre une épingle là, et là, et encore une ici et tu seras parfaite.

– Ah ! parce que tu as des talents de coiffeur, toi, maintenant ?

– Non. Mais être une hallucination, ça aide.

Je ris et toute trace d'angoisse disparaît.

– Je vais te laisser finir de te préparer.

Une demi-heure plus tard, je sors enfin de cet enfer. Je vais dans ma chambre, enfile ma robe. Je l'ajuste et me regarde dans le miroir un instant. Elle me va plutôt bien. Je m'avance vers la glace pour arranger mon décolleté, mais avant je caresse mon tatouage de mon index. Il est là, au-dessus de mon sein, tout près de mon cœur. *« Fais-moi plaisir et vis. »* Je ne veux le partager avec personne, je l'ai fait pour moi, pour réussir à me lever chaque matin, pour me rappeler que je suis là et afin qu'il me donne la force de continuer quand je cherche encore un sens à tout ça.

– Tu l'as fait après mon départ ?

– Quelques mois après, oui. Je lisais ta lettre plusieurs fois par jour, tous les jours, à force de la trimballer partout, le vent… la pluie… J'ai eu peur que ces mots disparaissent avec le temps, même si je les connais par cœur. J'aurais pu me faire tatouer tout ton message, mais je ne voulais pas être un livre ouvert, que quelqu'un puisse lire tes écrits alors qu'ils n'appartiennent qu'à nous. Ces cinq mots, il n'y a que toi et moi pour les comprendre, réponds-je en les cachant dans mon décolleté.

– Tu es éblouissante, dit-il les yeux brillants d'admiration.

– Merci. En route ?

– Mais avant ça, tu me retires ces lunettes qui ne servent à rien, tu n'as pas le droit de les porter pour une soirée pareille, pas ce soir !

Devant tant de détermination, je capitule.

La villa où se passe la soirée se situe sur les hauteurs de la ville, dans un quartier huppé, si je peux me fier aux bâtisses que nous dépassons. Nous arrivons enfin devant un gigantesque portail vert en fer forgé où l'on devine des initiales dorées. La propriété est entourée de buissons qui doivent mesurer trois mètres de haut. À l'entrée, deux hommes plutôt baraqués nous arrêtent.

– Bonsoir. Votre nom, s'il vous plaît ?

– Alyssa Conrad.

Il consulte sa liste avec attention, puis il relève la tête, regarde son collègue, lui fait signe d'ouvrir et me salue :

– Bonne soirée.

La maison doit se trouver à quelques centaines de mètres de là, à l'intérieur de la propriété. C'est impressionnant, mais bien moins que ce qui nous attend. Plusieurs voituriers sont au bas des marches et nous font signe d'avancer. L'un d'eux m'ouvre la portière, me tend la main pour m'aider à sortir et saisit mes clés. Je me retrouve face à une somptueuse demeure comme il en existe peu. Elle est tout illuminée, ce qui la rend encore plus imposante. Un tapis rouge recouvre la vingtaine de marches qui conduisent à l'entrée de la villa, bordée tout du long de lanternes. Luke m'attend au bas de l'escalier. Je le rejoins, il est temps d'assurer.

Une vingtaine de marches… En talons… Tu peux le faire !

Arrivée en haut sans accroc, je pourrais sautiller comme *Rocky*, mais ça ne serait pas très élégant.

L'intérieur de la maison est tout aussi luxueux qu'il en donne l'impression de l'extérieur. Un hall tellement immense qu'aucun adjectif n'est suffisant pour le décrire. Un lustre énorme, brillant de mille feux, couronne ce vaste espace et une rampe d'escalier descend de chaque côté. Le tapis rouge, qui devient mon guide, m'indique que je dois poursuivre dans cette direction. Effectivement, nous arrivons dans une salle de réception, où la plupart des invités profitent des festivités. À peine ai-je passé la porte qu'un serveur s'approche de moi, un plateau de coupes de champagne à la main. J'en saisis une en espérant qu'elle me donne le courage nécessaire pour affronter cette soirée. Trois gorgées plus tard, je cherche le serveur du regard pour en attraper une autre.

– Mademoiselle Conrad, quel plaisir de vous voir !

Je me retourne pour faire face à cette voix familière.

– Monsieur Williams, quelle surprise ! bégayé-je.

Je lui tends la main qu'il presse avec enthousiasme.

– Je savais que j'allais vous voir ce soir. Alors, vous vous faites à votre nouvelle vie à Los Angeles ?

– Disons que… je suis toujours en phase d'adaptation.

– Tant mieux ! Je sais que parfois monsieur Cooper peut sembler être un tantinet exaspérant mais vous vous y ferez, j'ai confiance en vous.

Exaspérant ? Le mot est faible. J'aurais plutôt dit qu'il se conduit comme un enfant pourri gâté à qui tout est dû, totalement imbu de lui-même, et à qui je mettrais bien une bonne paire de gifles, si vous me le demandiez, Monsieur. Voilà ce que j'ai envie de répondre, mais la bienséance m'en empêche. Alors pour ne pas faire de vagues, je me contente de sourire.

– Je vous reverrai dans la soirée, je dois aller saluer un vieil ami, reprend mon interlocuteur.

– Je vous en prie, faites donc.

J'essaie de chercher un endroit plus discret où je pourrais me rendre invisible quand je tombe sur Stacy.

– Vous êtes sublime !

– Alyssa ? J'ai du mal à vous reconnaître. Si vous ne m'aviez pas appelée… Mon Dieu ! Vous êtes incroyable !

– C'est gentil, merci.

– Est-ce que vous avez goûté aux petits fours, un délice !

– Pas encore !

– Oh ! Venez ! Je vais vous présenter Kyle O'Neal, c'est l'agent sportif de monsieur Cooper à New York. Il a demandé à vous rencontrer tout à l'heure, je crois qu'il veut poser un visage sur un nom.

Avant même d'avoir une réponse, elle me prend par la main et nous fendons la foule à la recherche de cet homme. Quelques minutes plus tard, je me retrouve auprès de l'agent sportif et de quelques autres convives, en train de discuter boulot. Deux nouveaux partenaires sont intéressés pour signer avec Chase Cooper pour des montants qui me semblent très intéressants. Je dois admettre qu'échanger avec ces personnes est vraiment enrichissant sur tous les plans. Grace intervient au beau milieu d'une conversation sans aucune gêne.

Est-ce qu'elle arrive toujours de nulle part ? Comment fait-elle donc ça ?

– Je vois que vous avez déjà fait connaissance avec la nouvelle avocate de Chase.

– Une femme charmante, répond monsieur O'Neal en levant son verre.

Je lui réponds d'un sourire, mais celui de Grace ne me dit rien qui vaille.

– Bien. Je vois, chérie, que vous avez fait un effort, cette robe que je vous ai louée vous va comme un gant… Comme quoi, parfois, la mode fait des miracles ! Mais n'oubliez pas qu'il va falloir la rendre, ajoute-t-elle dans un rire qui sonne faux.

– Ne vous en faites pas, Cendrillon redeviendra citrouille, mais j'ai un peu plus que la permission de minuit.

Les convives qui m'entourent se mettent à rire et Grace plonge son nez dans sa coupe, avant de tourner les talons et de disparaître comme elle seule en a le secret. Après plusieurs verres, je m'excuse auprès de mes nouveaux amis, il est temps de faire une halte aux toilettes. Sur le chemin, un homme me bouscule et lorsqu'il se retourne pour s'excuser, je reconnais Chase.

– Bon… Bonsoir.

– Bonsoir, monsieur Cooper.

– Vous êtes très élégante.

– Je vous remercie.

– Ça fait longtemps que vous êtes là ?

– Un petit moment, oui.

Je m'agite nerveusement. Je ne sais pas si c'est mon envie pressante ou bien lui et sa façon de me regarder. Peut-être bien les deux.

– Bien. Bonne soirée.

– Bonne soirée.

Première fois que nos rapports sont « sympathiques ». Une trêve pour une belle œuvre, sans doute, mais il vaut mieux garder ses distances tout de même, c'est plus prudent. Soulagée, je m'apprête à retourner avec les quelques personnes avec qui je me suis liée, mais Grace m'attrape par le bras et m'emmène rejoindre le groupe où se trouve mon client.

– Ce sont des amis de Chase, ils voudraient apprendre à vous connaître.

J'ignore pourquoi, mais venant de cette femme, tout me semble soit faux, soit imbibé de venin ou bien manipulé. Mais je sais mieux que personne qu'il ne faut pas juger hâtivement, c'est pour cette raison que j'accepte de la suivre. Les hôtes auprès de Chase rient et lui-même donne l'impression de s'amuser. Dès qu'il me voit, il lève son verre dans ma direction.

– Voici ma nouvelle avocate, Alyssa Conrad.

– Bonsoir.

Les gens autour de lui me saluent poliment et j'en fais autant. Puis naturellement, ils se mettent à me poser des questions. D'où je viens, où j'ai fait mes études, pourquoi avoir choisi ce métier, le genre de questions qui alimente les conversations. L'ambiance est plutôt légère, le champagne continue de couler à flots et, peu à peu, les discussions s'entremêlent. Mais je sens le vent tourner quand Carlos Evans, un riche armateur, change de sujet et dévie sur la belle blonde qui l'accompagne. Les hommes rient, les femmes lèvent les yeux au ciel et Grace ne me lâche pas du regard.

– Et vous, Alyssa ? Vous ne dites rien ? Vous êtes mariée ?

Nerveusement, je commence à toucher mon alliance.

– Peut-être que vous vous offrez du bon temps pendant que votre mari reste à New York ? surenchérit Cooper.

La colère me serre le cœur et avant que je puisse contrôler mes mots, un flot de paroles sort de ma bouche sans filtre.

– Mon mari est au paradis. J'ai bien envoyé un mail pour demander une permission pour cette soirée, mais de toute évidence, on a dû résilier le contrat Internet.

Les sourires disparaissent et le malaise se lit sur leurs visages. Mais ne laissant pas le temps à Chase d'ajouter quoi que ce soit, je m'approche de lui et murmure à son oreille :

– Je vous souhaite, à vous et votre compassion, une bonne soirée.

Puis je m'en vais avec mon reste de dignité. Un serveur, une coupe de champagne, c'est ça le remède.

Monsieur Williams me happe, voulant me présenter à un ami, président de plusieurs sociétés en Europe. Je les écoute distraitement, quand je vois Luke sur la scène, près des musiciens et du chanteur que l'on entendait jusque-là en sourdine. Il souffle quelque chose à l'oreille du leader du groupe.

Mais qu'est-ce qu'il fait ?

Il descend les quelques marches et vient se mêler à la foule. Le chanteur s'approche des musiciens avec l'illusion d'être à l'origine de ses pensées. Il discute quelques secondes avec le reste de l'orchestre, et de là où je me trouve, je peux lire la stupéfaction sur leurs visages. Luke est à quelques mètres de moi, souriant, sûr de lui. Du regard, il m'incite à observer ce qu'il va se passer sur la scène. Quelques accords de musique plus tard, la chanson commence.

Je n'ai pas besoin d'avoir la vue pour te voir
Je n'ai pas besoin d'être là pour te sentir
J'ai juste besoin d'amour
J'ai juste besoin d'amour

C'est comme si je vivais dans un trou noir
D'où je ne peux tout simplement pas sortir
Tout ce dont j'ai besoin, c'est d'amour
J'ai besoin d'amour

Donc comme un arbre sans ses feuilles
Et un chien sans son os
Un enfant sans ses jouets
Et une maison qui n'est pas un foyer
Je marche tout seul
Je fais des ricochets
Donc comme un avion sans ailes
Ou une vache sans cornes
Le psy sans aucun pouvoir
Qui ne peut se rendre compte de ce que je ressens
Je marche tout seul
Je fais des ricochets
Je peins un sourire et je me sens déprimé
Je ne peux pas vivre avec le fait que tu n'es plus là
J'ai besoin d'amour
J'ai besoin d'amour
Je dois m'en remettre et continuer
Je dois montrer que je suis fort
Et répandre l'amour
L'amour…
…/…

Je vois le clapotis des vagues dans l'eau
Et je regarde comment ils s'en vont si facilement
Comme la lune sans les étoiles
Je suis perdu sans l'image de ton visage
Je vois le clapotis des vagues dans l'eau
Et je regarde comment ils s'en vont si facilement
Comme la lune sans les étoiles
Je suis perdu sans l'image de ton visage

Je marche tout seul
Je fais des ricochets [6].

Entourée de mon patron et de ses amis, j'ai laissé le brouhaha de leur conversation devenir un simple fond sonore. Je ne lâche pas Luke du regard. Lui non plus, il est à l'affût de chacune de mes réactions. Chaque parole de cette chanson empoigne mon cœur et le serre si fort que je me sens oppressée, au bord de la suffocation. Je suis totalement bouleversée par tout ce que cela signifie, comme si les mots étaient l'écho de tout ce que je refoule. Même monsieur Williams a remarqué mon état.

– Mademoiselle Conrad ? Est-ce que ça va ?

Je le fixe, hagarde, quand je m'aperçois que des larmes roulent sur mes joues. Sans même prendre la peine de lui répondre, je me dirige vers les jardins de la villa, j'ai besoin d'air. Vite ! La terrasse se termine par un gigantesque balcon en pierre, je m'y agrippe et pleure tout mon saoul, sans vraiment me préoccuper de la présence éventuelle d'autres personnes.

Adieu mascara ! Adieu coiffure à la Grace Kelly !

Il n'est même pas minuit et la magie de Cendrillon s'est pourtant déjà évanouie. Puis j'entends Luke dans mon dos.

– Dure soirée ?

– Pourquoi t'as fait ça ? reniflé-je.

– Tu refusais de m'écouter…

– Et alors quoi ? Avec toutes tes allusions, et maintenant cette chanson… Pourquoi tiens-tu à me pousser dans les bras d'un autre ?

– Parce qu'une fille comme toi ne peut pas éternellement se cacher derrière son chagrin, tu ne peux pas continuer à tracer ton chemin toute seule.

– Bien sûr que si… Et j'en ai bien l'intention ! Je me débrouillais bien jusque-là.

---

6. *Skimming Stones*, Josh Daniel, 2010.
Pour toutes les traductions : www.lacoccinelle.net

– Tu crois ça ?

– Évidemment !

– Alors pourquoi je suis là ?

– Parce que j'ai fait une mauvaise chute…

– Non… Tu aurais pu avoir n'importe quelle hallucination, mais tu m'as choisi, moi. Je suis la voix que tu refuses d'entendre, la raison que tu refuses d'admettre. Tu t'interdis d'être heureuse et tu as besoin que ce soit moi qui te le dise, comme si tu avais une dette éternelle envers moi.

– Tais-toi !

– Mon cœur s'est arrêté, mais pas le tien.

– Tu étais l'homme de ma vie ! L'homme de ma vie ! hurlé-je.

– Non… Yale. Tu étais la femme de la mienne, mais toi… ta vie continue, dit-il doucement.

Ma voix est étouffée par les sanglots, les hoquets ont vaincu mon corps, seul le balcon me soutient encore…

– Est-ce que ça va ?

Oh non, pas lui ! Je fais volte-face et tombe nez à nez avec Chase Cooper.

– Alyssa ? Vous pleurez ?

– Ça va… Ça va… Je ferais mieux de rentrer.

– Si c'est à cause de tout à l'heure…

– Ne vous en faites pas, vous n'y êtes pour rien. Bonsoir.

– Quelqu'un peut vous ramener ?

– Je vais me débrouiller, merci.

– Combien de verres avez-vous bus ?

– Je vous dis que ça va ! m'agacé-je.

– Je vous ramène !

– Pas question !

– Un mot de plus et je vous porte sur mon épaule jusqu'à la voiture !

Je n'ai pas la force de me battre contre lui, pas ce soir. J'ai un autre combat à livrer. Je décide donc de le suivre en restant en retrait. Nous montons dans son énorme 4x4 noir et le peu d'espace entre lui et moi dans cet habitacle me met assez mal à l'aise. Je décide de regarder par la fenêtre afin d'échapper à une quelconque conversation, et pourtant, c'est moi qui ressens, la première, le besoin de parler.

– Je ne suis pas folle, vous savez.

– Je n'ai jamais dit une chose pareille.

– Non, mais vous le pensez tellement fort.

– Disons que… c'est assez étrange de vous voir sourire seule, parler seule, vous énerver seule et être aussi seule en société.

– J'ai fait une mauvaise chute avant de partir pour Los Angeles. Un œdème s'est formé dans mon cerveau, et depuis, j'ai des hallucinations. Mais d'ici quelques jours, tout sera terminé, avoué-je en ayant du mal à dissimuler ma peine.

– Et vous voyez votre mari ?

– C'est si évident que ça ?

– Disons… que ça expliquerait pas mal de choses et que j'ai surpris quelques-unes de vos réactions pour le moins étonnantes quand vous êtes apparemment seule…

– On n'a pas eu le temps de se marier, il est mort juste avant, avoué-je à demi-mot.

– Je suis désolé.

– Je ne sais même pas pourquoi je vous dis tout ça…

– L'alcool ?

– Eh bien… J'espère avoir tout oublié demain.

– Pas moi.

Je ne sais pas ce qu'il sous-entend et je n'ai pas le temps de le lui demander. Il gare la voiture devant l'entrée de la résidence. J'ai envie de lui demander pourquoi il ne la stationne pas dans le garage, mais il va sans doute retourner à la soirée ou rejoindre des amis. Poser la question me semble totalement inapproprié, alors je le remercie brièvement et le salue avant de rentrer me coucher.

Chapitre 5 – Alyssa

Se réveiller avec la gueule de bois... Et je ne fais pas allusion à l'alcool ! Je me suis enivrée avec tout l'amour que je porte à Luke, il a empoisonné mon sang, mon cœur, mon âme, au point de me rendre complètement folle. Pourtant, si je pouvais rejouer la partition, je choisirais les mêmes notes de musique. Luke est mon univers, il l'a toujours été. De ce jour où nous avons joué dans son jardin à celui où ses lèvres ont fait naître les miennes. Dans ses bras, j'étais passée de l'adolescente assoiffée de réussite à une femme forte et accomplie. Dans ses yeux, je me sentais belle, unique, mais surtout aimée. Et le jour où ils se sont fermés, il a tout emporté avec lui. J'étais perdue, un peu comme le Petit Poucet dont les miettes semées ont été mangées par les oiseaux, rendant tout retour chez moi impossible. *C'est où, chez moi ?*

– Arrête ! m'interrompt Luke dans mes élucubrations.

– Quoi donc ?

– De gamberger.

– Tu lis dans les pensées, toi, maintenant ?

– Pour information, j'y arrivais déjà quand j'étais encore de ce monde, alors maintenant que je suis le fruit de ton imagination, c'est encore plus facile ! plaisante-t-il en s'allongeant près de moi sur le lit.

Je le regarde droit dans les yeux. Il est tellement réel, pourtant, lorsque je pose ma main sur son visage, je ne ressens pas cette chaleur, cette légère brûlure au bout des doigts que pouvait me procurer le simple fait de le toucher. Même ça, il le saisit.

– Je ne suis qu'un mirage…

– Le plus beau des mirages…

– Tu t'es arrêtée dans cette oasis pour prendre des forces, mais il va falloir reprendre la route… dit-il en croisant ses bras derrière sa tête et en fixant le plafond.

– Pour trouver quoi ?

– La plus belle des récompenses : la vie.

– Et si je ne voulais pas de ce cadeau ?

– Yale… Ta vie sera belle seulement si tu le veux. Seulement si tu cesses de vivre dans le passé et de croire que le souvenir est tout ce qu'il te reste. Le bonheur est tout près, mais les poings fermés, tu ne pourras jamais t'en emparer, alors ouvre les mains, caresse-le, apprivoise-le. Mais je t'en conjure, ne sois pas résignée. Le cœur qui chavire, l'âme fébrile, l'adrénaline qui fait palpiter tes veines, tout ça, c'est encore possible. C'est tellement bon de se sentir vivant, mais c'est seulement si… tu le veux.

Une larme coule sur l'oreiller. Il est une fois encore en train de me dire qu'il va partir… Me laisser une nouvelle fois, seule, face à un tsunami de chagrin prêt à m'ensevelir toute entière.

– Je ne veux pas que tu partes.

– Je suis déjà parti.

– Tu sais bien ce que je veux dire.

– Tu as besoin de sensations, de mains capables d'essuyer tes larmes, de bras pour t'enlacer dans lesquels tu pourras sentir que tout ira bien, de lèvres qui te couvriront de baisers, tout ce que je ne peux plus te donner.

– Comment peux-tu savoir ce dont j'ai besoin ?

– Parce que je serai toujours une partie de toi.

Il semble tellement sûr de lui alors que je suis totalement anéantie à l'idée qu'il s'en aille. Un flot d'émotions me noue la gorge, mes larmes sont intarissables.

– Est-ce que tu veux bien me laisser seule un instant ? sangloté-je.

Un léger sourire sur les lèvres, il s'éclipse et je reste allongée sous la couette le reste de la journée, à dormir pour échapper à la triste réalité. Lorsque je sors de mon coma artificiel, je me traîne jusqu'à la cuisine, sans volonté. Luke est assis sur le canapé. La nuit est tombée sur Los Angeles. Je vais me préparer un bol de soupe sans un mot, quand il décide de perturber mes plans.

– Tu viens ?

– Où ça ?

– Suis-moi…

Je le regarde se diriger vers le balcon et décide de le suivre sans protester. En sortant, je le vois, allongé sur un des transats.

– Fais comme moi.

Je prends l'autre chaise longue et m'installe près de lui. Nous levons les yeux au ciel pour contempler la voie lactée.

– Tu te souviens le jour où je suis venu chez toi ? La veille de notre entrée à Yale ?

– Bien sûr. Quand tu as claqué la porte, je sautais comme une enfant sur mon lit. Luke Austin était venu dans ma chambre !

Il sourit en repensant à ce souvenir.

– Tu te souviens quand nous sommes sortis sur le balcon de ta chambre pour regarder les étoiles ?

– Comme si c'était hier.

– À ce moment-là, je savais déjà que j'étais malade, mais je ne pensais pas qu'un jour je serais une étoile, ton étoile. Tu veux la voir ?

Je sens la douleur me nouer une nouvelle fois la gorge et je ferme les yeux une seconde, juste pour essayer de faire taire mes démons, mais mon regard brille et trahit ce que je ressens. Pourtant je choisis de dépasser mon amertume.

– Montre-la-moi, dis-je dans un pauvre petit sourire.

– Chaque fois que tu sentiras le besoin de me voir, il te suffira de chercher la pointe de la Grande Ourse et je serai là, soir après soir… On a tous une bonne étoile, je suis la tienne.

– Tu vas bientôt partir ?

– Le moment venu, tu le sentiras.

– Je le sens déjà…

– Je te promets que tout va bien se passer. Fais-moi confiance.

Je me mords la lèvre pour empêcher le barrage de céder et me contente simplement de hocher la tête.

Le silence s'installe entre nous et seul le bruit des vagues parvient à apaiser mon cœur brisé.

Chapitre 6 – Luke

Yale dort et semble paisible. Je la contemple, comme on peut admirer la fleur la plus belle, la plus rare que l'on n'ait jamais vue. Je prends soin de la caresser avec délicatesse par peur d'abîmer sa beauté. Pourtant elle sourit, comme si elle pouvait vraiment me sentir. Je l'admire avec attention, son teint de porcelaine, sa peau exquise, l'ourlet de ses lèvres juste parfait, le bout de son nez que je voudrais embrasser indéfiniment, ses cheveux dans lesquels des mains aimeraient se perdre. Cette fille était ma perfection, et aujourd'hui ou demain, elle sera celle d'un autre. Vivant ou simple rêve, j'aurais aimé rester à ses côtés. J'aurais aimé lui communiquer ma force, l'aider à affronter la vie, être son bouclier, la protéger. Qu'elle puisse se cacher derrière moi pour l'éternité, mais je sais que ce n'est plus mon rôle. Elle a pleuré mon départ bien trop longtemps, mon retour, c'est rouvrir une plaie qui n'a jamais vraiment cicatrisé, mais être revenu, c'est aussi l'aider à panser sa blessure, celle dont je suis responsable. Mais comme une rescapée, elle va s'en remettre. Ce sera douloureux au début jusqu'à ce que cette meurtrissure se referme et laisse une cicatrice, je suis cette cicatrice. Elle me portera fièrement jusqu'à la fin de sa vie et elle pensera à moi chaque fois qu'elle y jettera un coup d'œil, mais ça ne l'empêchera pas d'exister, de vivre, et surtout d'aimer. Cela prendra du temps, mais je sais qu'elle va réussir. Je la contemple encore dans son sommeil et lui chuchote à l'oreille :

– Yale, je suis ton étoile. Mon passage dans ta vie était éphémère, mais je veillerai sur toi pour l'éternité. Toi, tu es le soleil, tu as fait briller mon existence, tu m'as inondé par ta chaleur et tu m'as procuré un bien-être incommensurable. Aujourd'hui, tu dois illuminer le monde d'un autre. Il faut que tu cesses de te cacher derrière les nuages de ton chagrin. Il est temps pour toi d'aller de l'avant. Cesse de cocher les jours sur ce foutu calendrier pour te souvenir, chaque jour, que je ne suis plus là. Je suis là, je serai toujours là, je suis ton obscurité. Laisse ta lumière briller, tu as droit au bonheur. Montre au reste du monde pourquoi il est si facile de t'aimer !

Je reste encore quelques instants à m'extasier. Chaque fois, c'est pareil, je me laisse happer par la nostalgie dès que je pose mes yeux sur elle. Tous les moments que nous avons passés ensemble me reviennent un à un. Le jour où je suis venu lui annoncer que j'entrais à Yale, comme elle, quand elle a découvert que nous avions des cours en commun, le soir où je lui ai volé son premier baiser, le concert de Bruno Mars, notre première nuit, notre premier *je t'aime*, lorsque je lui ai demandé de partager le reste de ma vie si courte, quand elle a accepté, puis le jour où je suis parti. J'ignorais que la douleur pouvait être aussi vivante jusqu'à ce que je voie Yale au-dessus de moi ou sur ce que je n'étais déjà plus. Notre amour était beau, intense et authentique. Mais je suis parti avec, c'était ma consolation. Yale a tout à construire, tout à explorer, le champ des possibles s'ouvre à elle. Yale, l'enfant, l'adolescente, l'étudiante est partie avec moi. Alyssa, la femme, a une vie entière à découvrir.

Je dépose un baiser sur son front et m'apprête à quitter la pièce pour toujours quand je vois son iPod posé sur son bureau. La musique a toujours été un trait d'union entre nous, alors je m'en saisis et trouve comme seule chanson NOTRE chanson. *Rest of My Life*. Je la supprime sans attendre et enregistre à la place celle qui sera le générique de fin de notre histoire d'amour.

– Ne crois pas que les souvenirs sont tout ce qu'il te reste. Yale, tu as toutes les cartes entre tes mains et on sait très bien, toi comme moi, que tu détiens une quinte flush royale, alors il est temps de montrer ton jeu et de mettre l'amour au tapis…

Juste un dernier regard, un dernier sourire avant de claquer la porte à jamais. Puis j'appuie sur le haut-parleur et la musique emplit la chambre doucement.

T'ai-je déçue ou abandonnée ?
Dois-je me sentir coupable ?
ou laisser les juges froncer les sourcils ?
Parce que j'ai vu la fin avant qu'on ait commencé,
Oui j'ai vu que tu étais aveuglée
et j'ai compris que j'avais gagné.

Alors j'ai pris ce qui était à moi par le droit éternel.
Pris ton âme dans la nuit…
C'est peut-être fini, mais je ne veux pas qu'on s'arrête là,
Je suis là pour toi si seulement ça t'intéresse.

Tu as atteint mon cœur, tu as atteint mon âme.
Tu as changé ma vie et tous mes objectifs.
Et l'amour est aveugle et ça je le savais quand
Mon cœur était aveuglé par toi.

J'ai embrassé tes lèvres et tenu ton visage,
Partagé tes rêves et partagé ton lit.
Je te connais bien, je connais bien ton parfum.
Je suis devenu accro à toi.

Au revoir mon amour,
Au revoir mon amie,
Tu as été la seule,
Tu as été la seule pour moi.
…/…

Je suis un rêveur, mais quand je me réveille,
Tu ne peux pas briser mon esprit,
ce sont mes rêves que tu prends.
Et alors que tu reprends ta route, souviens-toi de moi,
Rappelle-toi de nous et de tout ce que nous étions.

Je t'ai vue pleurer, je t'ai vue sourire,
Je t'ai regardée dormir un moment.
J'aurais été le père de tes enfants,
J'aurais passé une vie avec toi.

Je connais tes peurs et toi les miennes.
Nous avons eu nos doutes, mais désormais nous allons bien,
Et je t'aime, je jure que c'est vrai !
Je ne peux pas vivre sans toi…
…/…

Et je continuerai de tenir ta main dans la mienne,
Dans la mienne quand je suis endormi.
Et j'assumerai mon âme avec le temps,
Quand je suis agenouillé à tes pieds.
…/…

Je suis si vide, bébé, Je suis si vide,
Je suis, je suis, Je suis si vide [7].

---

7. *Goodbye My Lover*, James Blunt, 2005.

Chapitre 7 – Alyssa

Ouvrir les yeux et essayer d'aspirer une grande bouffée d'air. Je m'assieds dans mon lit, essoufflée, perdue. J'essaie de reprendre mes esprits, mais mon cœur bat si vite ! Ce poids sur ma poitrine, je sens à nouveau ce poids sur ma poitrine ! Je regarde autour de moi et me lève sans réfléchir. Je me précipite dans le salon et je comprends. Luke n'est plus là, je le sens, je le sais. Cet appartement n'est plus aussi lumineux, la vue n'est plus aussi saisissante. Toutes les couleurs ont perdu de leur éclat, comme si ma vision sublimée de la vie s'en était allée avec lui.

– Non ! Je ne veux pas ! Non ! Je refuse ! Ce n'est pas possible ! paniqué-je.

Prise d'une terrible angoisse, je file m'habiller en vitesse, saisis mon sac dans l'entrée et sors. En route, je prends mon téléphone et appelle Stacy.

– Bonjour, Stacy, c'est Alyssa, dis-je un peu essoufflée.

– Alyssa ? Est-ce que tout va bien ?

– Je ne me sens pas très bien, je ne viendrai pas aujourd'hui.

– Entendu. Je m'occupe de déplacer vos rendez-vous.

– Je vous remercie.

– Prenez soin de vous.

Je raccroche sans rien ajouter. Je roule à vive allure avec encore l'espoir que je me trompe. Mais la voix de Luke résonne dans mon esprit : « *Si je pars, tu le sentiras.* »

Je ne veux pas, ne me fais pas ça, ne me laisse pas.

Ces pensées tournent en boucle dans mon esprit et me rendent nerveuse. Lorsque je me gare sur le parking du Cedars-Sinai Medical Center, je ne suis plus qu'une boule de nerfs. J'entre aux urgences et demande à voir un médecin. C'est alors que ma patience est mise à rude épreuve. J'en profite pour remplir les formalités d'usage et lorsque mon nom résonne dans les haut-parleurs de la salle d'attente, je suis totalement à fleur de peau.

Un médecin d'une cinquantaine d'années en blouse blanche m'attend à l'entrée d'un très long couloir. Il me montre le chemin jusqu'à une salle d'auscultation semblable à toutes celles que l'on peut trouver dans un hôpital. Les murs sont blancs; il y a une console avec des pansements, des compresses ou encore des aiguilles stériles, et enfin la table au centre sur laquelle le médecin me demande de m'installer.

– Bien. Mademoiselle, que puis-je faire pour vous ?

– Il y a une dizaine de jours, j'ai fait une mauvaise chute. Ma tête a heurté un trottoir, provoquant un hématome proche du lobe frontal.

– Et aujourd'hui, vous êtes venue parce que vous ne vous sentez pas bien ?

– Oui… Enfin non… Pas exactement.

– Je ne comprends pas…

Je me racle la gorge, un peu gênée.

– À cause de cet hématome, j'avais des hallucinations.

– Des hallucinations ? répète-t-il, l'air dubitatif.

– Tout à fait, docteur.

– C'est possible avec ce genre de choc, en effet. Elles se sont arrêtées ?

– C'est pour cette raison que je suis là.

– Eh bien, vous devriez le savoir. Enfin, je veux dire… Si ces visions liées à votre accident ont disparu, alors c'est que tout est rentré dans l'ordre.

– Je vous en supplie, docteur, j'ai besoin d'en avoir le cœur net.

Je l'agrippe par le bras avec force. J'ai conscience de passer pour une folle, mais il peut bien m'enfermer pendant quinze jours dans un asile, tout ce qu'il voudra, du moment que je sache avant.

– Mademoiselle… Enfin… Ressaisissez-vous ! Je ne vais pas vous faire passer un scanner alors que, visiblement, vous êtes en bonne santé. Ce genre d'examen coûte très cher. On ne peut pas gaspiller l'argent comme ça…

– C'est mon mari !

– Je vous demande pardon ?

– Vous êtes marié, docteur… Jefferson ? précisé-je en regardant son nom sur sa blouse.

– Oui.

– Depuis longtemps ?

– Vingt-deux ans. Mais pourquoi toutes ces questions ? s'étonne-t-il.

– Parce que moi, je n'ai pas eu cette chance. La vie ne m'a pas fait ce cadeau, elle me l'a pris alors que nous avions à peine dix-neuf ans. Pas un jour ne passe sans que je pense à lui, à nous. Cinq ans que sa voix me manque, ses bras me manquent, sa chaleur me manque. Cinq ans que je survis, que chaque jour passé est un jour de gagné, mais gagner quoi, hein ?

– Mademoiselle, je…

– Est-ce que vous vous êtes déjà demandé comme serait votre vie sans votre femme ? dis-je en l'interrompant. Comment feriez-vous sans son baiser sur le perron de votre maison chaque matin ? Celui qui accompagne le *« As-tu passé une bonne journée, mon chéri ? »* chaque soir, la tête qu'elle pose dans le creux de votre épaule devant la télé et la place chaude qu'elle occupe dans vos bras chaque nuit.

Je vois chacun de mes mots s'insinuer dans son esprit, se faufilant lentement jusqu'à son cœur.

– La vie m'a enlevé ce qui avait le plus de valeur à mes yeux, et je ne sais pour quelle raison, elle m'a offert cette soupape inattendue… la culpabilité de me l'avoir enlevé sans doute. Toujours est-il que j'ai besoin de savoir qu'il est toujours là, que la médecine me le confirme. S'il vous plaît ! l'imploré-je.

Il me fixe un moment, une éternité, et un léger sourire se dessine sur ses lèvres.

– Suivez-moi, concède-t-il enfin.

Je soupire de soulagement, sans discrétion, et lui emboîte le pas.

L'examen s'achève et le médecin me demande de retourner en salle d'attente afin de connaître les résultats. Je m'exécute, sans pour autant m'empêcher de bouger nerveusement sur ma chaise. Au bout d'une demi-heure, il me rappelle et me fait entrer dans une nouvelle salle d'auscultation, semblable à celle où il m'a reçue précédemment.

– Alors ? m'empressé-je de demander.

– Pour un médecin, ce n'est pas dans mes habitudes de dire ça, mais ce n'est pas la nouvelle que vous espériez.

– C'est-à-dire ? m'inquiété-je.

– L'hématome s'est entièrement résorbé. Je suis sincèrement désolé.

– Oh non, chuchoté-je.

Je m'agrippe à la table sur laquelle je suis assise, mais mon barrage ne peut plus contenir cette surcharge d'émotions.

Il est parti.

J'explose en sanglots.

– Restez là aussi longtemps que vous en avez besoin, dit-il en posant une main compatissante sur mon épaule.

Avant de refermer la porte, il me regarde une dernière fois et ajoute :

– Ça vaut ce que ça vaut, mais ce soir, quand je rentrerai à la maison, je vais embrasser ma femme tellement passionnément qu'elle va me demander pourquoi. Et je lui répondrai que ma vie est belle parce que j'ai la chance de l'avoir encore à mes côtés.

Il sourit timidement puis finit par me laisser seule. Je reste quelques instants à tenter de me calmer, mais je sais que ce n'est pas une de ces douleurs dont on se débarrasse dans un soupir. Alors je reprends mes affaires et décide de regagner l'appartement.

En rentrant, je prends mon téléphone et appelle Caroline. Elle répond à la deuxième sonnerie.

– Alors, la Californienne, comment ça va ?

– Il est parti, sangloté-je.

– Oooh, ma belle…

Ce sont les seuls mots que j'ai entendus, le reste de notre conversation est couvert par mes sanglots et mes reniflements, qui semblent ne jamais vouloir s'arrêter.

– Va t'allonger, ma jolie, et essaie de te reposer, finit-elle par dire.

– D'accord.

Je raccroche enfin et file sans attendre vers mon lit, où je m'allonge. À force de pleurer, je finis par m'endormir d'épuisement. Lorsque j'ouvre les yeux, mon réveil affiche vingt et une heures. Je sors de ma chambre, attrape mon iPod et me traîne jusqu'au canapé dans le salon. Je m'effondre sans aucune délicatesse et glisse mes écouteurs dans mes oreilles. Alors que je m'attends à entendre les paroles si réconfortantes pour moi de Bruno Mars, je ne reconnais pas la musique. Je me redresse, surprise, et dès les premières paroles, je comprends. Je regarde l'écran de mon iPod, *Rest of My Life* a disparu, seul James Blunt figure sur ma playlist et me chante les adieux de mon grand amour. Je me lève et colle mon visage contre la vitre. Les larmes ruissellent sur mes joues, chaque parole lacère mon cœur. Comment vais-je sortir de ce puits sans fond ? Je relève la tête et vois, au-dessus de la télé, un meuble vitré où sont rangées plusieurs bouteilles d'alcool. Je m'en approche, l'ouvre, regarde le choix qui s'offre à moi. Lequel prendre ? Celui qui fera le plus de dégâts. Je m'empare de la bouteille de vodka, d'un verre, et je retourne m'asseoir sur le canapé. Si les premières gorgées sont brûlantes, ce n'est rien comparé à ce qui suit. La chanson tourne en boucle dans mes écouteurs et mes sentiments aussi : l'envie de frapper un instant, de pleurer celui d'après, de hurler à pleins poumons. Mais ce que je veux par-dessus tout, c'est le sentir près de moi, encore. La bouteille est aux trois quarts vide et ma réserve de larmes n'est toujours pas tarie… Loin de là… J'erre dans cet appartement, la bouteille à la main, le mascara au bas des joues, complètement paumée, quand mes yeux se posent sur le mur. Ni une ni deux, sans réfléchir, je tape ma tête violemment contre la paroi.

– Reviens ! Je t'en supplie.

Mais autour de moi, le néant. Juste un gouffre dans lequel je glisse petit à petit. Puis la raison m'échappe, sans doute enivrée par l'alcool, et cette colère que je garde, que je canalise, se transforme en rage et m'inonde totalement. Je frappe ma tête encore et encore en hurlant.

– Ne me laisse pas ! Pas encore ! Je n'y arriverai pas… Pas sans toi… Luke, s'il te plaît… sangloté-je en m'effondrant le long du mur.

Je pleure à chaudes larmes quand j'entends un bruit sonore provenant de la porte. Je relève la tête et vois une silhouette floue derrière le canapé.

– Luke ? Luke, tu es revenu ? reniflé-je, pleine d'espoir.

Il s'agenouille près de moi, touche mon front.

– Vous êtes blessée ?

– Ce n'est rien puisque tu es là, souris-je.

– Venez avec moi dans la salle de bains, dit-il en me prenant par la main sans que j'aie le temps de réagir.

Je le suis, complètement stone, et reste immobile près du lavabo. J'entends l'eau couler, mais mes yeux sont mi-clos. Sa voix résonne.

– Ça va être un peu froid, me prévient-il.

Puis je sens un linge mouillé sur mon front. Je grimace, mais je ne dis rien.

– Vous devriez prendre une douche.

Je gémis mais ne proteste pas. Sa silhouette ouvre la porte et la peur me saisit une nouvelle fois.

– Pourquoi tu t'en vas ? Ce n'est pas comme si tu ne m'avais jamais vue nue.

– Je vais attendre dans le salon.

Puis la porte claque. Mon cœur aussi.

L'eau coule sur mon corps et mon âme meurtrie, mais cette brûlure qui me consume ne s'atténue pas. Épuisée, je m'assois, me recroqueville, espérant que ce flot puisse me laver de tous mes maux.

J'ignore depuis combien de temps je suis dans cette position. Mon corps est complètement endolori quand je sens la pluie de la douche s'arrêter. La chaleur d'une serviette m'enveloppe puis je quitte le sol. Les yeux fermés, je m'abandonne à ces bras qui me déposent sur mon lit avec délicatesse. Je suis tellement fatiguée… Je devine quelques caresses sur mes cheveux, sur ma joue et cela m'apaise. Je commence lentement à plonger dans le sommeil quand tous ces gestes tendres s'interrompent et que le lit bouge légèrement. J'ouvre les yeux lorsque j'entends un bruit venant de la porte de ma chambre.

– S'il te plaît, reste avec moi cette nuit. S'il te plaît, l'imploré-je.

Sans discuter, il revient s'asseoir près de moi. Sa chaleur m'enveloppe et je m'endors rapidement.

Au petit matin, c'est ma tête qui me réveille.

Qu'est-ce que j'ai mal !

J'essaie de me rendormir quand je sens une masse à côté de moi. Les yeux encore fermés, je tâte jusqu'à ce que je sorte brutalement de ma somnolence. Chase Cooper est ici, la tête contre la tête de lit, profondément endormi.

Mais que fait-il là ?

J'essaie de me remémorer ce qui s'est passé hier, mais c'est le trou noir. Par réflexe, je jette un coup d'œil sous le drap et ce que je découvre m'horrifie : je suis nue ! Prise de panique, je crie :

– Chase, réveillez-vous ! Allez debout !

Il gémit mais ne cille pas.

– Chase ! Allez ! Vous ne pouvez pas rester là !

Il ouvre un œil, se masse mécaniquement la nuque en se demandant un instant où il est, puis il me regarde avec une expression que je ne lui connaissais pas encore.

– Bien dormi ?

– Comment avez-vous atterri ici ?

– Vous devriez demander à votre tête, dit-il en haussant un sourcil.

Machinalement, je passe ma main sur mon front et lorsque mon index caresse une bosse, je grimace aussitôt. Quelques pièces du puzzle s'assemblent lentement. Je sens mes joues rosir de honte et un étrange silence s'installe. Je n'ose plus le regarder. Le lit bouge et je comprends qu'il se lève. Je le regarde s'apprêter à passer le seuil de ma chambre et une question me brûle les lèvres.

– Chase ?

Il fait volte-face.

– Oui ?

– Est-ce que vous m'avez vue… nue ? balbutié-je gênée.

– Oui, mais ce n'est pas votre corps que j'ai regardé.

Sa réponse me surprend et creuse davantage mon malaise. Il se retourne et prend la direction du salon, quand je l'interpelle une nouvelle fois. Il faut que je sache. Chase revient alors sur ses pas.

– Vous pouvez me dire ce qu'il s'est passé hier soir ? demandé-je à mi-voix.

– J'ai entendu du bruit qui provenait de votre salon, ce qui est plutôt anormal, alors je suis venu frapper pour savoir si tout allait bien. Mais comme vous ne répondiez pas et que les bruits persistaient, je n'ai pas réfléchi, j'ai cru qu'il vous arrivait quelque chose alors j'ai défoncé la porte. Lorsque je suis entré, vous étiez assise contre le mur du salon, complètement ivre et le front bien amoché. J'ai fait ce que tout le monde aurait fait, je vous ai soignée, vous avez pris une douche et puis je vous ai mise au lit. Vous m'avez demandé de rester avec vous et j'ai cru comprendre que la journée avait été difficile, alors je n'ai pas discuté. Voilà, fin de l'histoire, raconte-t-il sobrement.

– Merci. Je suis vraiment désolée que vous ayez dû me voir comme ça.

– Ne vous en faites pas pour ça, on a tous le droit de craquer, c'est un bon moyen pour se rappeler que nous ne sommes pas parfaits.

– Qu'est-ce que vous devez penser de moi, maintenant ? chuchoté-je les yeux dans le vide.

C'est une question purement rhétorique dont je ne veux même pas entendre la réponse. Pourtant, ces derniers temps, il faut croire que mes prières ne sont plus exaucées.

– Je vois simplement une jeune femme rongée par le chagrin qui vit tellement à l'ombre de sa peine qu'elle ne se souvient plus l'effet que procure la chaleur de l'ivresse.

Son regard est si sincère que j'en ai la gorge nouée. Je me triture les doigts nerveusement tout en me mordillant la lèvre.

– Bien. Je ferais mieux d'y aller... Vous n'avez qu'à revenir au bureau quand vous vous sentirez prête. Je pense que vous avez besoin de vous reposer, donc rien ne presse, d'accord ?

– Laissez-moi une ou deux heures tout au plus et j'arrive.

– Je pensais plutôt à un ou deux jours...

– Pour que vous me retrouviez à me taper la tête contre les murs, je crois que ce n'est pas une bonne idée.

– Comme vous voudrez.

Alors qu'il est sur le point de refermer la porte de ma chambre, je l'interpelle une dernière fois.

– Chase.

– Oui ?

– Merci.

– Pas de quoi, dit-il simplement avant de partir pour de bon.

Je me rallonge quelques secondes et contemple le plafond un instant. Mon mal de tête me rappelle la nuit agitée que je viens de passer et le regard de mon voisin. Mais la honte que tout cela m'inspire me hantera jusqu'à la fin de mes jours. Quant à mon cœur, il se retrouve au tapis par K.-O.

Chapitre 8 – Alyssa

1 688e jour.

Un mois que tu n'es plus là. Je sais au fond de moi que c'est mon esprit qui m'a joué des tours, et pourtant, c'est comme si je t'avais perdu une seconde fois. J'ai retrouvé cette douleur si vive, si réelle, si brûlante. Je sais bien que la vie est comme une montagne russe. Parfois tu es là-haut et tu contemples le paysage, cet avenir qui te donne envie de plonger, de faire cette descente qui te colle le vertige, parce que tu as besoin de cette adrénaline. C'est ce nectar qui coule dans tes veines qui fait naître le désir de traverser le temps pour y laisser ton empreinte. Mais moi… moi… je suis coincée dans ce wagon qui n'avance plus. Toutes les couleurs de la vie sont ternes, à présent. Le bruit de la mer… L'air… Le vent… Le soleil… Tout a perdu de sa beauté, plus rien n'a de goût. Mon deuil est comme un manteau que j'aurais déposé le temps d'un été, mais aujourd'hui, il n'y a plus de saisons, je m'y enveloppe pour l'éternité. Mes vieux réflexes ont repris leur place. Chaque matin est un défi : cohabiter avec ton absence.

J'ai pris mes marques mais j'ai perdu mon sourire. On ne peut pas tout avoir dans la vie, je crois que je l'ai bien compris. Stacy a remarqué mon changement d'humeur mais elle ne dit rien. Quant à mon client, il a enfin disparu des radars… mais pas totalement. Nous échangeons des mails, tout ce qu'il y a de professionnel. Je soupçonne qu'il m'évite depuis la dernière fois, ou peut-être est-ce une coïncidence. Enfin, quoi qu'il en soit, je le remercie de ne pas être là. Le revoir raviverait l'humiliation de ce soir-là. Il faudra bien que je le revoie, pourtant, mais le plus tard sera le mieux.

Je décide de m'habiller et d'aller courir. J'ai pris cette habitude. C'est devenu un moyen, parmi tant d'autres, d'évacuer tout ce que je ressens et dont je n'arrive pas à me libérer. Courir au bord de l'eau, laisser le vent fouetter les larmes qui inondent mes joues comme si, lui aussi, essayait de faire disparaître mon mal, et courir, courir à perdre haleine jusqu'à épuisement, jusqu'à ce que ma respiration ne soit plus que nausée. Absolument tout mon corps brûle, mon cœur bat à s'en décrocher de ma poitrine.

Je rentre dans mon appartement désespérément vide. Je file sous la douche pour essayer de me laver de toutes ces tensions. J'y reste comme chaque fois… jusqu'à ce que l'eau devienne glacée. Puis, simplement vêtue d'une culotte et d'un débardeur, je me dirige vers la cuisine pour me faire un jus de fruits frais. Je glisse dans le *blender* une pomme coupée en quatre, quelques fraises et des morceaux de banane. Mais, alors que j'appuie sur le bouton de l'appareil, une silhouette sur mon balcon attire mon attention et le couvercle du mixeur m'échappe. Le mélange atterrit sur mon tee-shirt, éclaboussant mes cheveux au passage. Je me saisis d'une serviette pour couvrir ma poitrine trempée et ouvre la baie vitrée avec, sans aucun doute, un air choqué sur le visage.

– Chase ! Qu'est-ce que vous faites là ?

– Chut ! Parlez moins fort.

Chase Cooper entre dans mon salon, vêtu d'un simple jean délavé et d'un tee-shirt blanc, les cheveux totalement ébouriffés et les traits encore tirés. De toute évidence, il vient de tomber de son lit. Je referme la baie vitrée derrière lui.

– Je peux vous demander ce que vous faites sur mon balcon ?

– J'évite juste une conquête qui n'est pas encore partie, dit-il l'air gêné.

– Et vous pensez qu'elle va s'en aller comme ça… comme par enchantement ?

– Je me suis dit qu'elle allait en avoir marre et qu'elle allait finir par s'éclipser.

– Ou pas, rétorqué-je.

– J'admets que mon… ma stratégie n'a pas de plan B.

– Pourquoi ne pas lui dire tout simplement que c'était juste pour cette nuit ?

– J'ai essayé… cette nuit… après… avoir… euh…

– Baisé…

Il me regarde, un brin offusqué.

– Désolée… Mais dans votre cas, il n'y a pas d'autre mot.

Il relève un sourcil comme s'il cherchait à protester, mais il se rend à l'évidence.

– Elle s'est mise à pleurer et je ne savais pas quoi faire, alors je l'ai consolée et… on a remis ça. J'avais bu ! Et voilà où j'en suis.

– Cette fille ne partira pas.

– Je crois que vous avez raison. Je devrais leur faire signer un truc comme un contrat prénuptial, vous voyez le genre ?

– Dois-je vous rappeler mon travail ?

– Oh évidemment…

– Mais si vous voulez éviter les drames, surtout ne signez pas un contrat prénuptial puisque dans prénuptial, il y a nuptial… Et de toute évidence, le mariage, c'est ce que vous tenez à éviter.

Il sourit et j'en fais autant.

– Pas mal votre tenue. C'est à croire qu'elle m'est réservée.

Mon sourire s'efface et mon majeur me démange, mais ce ne sont pas des manières.

– À ce propos... Veuillez m'excuser...

Je m'éclipse rapidement dans ma chambre pour enfiler une tenue plus décente. À mon retour, il est dans ma cuisine en train de préparer du café.

– Vous n'avez pas profité de mon absence pour aller lui dire de s'en aller ?

– Je crois que de toutes les filles, les sensibles sont celles qui me filent le plus la frousse.

– Un grand gaillard comme vous a peur d'une fille fragile ?

– Eh bien... Elles se mettent à pleurer... Je ne sais pas de quoi elles sont capables. Peut-être qu'elles pourraient se suicider...

– Voyons voir... Vous l'avez rencontrée hier soir ?

– Oui.

– Elle avait une belle robe, peut-être pleine de paillettes, des talons immenses, un brushing irréprochable et un rouge à lèvres impeccable ?

– C'est à peu près ça.

– Vous avez discuté et elle a ri à chaque fin de vos phrases ?

– Vous étiez là ?

– Ne dites pas de bêtises !

– Elle a commencé à se tripoter les cheveux et à faire des trucs bizarres avec sa langue, vous laissant une vue imprenable sur sa poitrine généreusement mise en valeur ?

– C'est possible...

– Et puis, vous lui avez proposé de boire un dernier verre chez vous ?

– Mais comment... Comment le savez-vous ?

– Et à chacune de ces étapes, pas une fois elle ne vous a paru suicidaire ?

Il réfléchit un instant avant de répondre.

– Non.

– Alors je suis navrée pour vous et pour votre ego, mais c'est votre lâcheté qui vous fait agir ainsi et non pas les états d'âme de cette pauvre fille qui vous attend dans votre appartement.

– D'habitude, elles partent sans faire d'histoires. Je ne sais pas comment m'y prendre quand elles sont toujours là au petit déjeuner.

– Je ne pense pas que la bonne solution soit de vous réfugier chez la voisine.

– Vous me prenez pour un salaud ?

– J'ai appris par le passé à ne pas juger les gens sur leur apparence. Elle, en revanche… dis-je en regardant le mur qui nous sépare de son appartement.

– Oh ! Ce ne sera pas la première !

– Bon… Je veux bien vous dépanner, mais ce sera la seule fois. Promettez-le-moi !

– Qu'est-ce que vous comptez faire ?

– Donnez-moi votre parole !

– Je vous le promets.

– Ne bougez pas de là !

Je longe le couloir de mon appartement, ouvre ma porte d'entrée et me dirige vers celui de mon client. Je me retourne pour jeter un coup d'œil vers chez moi et j'aperçois Chase caché dans l'encadrement.

Froussard !

Cette idée me fait sourire. Quand on voit cet homme baraqué de presque deux mètres, c'est juste ridicule. Je frappe mais n'obtiens pour seule réponse que le silence. Je réitère une fois… deux fois…

Elle est peut-être partie après tout.

Mais Chase me fait signe de persister.

– Chase ! Ouvre, c'est moi ! J'ai oublié mes clés.

J'entends un bruit derrière la porte, puis c'est au tour du verrou. Le battant s'ouvre enfin sur une superbe fille, comme je l'imaginais. Ses cheveux blonds parfaits lui arrivent à la poitrine, ses yeux bleus me foudroient sur place et ses lèvres pulpeuses se pincent. Elle me détaille de la tête aux pieds et son envie de m'écraser comme un vulgaire cafard est palpable.

– Qui êtes-vous ? m'interroge-t-elle sèchement.

Je respire profondément et essaie d'avoir l'attitude appropriée, celle de la femme trompée.

– Je suis l'épouse de Chase, et vous, qui êtes-vous ? lui réponds-je en brandissant mon alliance sous son nez.

Ma réponse la décontenance. Son visage pâlit.

Pauvre fille !

Mais je n'ai pas le temps de m'apitoyer sur son sort, je dois aller jusqu'au bout.

– Et vous ? Qui êtes-vous ?

– Chase ne m'a pas dit qu'il était marié.

– Oh… Il aurait dû ? Pourquoi ça ?

– Non… bien sûr que non. Je l'ignorais, c'est tout. Je disais ça comme ça. Je vais vous laisser…

Cette fille est en train de s'enfoncer sous mes yeux et je ne fais rien pour l'aider à s'en sortir. Je me déteste de lui faire ça.

– Bien.

J'entre dans l'appartement, m'adresse à elle une dernière fois, qui est toujours sur le seuil de la porte, complètement abasourdie par la nouvelle.

– Je lui dirai que vous êtes passée. Vous êtes ?

– Il le sait.

– Ah bon ? Comment ça ? demandé-je d'un ton inquisiteur.

Si elle avait pu se liquéfier sur place, alors elle aurait opté pour ce choix plutôt que de devoir me répondre.

– Rien. Oubliez ce que j'ai dit.

Je la regarde partir avec un sourire compatissant sur les lèvres et une conviction : elle s'en remettra.

À peine une poignée de secondes s'écoule avant que j'entende gratter à la porte. J'ouvre et souris lorsque je découvre Chase, penaud, sur le seuil.

– Vous avez réussi ! Je ne sais pas comment vous remercier…

– Disons qu'on est quittes.

– Quittes ?

– Pour ce que vous avez fait pour moi, il y a quelque temps, réponds-je, gênée.

On échange un regard et je surprends cette lueur quand il comprend à quoi je fais allusion. Je crois que la situation est assez embarrassante comme ça pour ne pas en rajouter, alors je choisis ce moment pour m'éclipser et rentrer chez moi. Avant de refermer la porte, Chase dit encore :

– Merci, Alyssa.

Un dernier sourire et l'incident est clos.

La semaine suivante, je reste tard au bureau tous les soirs. Chase a plusieurs contrats publicitaires importants, dont un dans quelques jours, au Mexique ; certains détails restent à régler avant son départ. Puis il faut s'occuper du *Super Bowl*, un dossier qui prend également beaucoup de temps. Chase est le capitaine de l'équipe, plusieurs sponsors souhaitent l'avoir à l'affiche pendant les spots publicitaires ainsi que toutes les interviews avant et après le match. Je termine à peine ma conversation avec le directeur du marketing de la marque de luxe qui veut Chase pour sa campagne de tournée au Mexique, lorsque Stacy tape à la porte de mon bureau.

– Alyssa, je peux te déranger une minute ?

– Je viens de finir avec monsieur Hernandez, je t'écoute.

– Voilà… Monsieur Cooper voulait voir les épreuves de la campagne pour les montres Seiko, il est parti en début de semaine à New York pour ses entraînements, mais j'ai complètement oublié de les lui donner et il faut qu'il appelle Grace pour les valider avant demain midi parce qu'après, elle prend l'avion pour New York.

– Et ?

– Je me disais que tu pourrais lui déposer puisque tu es sa voisine.

– On ne peut pas faire appel à un coursier ?

– Un vendredi soir à vingt et une heure trente ?

– Et ça ne peut vraiment pas attendre lundi ?

– Je ne te le demanderais pas si je ne pensais pas que c'était urgent.

– Très bien. Donne-les-moi, je vais les lui déposer.

– Je te revaudrai ça.

Je lui souris, saisis la grande enveloppe qu'elle me tend et laisse échapper un soupir. L'idée d'aller frapper à sa porte ne m'enchante pas. J'ignore pourquoi sa présence m'inspire toujours un sentiment de malaise, en tout cas, je préfère l'éviter au lieu de le savoir.

Lorsque j'arrive à la résidence, l'enveloppe en papier kraft sur le siège passager ne risque pas de me faire oublier la mission que l'on m'a confiée. Je prends l'ascenseur et vais directement frapper à la porte de Chase.

Autant ne pas perdre de temps.

Sauf que je ne m'attends pas à ce que je trouve derrière cette porte. Un homme m'ouvre et avant que je puisse dire quoi que ce soit, il me prend dans ses bras. Je ne bouge pas, complètement estomaquée. Je perçois comme un bruit de métal qui touche le plan de travail dans la cuisine. Une sorte de grésillement, comme du beurre qui fond dans une poêle, me laisse supposer que Chase doit être aux fourneaux. Et son visage familier apparaît enfin par la porte entrouverte.

– Alyssa ? Tobby ! Mais qu'est-ce qu'il te prend ?

Il attrape le dénommé Tobby par les bras et l'éloigne délicatement de ma taille.

– Je suis désolé, il ne fait jamais ça d'habitude.

– Aucun souci.

Mais il ne me regarde pas, bien trop concentré sur cet homme que je vois pour la première fois.

– Tobby, mais enfin qu'est-ce qu'il t'a pris ?

– Elle a l'air gentille, rétorque-t-il simplement.

– Eh bien ce n'est pas une raison pour prendre des inconnues dans tes bras. Puis il se retourne enfin vers moi.

– Je passais juste vous déposer cette enveloppe.

– Entrez une minute, Tobby et moi, nous allions passer à table.

– Non, c'est très gentil mais ça ira.

– Ce n'était pas une question. Joignez-vous à nous !

– Hum… hésité-je, je meurs de faim mais…

– Je vous en prie, dit-il en me faisant signe d'entrer sans attendre que je termine.

Je me faufile dans l'appartement, très curieuse, laisse la grosse enveloppe dans le corridor et vais m'installer dans la cuisine, près du plan de travail, à côté de Tobby, celui qui m'a réservé cet accueil si chaleureux. Je comprends au premier regard qu'il est atteint de la trisomie vingt et un et ses traits me sont familiers. Il porte le maillot de l'équipe de foot de Chase et une casquette soigneusement mise à l'envers. Il est plus petit que lui, mais ce n'est pas très difficile. Je n'arrive pas à déterminer son âge.

Chase, qui est en train de couper des tomates sur le plan de travail, nous regarde un instant.

– Alyssa, je vous présente mon grand frère.

Je m'assieds près de lui et lui tends la main.

– Je m'appelle Alyssa.

– Tobby.

– Enchantée, Tobby. On n'est plus des inconnus à présent, dis-je en souriant.

– Excusez-le pour cet accueil, il ne fait jamais ça d'habitude.

Je regarde Tobby dans les yeux et lui chuchote :

– Ce n'est pas si grave.

– Je savais que tu étais gentille, dit-il, les yeux rieurs derrière ses lunettes.

Je souris en réponse à ce joli compliment. Chase, lui, se concentre sur le plat qu'il prépare.

– Alors, Tobby, que fais-tu dans la vie ?

– Moi, mon truc, c'est peindre !

– Peindre ?

– Tu veux voir ?

– Avec joie !

Il me prend par la main comme si nous nous connaissions depuis toujours et presse le pas pour m'emmener dans la chambre de son frère, je présume. Là, une toile immense occupe tout un pan de mur. C'est un tableau abstrait, mais le choix des couleurs, les mélanges, je ne sais pas, son coup de pinceau ne me laissent pas indifférente.

– Tobby, c'est magnifique !

– C'est vrai ? Ça te plaît ?

– Absolument ! Tu en as d'autres ?

– Oui, à l'institut. Tu viendras les voir ?

– Bien sûr, si tu m'invites.

Nous regagnons le salon. La table est mise. Nous nous installons et Tobby monopolise l'attention la majeure partie du repas. Je dois reconnaître que, pour la première fois, je ris de bon cœur. Cet homme est plein de ressources et ce dîner est une vraie bouffée d'oxygène. Je ne saurais expliquer ni pourquoi ni comment, mais j'ai tout de suite ressenti une réelle affection pour lui. Le repas touche à sa fin et Tobby nous quitte pour aller se coucher. Naturellement, je reste pour aider Chase à débarrasser la table.

– Tobby est vraiment quelqu'un de formidable.

– Je crois qu'il vous apprécie aussi. Quand on est réunis comme ça, il faut toujours qu'il me pique la vedette.

– Il m'a montré la toile dans votre chambre. Il a du talent.

– C'est lui la star de la famille. J'ai de la chance de l'avoir.

– Vous avez l'air très proches.

– Tobby vit dans un institut. C'est pour lui que je me suis installé à Los Angeles et que je fais tous ces allers-retours à New York. Quand je suis là, il vient chez moi les week-ends.

– J'ignorais tout ça…

– Comme tout le monde. Je n'en parle jamais. C'est mon moyen de le préserver. Le regard des autres n'est pas une chose facile alors je veux le protéger le plus possible.

– Je comprends.

– Un dernier verre ?

– Pourquoi pas ?

Il me sert un verre de vin blanc et nous nous dirigeons sur le balcon. Le silence s'installe entre nous, avec en guise de bruit de fond unique, l'océan. Je me sens bien, plus légère pour une fois, et j'aimerais que cette sensation ne finisse jamais. Accepter ce dîner était impulsif, mais cela m'a fait du bien.

– J'ai vraiment apprécié ce repas, merci.

– Pas de quoi. Je suis encore sous le choc de la manière dont Tobby vous a accueillie. Il n'avait jamais fait ça auparavant.

– Ça va sans doute vous paraître complètement fou, quoique… Je n'ai encore rien fait pour vous prouver le contraire, mais ce soir, avec Tobby, j'ai ressenti cette chaleur. Il m'a fait du bien. Je ne sais pas comment vous l'expliquer, je ne comprends pas moi-même.

– Je crois que Tobby a cet effet sur les gens, il me guérit. Vous savez… c'est loin d'être facile pour lui. Notre mère est morte quand nous n'étions encore que des gamins et notre père a systématiquement fait passer son métier avant nous. En plus, entre lui et moi, le climat a toujours été électrique et Tobby était là, pris entre deux feux. Il m'a consolé un nombre incalculable de fois, alors quand notre paternel a choisi son travail, une fois de plus, en partant s'installer à New York, je me suis fait la promesse de ne jamais laisser tomber Tobby.

– C'est noble de votre part.

– J'ai de la chance de l'avoir. Je ne sais pas pourquoi je vous dis tout ça, ajoute-t-il en riant.

– L'alcool, sans doute, rétorqué-je en regardant son verre.

– Et vous, Alyssa ?

– Quoi, moi ?

– Vous avez le don de faire parler les gens.

– C'est mon travail.

– Dites-moi quelque chose. Ne me laissez pas seul à me confier comme un pauvre ivrogne.

– Il n'y a pas grand-chose à dire.

– Je suis persuadé du contraire. J'ai l'intime conviction qu'il suffit de gratter un peu ou bien de réciter une formule magique comme, euh… « Alyssa, ouvre-toi ! »

Sa référence à Ali Baba me fait sourire.

– Le sourire vous va bien, vous devriez essayer plus souvent.

– Je crois que je ferais mieux d'y aller.

– Je suis désolé, Alyssa, si je vous ai mise mal à l'aise, ce n'était pas mon intention, dit-il en posant sa main sur la mienne.

Aussitôt une chaleur me parcourt, mon cœur se serre et un nœud se forme dans ma gorge. Son regard dans le mien, ma respiration devient sifflante. Ses lèvres s'entrouvrent au ralenti comme s'il était sur le point de dire quelque chose, ou pire, de faire quelque chose. Il me suffit juste de cligner des yeux pour chasser toutes ces sensations de mon corps.

– Merci, Chase, pour cette soirée. Bonsoir, balbutié-je avant de littéralement m'enfuir de son appartement, sans même me retourner.

Cet homme va définitivement me prendre pour une cinglée. Comment pourrais-je lui expliquer ma réaction quand, moi-même, je ne la comprends pas ? Un effleurement furtif et me voilà projetée dans une paranoïa démentielle. Je suis définitivement bonne à enfermer.

– Mais pourquoi faut-il que j'agisse de façon si irrationnelle avec lui ? me demandé-je en me jetant tête la première contre l'oreiller.

Pourvu que demain on retrouve mon corps sans vie après une asphyxie accidentelle.

Chapitre 9 – Alyssa

1 689e jour.

Encore se lever… Encore respirer… Encore marcher… J'ai l'impression d'être dans *Un jour sans fin*, coincée dans cette journée qui ne se terminera que lorsque j'aurai trouvé la poussière qui enraye le disque.

Je risque d'y rester un sacré bout de temps.

Je bois rapidement mon café et pars, comme tous les matins, faire mon footing au bord de la mer. À mon retour, je retrouve Tobby devant ma porte.

– Tobby ? Mais qu'est-ce que tu fais là ? lui demandé-je tout essoufflée.

– Chase avait une course urgente à faire pour son travail et je m'ennuyais un peu tout seul, alors…

– Tu veux entrer une minute ?

– Ça ne t'ennuie pas ?

– Bien sûr que non.

J'ouvre la porte et Tobby m'emboîte le pas.

– Tu n'as qu'à faire comme chez toi, je vais prendre une douche.

Il me sourit et je le laisse quelques instants. Quand je sors de la salle de bains, il est sur le canapé, mon album de photos entre les mains. Je pâlis dès que je le reconnais et peine à le cacher.

– Qui est ce garçon sur les clichés ?

– Mon fiancé, réponds-je timidement.

– Il ne t'a pas suivie jusqu'ici ?

– Il me suit partout, en réalité…

Il relève la tête, une expression d'incompréhension sur le visage.

– Il est décédé, il y a cinq ans.

– Oh…

Le malaise s'installe et l'air devient trop irrespirable à mon goût, il faut que je sorte.

– Bien. Tu veux aller faire une balade en attendant que ton frère revienne ?

– Oh oui !

– OK, alors, qu'est-ce qu'on attend ?

Il se lève du canapé pendant que je griffonne un mot que je dépose sous la porte de l'appartement de Chase et nous nous mettons en route.

Nous marchons dans le sable en silence et j'essaie de reprendre mon souffle et de me détendre par la même occasion. Je sens bien que Tobby est gêné par la situation dans laquelle je nous ai mis, c'est donc à moi d'alléger l'atmosphère.

– Tu te plais à l'institut ?

– Des fois oui, des fois non…

– Ah, pourquoi ça ?

– En fait… Je suis amoureux d'une fille.

– Et ce n'est pas bien ?

– Non, ce n'est pas ça.

– Tu m'expliques ?

– Elle aime ma peinture et les jours où elle vient me voir, ce sont des bons jours, mais les jours où elle m'ignore, je n'aime pas.

– En effet, c'est normal. Tu as déjà essayé de lui faire comprendre ce que tu ressens ?

– Pas vraiment. J'attends qu'elle s'en rende compte d'elle-même.

– Ça risque de durer longtemps, ris-je.

– Je devrais faire quoi, d'après toi ?

– L'inviter à sortir, pour commencer.

– Chase ne veut pas.

– Pourquoi ça ?

– Parce qu'il dit que les gens se servent de moi.

– Et tu penses qu'il a raison ?

– Je ne sais pas…

– C'est déjà arrivé ?

– Plusieurs fois. Certains me parlent pour devenir l'ami de Chase.

– Et tu crois que cette fille est comme ça ?

– Ah non ! Elle, elle est exceptionnelle ! Elle est si jolie…

– Comment s'appelle-t-elle ?

– Lisa. Elle s'appelle Lisa.

– C'est un très joli prénom.

– Alyssa, tu es vraiment très gentille.

– Toi aussi, Tobby.

– Je crois que Chase te trouve gentille lui aussi.

– J'aurais plutôt choisi folle mais…

– Pourquoi il te trouverait folle ?

– Pour rien. Oublie que j'ai dit ça !

– Je suis désolé pour tout à l'heure.

– De quoi tu parles ?

– Pour ton fiancé.

– Tu ne pouvais pas savoir, le rassuré-je timidement en lui massant l'épaule.

– Ça te rend triste ?

– Bien plus que tu ne peux l'imaginer.

– Ça passera tu crois ?

– Jamais.

– Moi, je crois que si !

– Comment le sais-tu ? demandé-je curieuse.

Il s'arrête et pose sa main sur le haut de ma poitrine.

– Ton cœur.

Je le regarde sans comprendre.

– Il bat. Il tape. Il te montre qu'il est toujours là.

– Il est en miettes, réponds-je, émue.

– Il te faut une personne pour recoller les morceaux.

– Qui ça ? dis-je, entre rire et sanglot.

J'étais sûre de sa réponse bien que je ne le connaisse pas encore suffisamment.

– Chase !

Je ne peux retenir un éclat de rire intempestif.

– Ton frère ?

– Je sais qu'il peut guérir ton cœur. Je le sens.

– Non, Tobby. Personne ne peut le guérir.

– Bien sûr que si. Il suffit de prendre les miettes et d'assembler chaque petit bout pour en faire un nouveau. Il palpitera différemment, il ressentira différemment, il aimera différemment, mais il battra à nouveau sincèrement pour quelqu'un.

Je soupire devant ce mélange de naïveté et de poésie. J'en ai le souffle coupé et je me contente simplement de lui passer la main dans les cheveux pour les ébouriffer.

– On rentre ?

– Une dernière chose, Alyssa.

– Je t'écoute.

– Je joue une pièce ce soir à l'institut. *Roméo et Juliette*. Ça me ferait plaisir que tu viennes.

– Si ton frère est d'accord, ce sera avec plaisir.

– Cool !

– On fait la course jusqu'à l'appartement ?

Il n'a pas attendu la fin de ma phrase que, déjà, il a pris le large. Je le rejoins en laissant cette conversation là où elle doit être : emportée par les vagues.

Alors que l'on monte l'escalier, Chase ouvre sa porte. Il nous sourit. De toute évidence, il a trouvé mon petit mot.

Tobby atteint à peine la dernière marche qu'il s'empresse de demander à son frère.

– Chase, est-ce qu'Alyssa peut venir avec nous ce soir ?

– Je ne sais pas. Tu lui as demandé ce qu'elle en pensait ?

– Oui… Elle a dit oui ! répond-il précipitamment.

Chase me lance un regard comme s'il attendait ma confirmation. Je hausse simplement les épaules en souriant.

– Soyez prête pour vingt heures trente, dans ce cas.

– Entendu.

Un dernier sourire et je laisse les frères Cooper rentrer chez eux avant d'en faire autant.

★★★

À vingt heures trente pile, je suis sur le point de sortir sur le palier après m'être assurée que tout est en ordre dans ma tenue. J'ai simplement bouclé mes cheveux, enfilé un jean délavé et un joli chemisier noir ample. Un peu de crayon couleur charbon sur mes yeux, mes créoles en argent favorites et le tour est joué. Mais avant que je mette la main sur la poignée, j'entends frapper. J'ouvre et tombe sur un Tobby totalement électrique.

– Tu es splendide !

– Je te remercie, Tobby, tu n'es pas mal non plus et ce nœud papillon te va comme un gant.

– C'est vrai ? Chase dit que c'est un peu trop.

– Tu as très bien fait. Les filles adorent les nœuds papillon. C'est pour Lisa ? demandé-je en essayant d'être discrète.

J'ai échoué lamentablement.

– Qui est cette Lisa ? interroge Chase en fermant la porte de son appartement.

– Personne, crie Tobby pour clore la conversation, tout en dévalant les escaliers.

Chase, vêtu d'un pantalon à pinces noir et d'une jolie chemise blanche dont le col est déboutonné, me rejoint.

– Vous êtes très élégant, dis-je poliment.

– Je vous retourne le compliment.

– Merci.

Nous marchons ensemble d'un pas léger vers l'ascenseur. Dans la voiture, Tobby est nerveux et répète ostensiblement les mêmes phrases. Chase essaie de le rassurer mais il semble s'enfermer dans sa bulle. Son stress est tellement évident qu'il en devient contagieux.

– Tobby, tu veux bien me donner ta main ?

Il obéit en silence.

– Bien. Maintenant, ferme les yeux.

Il s'exécute à nouveau.

– Imagine un endroit que tu aimes.

– Ça y est.

– Pense à des personnes que tu aimerais voir en ce moment.

– Ça y est.

Je le regarde un instant et son sourire m'indique qu'il visualise plutôt assez bien.

– Bien. Qu'est-ce que vous faites ?

– On se tient la main.

– Tu veux bien me dire qui est avec toi ?

– Chase, Lisa, maman et toi.

Je jette un coup d'œil à Chase qui chuchote discrètement :

– Il va falloir me dire qui est cette fameuse Lisa.

Je lui offre un sourire de conspiratrice et me recentre sur Tobby.

– D'accord. Et qu'est-ce qu'on fait ?

– On marche au bord de l'eau, au coucher du soleil.

– Tu te sens bien ?

– Très bien.

– Alors, tu peux ouvrir les yeux.

Il me fixe un instant et soupire celui d'après.

– Ça va mieux ?

– Oui, répond-il, un sourire aux lèvres.

– Parfait !

Chase gare la voiture. Lorsque nous en descendons, je m'approche de Tobby et redresse son nœud papillon.

– Tu vas être super !

– Merci, Alyssa. Je vous laisse, maintenant, vous devez aller vous asseoir dans la salle, et moi, je passe par l'entrée des artistes, précise-t-il fièrement.

Quelques personnes se pressent déjà devant la porte et nous suivons le mouvement. C'est un théâtre de quartier que l'association a loué pour l'occasion. Nous prenons place pas très loin de la scène pour ne rien louper. Pendant les quelques minutes qui précèdent le lever de rideau, Chase tente de me tirer les vers du nez concernant Lisa, mais je tiens bon, il ne saura rien. Heureusement, la directrice de l'institution s'avance vers le micro afin de présenter la pièce.

– Bonsoir, Mesdames et Messieurs. Merci d'être venus aussi nombreux. Les membres de notre institut ont très à cœur de jouer devant vous ce soir. Je sais qu'ils vont faire de leur mieux et votre présence est une belle manière de les encourager.

Les applaudissements ainsi que quelques cris retentissent dans la salle. Elle attend que le silence règne à nouveau avant de reprendre la parole.

– En cette belle soirée, nous avons eu une demande assez inattendue. Un des élèves a souhaité lire une lettre à une amie présente dans la salle. Je vous demande de l'applaudir car l'exercice n'est pas facile.

Tout le monde acclame celui qui s'apprête à monter sur l'estrade et quelle n'est pas notre surprise quand nous découvrons Tobby qui s'avance sur le devant de la scène, un sourire timide sur les lèvres et les joues légèrement rougies. Chase me regarde tout en continuant d'applaudir, me demandant silencieusement si je suis au courant de quelque chose mais, voyant la surprise sur mon visage, il comprend que je suis sous le coup de l'étonnement moi aussi. Nos regards se posent à nouveau sur Tobby qui nous fait signe à tous de nous asseoir, ce qui provoque un éclat de rire général dans l'assemblée.

– Bonsoir. Je ne vais pas être long. Mais j'avais besoin de lire ces quelques mots. C'est un extrait de la lettre de saint Paul apôtre aux Corinthiens.

Il se racle la gorge et commence.

– J'aurais beau parler toutes les langues des hommes et des anges, si je n'ai pas la charité, s'il me manque l'amour, je ne suis qu'un cuivre qui résonne, une cymbale retentissante.

J'aurais beau être prophète, avoir toute la science des mystères et toute la connaissance de Dieu, j'aurais beau avoir toute la foi jusqu'à transporter les montagnes, s'il me manque l'amour, je ne suis rien.

J'aurais beau distribuer toute ma fortune aux affamés, j'aurais beau me faire brûler vif, s'il me manque l'amour, cela ne me sert à rien.

L'amour prend patience ; l'amour rend service ; l'amour ne jalouse pas ; il ne se vante pas, ne se gonfle pas d'orgueil ;

Il ne fait rien d'inconvenant ; il ne cherche pas son intérêt ; il ne s'emporte pas ; il n'entretient pas de rancune ;

Il ne se réjouit pas de ce qui est injuste, mais il trouve sa joie dans ce qui est vrai ;

Il supporte tout, il fait confiance en tout, il espère tout, il endure tout.

Au fil de ce si beau texte, je comprends que Tobby fait référence à la conversation que nous avons eue cet après-midi, c'est sa façon à lui de me prouver qu'il faut avoir foi en l'amour. J'essaie d'enfouir mes larmes entre mes doigts. Chase est captivé par les prouesses de son frère.

Tobby termine par cette simple phrase.

– Tu vois… Même Dieu n'aurait pas eu tout ce pouvoir sans amour… Il faut qu'on te répare ton cœur, Alyssa, il va guérir.

Je lui souris sans avoir la conviction que, de là où il se trouve, il puisse me voir. Les gens applaudissent cette lecture magnifique.

– Merci. La pièce va maintenant commencer, conclut-il avant de s'éclipser dans les coulisses.

Chase se tourne un instant vers moi sans mot dire. Son visage ne traduit rien, et à vrai dire, je suis suffisamment secouée par toutes ces émotions pour être moi-même incapable de dire quoi que ce soit. Mais alors que ses lèvres s'entrouvrent, il est interrompu par les trois coups annonçant le début de la pièce. Les acteurs entrent en scène. Au bout de quelques minutes à peine, je sens que je ne tiens plus. Je sors discrètement, j'en ai besoin. Sentant la brise effleurer mes joues, je m'appuie contre un arbre et essaie de reprendre une respiration normale. Au bout d'un moment, je sens une main sur mon épaule. La sensation que j'éprouve alors m'oblige à me retourner brusquement. Chase se tient là, à un petit mètre de moi.

– Est-ce que ça va ?

– Oui, j'avais juste besoin de prendre l'air.

– Vous êtes sûre ?

– Oui, oui, réponds-je d'un ton mal assuré.

– On ne dirait pas… C'est le texte qu'a lu mon frère devant tout le monde qui vous met dans un état pareil ?

– Entre autres choses.

À travers mes larmes, j'arrive à deviner son incompréhension.

– Je n'arrive pas à expliquer comment, mais chaque moment que j'ai passé avec votre frère ces derniers jours… à sa façon… il réussit à m'atteindre, à appuyer là où ça fait mal avec une telle douceur que c'en est déconcertant. Sa vision de la vie… de l'amour… me bouleverse. La preuve… avoué-je en lui montrant les larmes qui roulent fraîchement sur mes joues.

Sans crier gare, il s'avance vers moi et me prend simplement, affectueusement dans ses bras. Je me fige, m'oublie un instant, peut-être deux, je n'en sais rien, le temps semble s'être suspendu, m'offrant un moment de répit. Mes épaules s'affaissent ; vaincue, je laisse ce court moment m'offrir le réconfort dont j'ai besoin.

– On ferait mieux d'y retourner sinon on va être victimes du courroux de Tobby et je préfère éviter.

Je lui souris, sèche mes larmes rapidement et nous regagnons la salle, gardant naturellement un espace entre nous.

La pièce se déroule sans encombre ou presque, mis à part quelques oublis par-ci par-là, mais c'est un travail digne de grands acteurs, c'est certain. Je devine tout de suite qui est Lisa et j'attends d'avoir un moment, seule avec Tobby pour essayer d'en grappiller un petit peu plus à son sujet. Je ne pensais pas que l'opportunité viendrait aussi vite.

Alors que la pièce s'achève, nous allons dans les loges pour retrouver Tobby. Lorsque nous arrivons, il vient jusqu'à nous, complètement euphorique.

– Alors, vous avez aimé ?

– C'était super, champion ! le félicite Chase.

– Tu étais splendide, Tobby ! renchéris-je.

– Ouais, c'était vraiment génial, rajoute fièrement Tobby tout sourire.

Nous continuons de le complimenter sur sa performance quand il nous interrompt un instant.

– Je veux vous présenter quelqu'un, attendez !

Il court vers une demoiselle, la saisit par la main et ils reviennent tous les deux jusqu'à nous, le sourire aux lèvres.

– Elle, c'est Lisa.

Bingo ! La façon dont il l'a regardée pendant la pièce l'a trahi. Lisa aussi est atteinte de trisomie. Elle est ravissante, les cheveux blonds en dessous des oreilles, des lunettes aux montures roses sur le bout du nez et une très jolie robe pour l'occasion.

– Enchantée, Lisa.

– Ah ! La fameuse Lisa ! ajoute Chase tout en lui tendant la main à son tour.

Tobby ne manque pas de lui donner un coup dans les côtes pour tenter de le faire taire, ce qui me faire sourire. Chase nous demande alors :

– Et si nous allions manger un hamburger pour fêter ça?

Je regarde Tobby, lui adresse un clin d'œil et il saisit tout de suite l'occasion.

– Lisa, tu veux nous accompagner?

– Attends, je demande à mes parents.

Elle s'éclipse et Chase m'avoue discrètement:

– Je pensais à nous trois quand j'ai proposé d'aller manger un morceau.

– Je n'en doute pas, mais ça fait plaisir à Tobby, et puis, c'est sa soirée, non?

Il hausse les épaules, pas vraiment convaincu. Lisa revient l'air un peu gêné. Elle chuchote quelque chose à Tobby que je ne peux entendre d'où je me tiens.

– Attends! Je lui demande, finis-je par entendre.

Tobby se tourne et s'adresse à son frère.

– On pourra ramener Lisa après manger? Pas trop tard?

Dans le dos de Tobby, je fais signe à Chase de surtout accepter cette requête. Ce qu'il fait sans hésiter.

– Bien sûr. Pas de problème.

Lisa et Tobby s'empressent d'aller rassurer les parents de cette dernière. Il est évident que Chase vient de faire leur bonheur.

– Vous avez fini par comprendre?

– Comprendre quoi?

– Que votre frère est amoureux. Regardez-le!

– Je lui ai déjà dit de ne pas s'emporter avec les filles.

– Ah c'est sûr que s'il suit l'exemple de son petit frère…

Chase me regarde, sous le choc de ma boutade.

– Je vous fais marcher, dis-je avant d'éclater de rire.

– Je ne veux pas qu'il souffre, c'est tout.

– Je crois qu'elle lui fait du bien, au contraire…

– Il a rencontré tellement de gens qui se sont servis de lui pour m'atteindre moi…

– Mais pas elle. Observez comment elle agit avec lui, les regards qu'elle lui lance. Elle ne vous a pas regardé une seule fois, je ne sais même pas si elle a retenu votre prénom.

Chase semble offusqué par mes propos.

– Monsieur est vexé ?

– Absolument pas ! dit-il avec un sourire à peine voilé.

Nos deux tourtereaux nous rejoignent et nous partons dîner.

J'ai passé une soirée très agréable, sur fond de rires, de regards en coin, de mains qui se frôlent à peine, de corps qui frissonnent. J'ai vu deux êtres tomber amoureux sous mes yeux et j'ai trouvé ça beau. Sans doute plus beau lorsque c'est un spectacle qui s'offre à vous et dont vous n'êtes pas acteur. En tout cas, je les ai trouvés touchants et, en cette fin de journée, mon cœur a fait un nouveau bond dans ma poitrine. Nous avons ramené Lisa chez ses parents et j'ai écouté attentivement Tobby me décrire à quel point il la trouve belle, puis je l'ai laissé m'énumérer chaque moment important qu'il a vécu ce soir. Ensuite nous sommes rentrés chez nous. J'ai claqué la portière de la voiture, laissant enfermé à double tour le souvenir de cette soirée dans l'habitacle. J'ai remercié Chase lorsqu'il m'a proposé un dernier verre, choisissant d'aller me coucher avec mon sac de nœuds émotionnel.

Chapitre 10 – Alyssa

1 699e jour.

Les journées fraîchissent mais sont bien loin des températures que j'ai pu connaître à New York. Noël approche à grands pas, apportant avec lui son lot de mélancolie. J'essaie de ne pas y penser, mais c'est difficile quand, chaque fois que j'ai ma mère au téléphone, elle me rabâche que je devrais être à la maison pour les fêtes. Heureusement, la distance est l'excuse parfaite. Comme quoi être exilée à Los Angeles peut avoir du bon. Tobby rend la situation plus vivable. Dès qu'il vient chez son frère pour le week-end, il m'offre toujours un temps de répit. Grâce à lui, je suis convaincue que les trois cent trente jours qu'il me reste avant de rentrer ne seront pas si horrible que ça. Je considère que c'est une bataille de gagnée.

En arrivant sur mon lieu de travail, ce lundi matin, j'ai à peine le temps de poser mon café sur mon bureau que Stacy fait irruption.

– Alyssa, Chase souhaite te voir en salle de réunion.

– En salle de réunion ? Mais je n'y assiste jamais en général ! dis-je étonnée.

– Je sais bien… Je l'ai d'ailleurs fait répéter mais il souhaite ta présence.

– Bien… réponds-je, craintive.

– Dépêche-toi… Il ne manque plus que toi, ajoute-t-elle, un sourire un peu crispé aux lèvres.

En marchant jusqu'à la salle de réunion, je repasse en boucle tous les dossiers dans ma tête, à la recherche de la moindre erreur que j'aurais laissée passer, mais je suis tellement nerveuse que rien ne me vient. Lorsque j'arrive devant la grande pièce vitrée, je peux voir en effet qu'ils sont tous installés et qu'ils n'attendent plus que moi. Chase préside au bout de la grande table rectangulaire ; Grace, comme une louve qui veille sur son petit, est assise près de lui, son assistante juste derrière elle, un bloc-notes à la main. Face à elle est installé Phil, le directeur du marketing. Dès qu'ils m'aperçoivent, Chase se lève et m'ouvre la porte. Grace est aussi surprise que moi de me voir ici.

– Alyssa, merci de vous joindre à nous.

– Je serais arrivée plus tôt si j'avais su. Je suis désolée.

– Je vous en prie, prenez place, dit-il en me désignant un fauteuil de la main.

Dès que je m'assieds, je ne peux m'empêcher de poser la question qui me brûle les lèvres.

– Je peux savoir pourquoi vous m'avez fait venir ?

– Oui, Chase, peux-tu nous dire ce qu'elle fait là ? s'insurge Grace à son tour.

– C'est au sujet de la pub que je dois tourner au Mexique.

– Chase… Monsieur Cooper… J'ai ficelé ce dossier il y a des semaines de cela. Tout était en règle, j'ai vérifié.

– Mais ce n'est pas de ça dont il s'agit.

– Je ne comprends pas. Il y a un problème avec mon travail ?

– Non… Non… Pas du tout. En réalité, nous avons décidé avec Philippe que vous alliez m'accompagner pour tourner ce spot de pub.

– Moi ? m'étranglé-je.

– Et vous décidez ça sans m'en parler ? s'offusque Grace.

– C'est en dehors de ton champ de compétences, Grace, explique posément Chase.

– Et ce n'est pas en dehors de ses compétences de partir au Mexique ? poursuit-elle.

– Je dois admettre que je suis d'accord avec elle, avoué-je, encore sous le choc de la nouvelle.

– Dois-je vous rappeler comment nous nous sommes connus, Alyssa ? demande Chase en me regardant droit dans les yeux.

– Ce n'est pas nécessaire, soufflé-je.

– De plus, sur place, il y a plusieurs personnes que je dois rencontrer pour des projets ultérieurs, donc votre présence est plus que souhaitée.

– Je crois rêver ! l'interrompt Grace.

– Je ne comprends pas pourquoi tu te mets dans des états pareils. C'est un déplacement d'affaires, notre avocate est du voyage, je ne vois pas ce qu'il y a d'anormal.

– Je me demande simplement si ce voyage est purement professionnel, c'est tout.

– Grace ! Je te rappelle que c'est moi qui t'emploie et non l'inverse, et des agents, ce n'est pas ce qui manque. Alors rappelle-toi qu'il y a des limites à ne pas franchir.

Profondément vexée, les joues rougies par la honte, Grace quitte la salle dans un soupir d'exaspération, son assistante sur les talons. La porte claque, laissant une drôle d'atmosphère, mais cela ne semble pas perturber Chase le moins du monde.

– Bien, nous allons pouvoir commencer à travailler.

Phil nous explique le programme de ces quelques jours au Mexique. La publicité sera tournée dans la région du Yucatan. Si tout se passe bien, le tournage devrait avoir lieu sur deux jours. Une soirée est prévue avec toute l'équipe sur place et une autre avec l'ambassadeur des États-Unis ainsi qu'avec la ministre de la Culture mexicaine. Phil me précise que c'est à cette soirée que j'ai un rôle à jouer.

Il souhaite que Chase tourne dans un spot touristique pour promouvoir le Mexique aux États-Unis, c'est pourquoi il va falloir trouver un terrain d'entente. Je regagne donc mon bureau avec la volonté de tout savoir sur ce pays, afin d'être parée pour ce voyage.

★★★

Ma valise est bouclée, mes notes préparées. Chase frappe à ma porte.

– Prête ?

– Absolument.

Comme un gentleman, il prend mes bagages et nous partons ensemble, direction l'aéroport. À notre arrivée, Phil nous y attend également. Nous montons dans le jet privé qui dispose de six places. Phil s'installe en face de Chase et je m'assieds de l'autre côté du couloir. J'ai plusieurs contrats à relire ainsi que mes mails à traiter. Je m'enferme dans ma bulle, laissant ces messieurs à leur conversation. Un peu plus de quatre heures après, nous touchons enfin le sol mexicain. Encore quelques kilomètres avant l'arrivée à notre lieu d'hébergement.

Lorsque le minibus s'arrête devant l'hôtel, la nuit est déjà tombée. Sans attendre, nous récupérons nos clés et comprenons rapidement que les trois chambres sont situées au quatrième étage, non loin les unes des autres. Nous montons avec le groom dans l'ascenseur. Lorsque celui-ci s'arrête, le liftier nous prévient :

– Attention de ne pas tomber, il y a une petite marche. Nous avons un souci, l'ascenseur ne s'arrête pas correctement. Un technicien doit venir le réparer.

Nous lui sourions et enjambons le seuil comme il nous l'a demandé.

Nos chambres sont côte à côte. Je salue mes compagnons avant d'introduire la clé magnétique dans la porte et entre dans ce qui va me servir d'appartement pour ces prochains jours. Le garçon d'étage pose mes valises dans le vestibule. Je lui tends un billet de vingt dollars et il s'éclipse sans un bruit. J'observe les lieux : de la moquette moelleuse comme du velours au sol, un miroir au-dessus d'une console dans l'entrée, une salle de bains avec une baignoire immense. La chambre, elle, est spacieuse, dans des tons de marron et de beige. Le lit est gigantesque, mais le plus beau se cache derrière les rideaux. Je les fais glisser le long de la tringle et découvre une baie vitrée qui me sépare d'un balcon. Je me précipite pour l'ouvrir et l'air chaud s'engouffre aussitôt dans la pièce.

Je ferme les yeux un instant pour savourer le moment. La mer chante, même si je ne peux pas la voir, cachée dans l'obscurité. Je défais mes bagages et me couche rapidement.

Le lendemain matin, je descends au petit déjeuner. Un énorme buffet en guise de décor m'ouvre l'appétit dès mon arrivée. J'aperçois Phil et Chase assis un peu plus loin. Je les salue et m'installe près d'eux.

– Bien dormi ? me demande Chase.

– Très bien, et vous ?

– Parfait. Avec Phil, nous partons dans trente minutes pour nous rendre sur le lieu du tournage. Vous vous joignez à nous ou vous souhaitez profiter de ce que cet hôtel a à offrir ?

– Non, ça peut être intéressant de voir comment cela se passe.

– De toute façon, si c'est trop long, vous pourrez toujours rentrer.

– Entendu.

Nous finissons de prendre notre petit déjeuner tranquillement. Je monte rapidement chercher mon ordinateur et nous prenons la route pour rejoindre l'équipe. Après une heure de route, nous découvrons des tentes blanches, plusieurs grosses voitures noires aux vitres teintées, des projecteurs, des caméras un peu partout et des gens qui s'activent dans tous les sens. Le chauffeur éteint le moteur et un homme vient ouvrir la portière de Chase. Il est plutôt petit et mince, le pantalon kaki qu'il porte lui colle à la peau, son tee-shirt blanc également. Ses lunettes ont des montures épaisses derrière lesquelles on a du mal à discerner son regard. Ses cheveux bruns sont coiffés en brosse.

– Monsieur Cooper, je suis Gustavo, le réalisateur. Si vous voulez bien passer au maquillage, nous voudrions profiter de la luminosité avant que le soleil tourne.

– Bien sûr.

– Suivez Selma, elle va vous montrer où ça se trouve.

Chase suit la demoiselle avec le casque sur les oreilles et Phil ne le lâche pas d'une semelle.

Je descends à mon tour, Gustavo vient jusqu'à moi.

– Et vous êtes ?

– Alyssa Conrad. Je suis l'avocate de monsieur Cooper.

– Venez avec moi, on va vous trouver un fauteuil où vous installer.

– Je vous remercie.

Plusieurs chaises pliantes sont posées les unes à côté des autres. On me fait signe de m'asseoir et de prendre un casque, ce que je fais sans discuter. Quelques minutes plus tard, Chase sort coiffé, maquillé et en tenue. Il porte un jean déchiré en plusieurs endroits et une chemise blanche à peine fermée, volontairement. C'est assez surprenant de le voir ainsi, je le reconnais à peine. Derrière lui, marche une femme. Je comprends tout de suite que c'est elle qui a été choisie pour tourner le spot avec lui. Elle est tellement belle ! Elle a une superbe chevelure brune comme si elle sortait tout droit d'une publicité pour un shampoing. *C'est peut-être le cas, après tout !*

Elle est grande, dans son minishort en jean, et seulement un morceau de tee-shirt couvre sa poitrine, laissant apparaître son ventre aussi magnifique que le reste. Je suis en totale admiration devant ce mannequin. *Je ne suis pas la seule !*

Pour le premier plan, Chase est au volant d'une moto et la demoiselle accrochée à lui. Ils doivent rouler à vive allure sur un tronçon délimité. Ils répètent la même séquence plusieurs fois. En début d'après-midi, ils tournent près du temple maya. Ils marchent main dans la main et, là encore, ils recommencent à maintes reprises. Afin de clore cette première journée, ils doivent tourner quelques scènes supplémentaires dans un palace, mais lasse, je décide de regagner l'hôtel. Je fais simplement signe à Phil et je rentre. Une fois dans ma chambre, je profite d'être seule pour envoyer quelques mails avant de me doucher et de m'endormir.

Le lendemain, au petit déjeuner, Chase me propose à nouveau de les accompagner, mais cette fois, je décline poliment l'invitation. Avant de partir, il me dit :

– Profitez-en pour aller bronzer sur la plage.

Je n'ose pas le contredire alors je hoche simplement la tête.

Le soleil rase déjà l'horizon. Je quitte ma chambre pour la seule raison que le Wi-Fi semble faire des caprices. Alors que je me dirige vers l'accueil, j'entrevois Chase en grande conversation avec le mannequin du tournage. Je m'entretiens avec le maître d'hôtel, et quand je me retourne, Chase n'est plus qu'à un petit mètre de moi.

– Bonsoir, dit-il en souriant.

– Bonsoir. Le tournage s'est bien déroulé aujourd'hui ? demandé-je, timidement.

– On a presque tout filmé. Quelques plans demain matin et je pense que nous aurons terminé.

– Super.

– Et votre journée ?

– Très bien aussi.

– Vous avez profité de l'hôtel ?

– On peut dire ça, réponds-je, évasive.

– Vous n'avez pas bougé de votre chambre ?

– Si… Si… Bien sûr que si ! Regardez ! Je suis là ! bégayé-je.

– Hum… Je suis avec Monica. Joignez-vous à nous, Phil ne devrait pas tarder. On mange au restaurant de l'hôtel.

– C'est gentil mais… J'ai rendez-vous au spa.

– Oh… d'accord.

Je lui souris furtivement avant de le planter là. Je soupire de soulagement lorsque les portes de l'ascenseur se referment derrière moi. Je n'ai pas l'impression qu'il m'ait crue, mais je ne savais pas comment refuser sans être prise pour une sauvage. De toute façon, je suis nulle pour mentir, ça se voit tout de suite ! Rha… Et puis c'est un petit mensonge sans importance, il a sans doute déjà oublié. Je regagne ma chambre, saisis les codes que le maître d'hôtel m'a donnés et me remets au travail. J'achève la rédaction du contrat pour la prochaine apparition de Chase dans une émission de télévision, et à peine ai-je refermé mon ordinateur que l'on frappe à la porte.

Un garçon d'étage ? Mais je n'ai rien commandé.

Dubitative, je vais tout de même voir. Lorsque la porte s'entrouvre, je découvre Chase dans le couloir.

– Chase ? Mais qu'est-ce que vous faites là ?

– Vous n'aviez pas rendez-vous au spa, j'ai vérifié.

– Et donc ? dis-je, affectant une assurance que je ne ressens pas.

– Vous n'êtes pas sortie de cette chambre sauf hier matin. Ça aussi, j'ai vérifié.

– Qu'est-ce que ça peut faire ?

– Vous allez sortir.

– Oui… Demain… Là, je suis fatiguée.

– Non. Pas demain. Maintenant !

– Je n'ai aucune envie d'aller au restaurant.

– Qui vous parle d'aller au restaurant ?

– Vous ne deviez pas manger avec Phil et Monica ?

– Monica a annulé, elle ne se sentait pas bien, et Phil en a marre de passer tout son temps avec moi. Je le comprends…

Je ne dis rien. Je me tiens sur le seuil de ma chambre et me contente de le fixer comme si cet échange allait le décider à me laisser tranquille.

– On y va.

– Chase… Vraiment…

– Ce n'était pas une question. On y va.

– Ce que vous pouvez être autoritaire, parfois…

– Vous me remercierez plus tard.

Il ouvre complètement la porte, m'obligeant à sortir de ma chambre. Il me saisit par la main et m'entraîne vers l'ascenseur sans un mot. Je le suis en traînant des pieds. Le liftier nous regarde l'un après l'autre, sans savoir pourquoi l'atmosphère est aussi singulière. Je ne sais pas de quoi nous avons l'air, et en même temps, je ne veux pas le savoir. Lorsque le ding retentit, Chase sort en premier et, d'un geste théâtral, m'indique le chemin à prendre. Je l'emprunte, toujours aussi peu motivée. Nous longeons le restaurant de l'hôtel, puis la piscine, avant d'atterrir sur la plage. Alors que nous ne sommes plus qu'à quelques mètres de la mer, Chase s'assied sur le sable.

– Pourquoi sommes-nous là ? demandé-je, surprise.

– Vous avez vraiment besoin que je vous l'explique ? Regardez plutôt autour de vous.

Je lui obéis en quête d'une réponse.

– Je vois la mer, le sable… Tout ce que l'on a à Los Angeles.

– Sans doute, mais à Los Angeles, vous ne prenez pas non plus le temps de regarder ce qui vous entoure. Je vous vois chaque matin vous battre contre vous-même, la mer, l'iode, courir comme ça n'est qu'un prétexte dans votre lutte.

Je hausse les épaules en regardant l'horizon.

– Vous sentez cet air chaud, c'est comme une caresse. Respirez-le, laissez-le vous réchauffer.

– Qu'est-ce que vous essayez de faire au juste ?

– Rien. Simplement, je vous rappelle l'essentiel.

– Et si je n'ai pas envie de m'extasier devant un paysage, comme vous ?

– Ce n'est pas possible. Tout le monde reste bouche bée devant une telle vue.

– À quoi jouez-vous ? Je ne sais pas où vous voulez en venir, mais je m'en vais.

Agacée sans trop savoir pourquoi, je fais demi-tour et m'apprête à quitter la plage. Mais Chase me retient par la main.

– Attendez ! Pardonnez-moi. Je ne voulais pas vous mettre en colère, juste vous aider.

– On ne peut pas m'aider.

Il me regarde alors droit dans les yeux.

– Et si vous me laissiez essayer ?

Ces mots font naître une curieuse sensation en moi. Je le fixe à mon tour, cherchant une objection qui tarde à venir.

– Racontez-moi…

– Raconter quoi ?

– Pourquoi êtes-vous comme ça ?

Sa sincérité transpire par tous les pores de sa peau, son regard inspire une confiance à mon cœur contre laquelle je ne peux rien.

Il s'assied sur le sable et m'invite à faire de même. Nous ne sommes éclairés que par un lampadaire à quelques mètres sur la promenade.

– Il s'appelait Luke, c'est ça ?

Je sais d'où il tient cette information, alors j'essaie de ne pas paraître mal à l'aise quand il prononce son prénom. En tout cas, je ne vois aucune trace de moquerie ou de sarcasme en lui, juste une envie de comprendre.

– Oui, réponds-je simplement.

– Comment vous êtes-vous rencontrés ?

– On ne s'est pas rencontrés. C'est plutôt comme l'océan à Los Angeles. Il a toujours été là. C'était mon voisin, un élément de ma vie. Comme la terre et l'eau ou le feu et l'air.

– Vous avez toujours su que c'était lui ?

– Depuis le premier jour. On était inséparables, je l'ai toujours imaginé comme mon prince charmant, et en grandissant, ce sentiment est devenu de plus en plus fort.

– C'était réciproque ?

– Non… Bien sûr que non… Enfin, c'est ce que je pensais. Quand nous avons commencé le lycée, on ne s'adressait plus la parole. J'étais plutôt mal dans ma peau et je ne trouvais pas vraiment ma place en société alors je m'accrochais à mon rêve, entrer à l'université de Yale. J'avais toujours le nez dans les bouquins.

– Ça n'a pas trop changé, si ? m'interrompt-il avec un brin de malice.

Sa remarque me fait sourire.

– C'est vrai.

Puis je poursuis mon récit sans parvenir à m'arrêter.

– Luke était la star du lycée. Il pouvait avoir toutes les filles qu'il voulait, tout le monde l'idolâtrait sans exception. Il réussissait tout ce qu'il entreprenait, président des élèves, capitaine de l'équipe de basket…

– On se serait bien entendus !

– Assurément ! dis-je ravie à cette idée. Quand il vous a vu la première fois, il était comme un fou !

Chase ne sourcille pas, ne me dévisage pas quand j'évoque Luke à l'heure où j'étais en pleine hallucination, il se contente de m'écouter attentivement.

– Il sortait avec une fille au lycée, ils allaient bien ensemble, et moi, dans mon coin, j'étais morte de jalousie ! Je pensais qu'il m'avait rayée de sa vie.

– Et alors ?

– Le temps d'aller à l'université a sonné. Je partais à Yale et je ne savais pas où Luke avait choisi d'étudier. J'étais triste de ne plus pouvoir le voir mais j'étais sûre que mes études allaient pallier ce manque. Et puis, la veille de la rentrée, il est venu frapper à ma porte. Il m'a annoncé qu'il avait choisi Yale, comme moi. J'étais ivre de joie.

Dans mon esprit, j'allais pouvoir continuer à le voir, c'était la force qui m'aidait à me lever le matin.

– Mais il vous suivait, en réalité ?

– Je ne le savais pas encore. Je me suis installée en résidence universitaire, lui aussi. C'est là que j'ai rencontré ma meilleure amie, Caroline. À l'époque, je méprisais toutes ces belles jeunes filles parce que j'estimais que c'était à cause de ce genre de personnes que Luke et moi nous n'étions pas ensemble. Caroline m'a montré à quel point je me trompais. Je lui ai fait tellement de mal, et malgré ça, elle est devenue mon amie.

– Je ne comprends pas très bien.

– Le hasard nous joue parfois des tours… Luke a vite pris le pli de la vie universitaire. Il allait souvent dans les soirées, il a rencontré Caroline à l'une d'elles et ils ont commencé à se voir. Ça m'a brisé le cœur. J'avais vraiment l'impression d'être totalement transparente à ses yeux, pourtant on passait beaucoup de temps ensemble et mon cœur me disait l'inverse. J'ai à mon tour commencé à fréquenter son colocataire, la soif de vengeance, peut-être. Jusqu'au jour où nous avons commencé à nous voir en cachette, Luke et moi.

– Et alors que s'est-il passé ? demande Chase, complètement captivé.

– Luke a laissé tomber toutes les barrières qu'il avait mises sciemment entre nous et il a choisi de vivre notre histoire au grand jour.

– Comment a réagi Caroline ?

– Très mal, et Chad aussi d'ailleurs, ça se comprend. Ça a été très difficile pour moi et je ne risque pas de l'oublier aujourd'hui.

– Mais vous avez fini par vivre votre histoire ?

– Pas vraiment… Peu de temps après, Luke m'a avoué qu'il était malade et que le temps nous était compté.

– En fait, il ne voulait que vous préserver.

– Luke mordait la vie à pleines dents, comme un garçon de son âge, et il pensait qu'on avait la vie devant nous. Mais quand il a compris que notre histoire était une grenade dégoupillée qui n'allait plus tarder à exploser, il a d'abord fait le choix de ne pas la vivre pour me protéger, mais c'était si fort qu'il avait besoin que je sois près de lui, pour le temps qu'il nous restait. Moi aussi, j'en avais besoin, avec le recul.

– C'est une belle et triste histoire.

– Oui, elle était belle.

– Il a de la chance.

Je le regarde, interloquée par sa réaction.

– Ce que je veux dire par là, c'est qu'il a vécu une belle histoire à… quoi ? Dix-huit ans ? Et j'en ai trente-trois bientôt trente-quatre et je ne sais toujours pas ce que c'est.

– Oui, il disait que nous avions eu la chance de vivre le grand et bel amour quand d'autres ne le connaîtront sans doute jamais.

– Je vois que vous avez de l'espoir pour moi, rétorque-t-il en riant.

Son interprétation de mes propos me fait rire également et j'essuie une larme naissante au passage.

– Il est temps de rentrer, non ?

– Vous avez raison.

Chase me raccompagne jusqu'à ma chambre. Avant d'ouvrir la porte, je me tourne vers lui.

– Je vous remercie pour cette soirée. Vous aviez raison, un bon bol d'air, ça fait du bien.

Un simple sourire amical et il est temps de nous séparer. Une fois à l'intérieur de ma chambre, j'exhale un soupir de soulagement. C'est la première fois que je parle de Luke et que je ne ressens pas ce poids sur ma poitrine. Je me sens en paix et m'endormir sur ce sentiment me fait un bien fou.

***

Je me regarde une dernière fois dans le miroir, tout est impeccable. Aujourd'hui, nous avons rendez-vous avec l'ambassadeur et la ministre de la Culture mexicaine. Ma tenue doit donc être soignée. Chase a loué une voiture pour l'occasion. Nous nous mettons en route pour regagner Merida, à quelques kilomètres de notre hôtel. Sur le trajet, j'en profite pour satisfaire un peu ma curiosité.

– Monica sera là au cocktail, ce soir ?

– Oui, je pense.

Je ne peux m'empêcher de sourire.

– Pourquoi cette question ?

– Je vous ai vus tous les deux, hier, vous aviez l'air de bien vous entendre.

– Je ne crois pas que ma conception de la vie lui convienne, dit-il amusé.

Il me jette un regard en coin, mais avant que je puisse dire quoi que ce soit, il poursuit :

– Je vous vois venir.

– Quoi ?

– L'amour… S'engager… Tous ces trucs-là.

– Pas du tout. Je dirais même que vous avez tout à fait raison.

– Raison ?

– Oui, parfaitement. Vous avez raison de vous arrêter aux portes de ce qu'une personne aurait à vous offrir. Prendre le risque d'apprendre à la connaître, c'est être pris au piège dans une spirale dont on n'est plus maître. On s'attache à des choses sans importance mais qui finissent par être d'une valeur insoupçonnée. Une façon de se passer la main dans les cheveux, un sourire qui laisse paraître une fossette, un tee-shirt fétiche dont elle ne se sépare jamais, un truc qui la fait systématiquement rire même si vous avez le sentiment qu'après toutes ces années, le répéter, c'est un peu lassant. Entendre ce son vous fera oublier que c'est la centième fois que vous le faites. Vous comprenez ?

Chase reste concentré sur la route et ne me répond pas… ou bien, il ne le souhaite pas. Ce silence me met mal à l'aise. Je ne voulais pas l'offusquer. Et maintenant, je ne sais pas comment faire pour renverser la vapeur. Je finis par regarder par la vitre jusqu'à notre arrivée. Dès que je claque la portière, je fais le tour de la voiture pour m'excuser auprès de lui.

– Chase… Je… Je suis vraiment désolée…

– Désolée ? Pourquoi ?

– Pour ce que j'ai dit dans la voiture. Je ne voulais pas vous heurter.

– Je sais, j'ai compris.

– Alors pourquoi avoir réagi ainsi ?

– Parce que vous m'avez donné envie de vivre tout ça.

J'ouvre la bouche pour dire quelque chose mais l'ambassadeur et la ministre viennent jusqu'à nous et me prennent de court.

***

Le soir venu, nous partons tous les trois pour le cocktail prévu par la marque pour laquelle mon client a tourné le spot publicitaire. Au cours de notre entrevue, Chase a proposé au ministre de la Culture et à l'ambassadeur de se joindre à cette soirée, ce qu'ils ont gentiment accepté. L'ambassadeur est un homme d'une quarantaine d'années, élégant mais qui m'intimide. Sa façon de me regarder, de me parler a le don de me mettre mal à l'aise. J'espère que dans cette foule nous ne serons pas amenés à nous revoir. Pour cette occasion, j'ai relevé mes cheveux en chignon et revêtu une robe noire qui m'arrive aux genoux, très simple. Chase et Phil ont sorti le smoking. Dès que nous entrons dans le palais loué pour la soirée, les deux hommes serrent des mains pendant que je reste médusée par la beauté de l'endroit. La hauteur des plafonds est immense, avec de belles peintures de chérubins ou de créatures célestes. Chase me ramène à la réalité en me tendant une coupe de champagne.

– Si vous voulez bien m'excuser, je dois voir quelques personnes.

– Je vous en prie.

Il tourne les talons et se dirige vers Monica pour la saluer. J'en profite pour essayer de me frayer un chemin jusqu'aux petits fours. Phil me rejoint et nous trinquons à ce très joli voyage qui touche à sa fin. Il en profite pour me montrer discrètement les personnes influentes avec lesquelles il serait intéressant de prendre contact. L'un d'eux se joint à nous et nous entamons une discussion sur les différentes stratégies de marketing. Pendant que j'écoute attentivement le directeur général, Monica passe derrière moi avec une amie. Inconsciemment, je laisse traîner une oreille et surprends leur conversation.

– Il est vraiment canon, ce mec !

– Ouais, je trouve aussi, renchérit Monica.

– Tu devrais lui faire du rentre-dedans.

– Qu'est-ce que tu crois ? J'ai déjà essayé. Nous devions passer la soirée ensemble, hier.

– Et alors ?

– Il a annulé au dernier moment sans donner d'explication.

– Il ne devait pas se sentir bien, ça peut arriver.

– Tu crois ?

– Tente ta chance avant de t'en mordre les doigts.

Alors qu'elles disparaissent dans la foule, je repense à leurs propos. Je ne comprends pas pourquoi Chase m'a menti. J'essaie de trouver une raison mais rien ne me vient. Le directeur du marketing continue de parler et c'est au moment où il me pose une question que je m'aperçois que j'ai perdu le fil, il y a quelques minutes déjà. Je souris et hoche la tête en espérant que ma réaction convienne à ce qu'il attend de moi.

J'en suis à ma troisième coupe et les conversations vont toujours bon train. Je sens une main dans le bas de mes reins qui me fait aussitôt sursauter. Je me retourne d'un bond et reconnais l'ambassadeur américain, monsieur Stuart. Son sourire narquois me fait froid dans le dos. Poliment, je fais un pas sur le côté pour échapper à ses sales pattes. Gustavo est en train de raconter comment il a tourné le clip de Chase et tout le monde est captivé par son récit. J'essaie moi aussi de me concentrer sur son histoire, mais l'ambassadeur semble avoir d'autres projets pour notre fin de soirée.

– Mademoiselle Conrad, vous êtes très élégante, ce soir, dit-il, en caressant mon cou de son index.

Je vais vomir. Je me recule une nouvelle fois pour éviter son contact.

– Cet après-midi, le courant est plutôt bien passé entre nous.

Je pince les lèvres et me contente de hocher la tête, tentant de rester courtoise. Puis il s'approche lentement de mon oreille.

– J'ai pensé que nous pourrions finir la soirée ailleurs.

Je me dérobe à nouveau et le malaise devient de plus en plus étouffant. Je ne sais pas comment mettre fin à tout ça, sans être désobligeante. Je me contente simplement de lui répondre :

– C'est gentil. Mais nous repartons demain et nous devons nous lever tôt.

Il me saisit par la taille brusquement, ce qui m'arrache une grimace.

– Vous êtes sûre ? Vous dormirez dans l'avion, suggère-t-il.

– Monsieur Stuart, lâchez-moi ! Vous me faites mal.

Mais avant qu'il puisse ajouter quoi que ce soit, Chase intervient.

– Monsieur Stuart, vous feriez mieux de la lâcher, dit-il sèchement.

– Enfin… monsieur Cooper, nous ne faisions que discuter ! plaisante-t-il.

– Ce n'est pas l'impression que ça donne.

– Mademoiselle Conrad est une adulte, elle n'a pas besoin d'un baby-sitter, s'esclaffe-t-il.

– Lâchez-la, menace Chase une nouvelle fois, ignorant sciemment ses plaisanteries.

– Monsieur Cooper, un peu de tenue. Je ne suis pas sûr que nous ayons envie d'être représentés par quelqu'un d'aussi... soupe-au-lait.

– Ça tombe bien, je n'ai pas envie de travailler avec des gens qui jouent de leur fonction pour obtenir ce qu'ils veulent, répond-il.

Et me prenant par la main, il m'ordonne :

– On s'en va.

Il jette un coup d'œil à Phil pour le prévenir que nous rentrons et nous partons tous les deux.

Dans la voiture, c'est le calme plat. Je joue avec mes mains, nerveusement, sans savoir à quoi il pense en ce moment. Au bout de plusieurs minutes, je ne tiens plus, je dois en avoir le cœur net.

– Vous n'allez pas vraiment refuser ce contrat ?

– Je ne devrais pas, d'après vous ?

– Il s'agit de plusieurs milliers de dollars et d'une visibilité notable pour votre image.

– Le pouvoir et l'argent, ça ne fait pas tout.

– Je suis d'accord avec vous, mais mon travail est de faire fructifier votre affaire, pas de la couler.

Étrangement, il rit.

– Mes affaires ne vont pas couler parce que je n'accepte pas ce contrat.

– Je suis vraiment désolée, tout ça, c'est à cause de moi.

– Arrêtez de vous excuser pour le comportement des autres. De toute façon, je ne le sentais pas ce type.

– Vraiment ?

– Absolument ! Mon travail, c'est de lire l'attitude de mes adversaires, de savoir dans leur façon de se placer, leur façon de m'observer, de regarder le ballon, quelle décision ils vont prendre avant même qu'ils aient bougé. C'est cette analyse qui me permet de faire un *touchdown*. Alors cet après-midi, j'avais déjà compris ce qu'il avait derrière la tête.

Je souris timidement et nous échangeons un regard pendant qu'il s'arrête devant le voiturier de l'hôtel. Nous grimpons les quelques marches, et lorsque nous nous retrouvons dans le hall, il se tourne vers moi.

– Allons prendre un dernier verre au bar.

Je le suis sans discuter. Je mentirais si je disais que là, je n'en ai pas envie. Je veux que cette soirée se conclue sur une meilleure note. Nous nous asseyons sur les hauts tabourets. Le barman vient jusqu'à nous.

– Qu'est-ce que je vous sers ?

Un coup d'œil dans ma direction avec un sourire malin.

– Il faut faire honneur au Mexique, plaisante-t-il.

Puis, sans attendre de réponse, il se tourne à nouveau vers le barman.

– Tequila.

L'homme prépare les shots, le sel et le citron. Il dispose tout ça devant nous et Chase me prépare le premier verre. Nous trinquons et ce shot devient le premier d'une longue série. Nous rions de plus en plus fort au rythme des verres qui s'enchaînent. Je n'arrive plus à compter mais je sais maintenant que le serveur s'appelle Juan et qu'il est porteur d'une mauvaise nouvelle.

– Désolé les amis, le bar ferme.

– Quoi ? Déjà ? bredouillé-je, complètement ivre.

– Vous feriez mieux d'aller vous coucher, nous conseille-t-il.

– Rabat-joie ! intervient Chase.

Mais les lumières s'éteignent et nous chassent vers la sortie. Chase et moi nous agrippons l'un à l'autre pour marcher jusqu'à l'ascenseur, toujours aussi euphoriques. Nous montons à notre étage dans l'hilarité la plus totale. Mais lorsque les portes de l'ascenseur s'ouvrent, nous avons oublié le conseil du groom concernant la petite marche, et nous nous étalons l'un sur l'autre sur la moquette. Prise d'un fou rire, je me tords à en perdre haleine, Chase aussi, jusqu'à ce que nos regards se croisent et que cette proximité devienne tout feu tout flamme. Avant que les mots «*ce n'est pas une bonne idée*» imbibés d'alcool réussissent à passer la barrière de ma bouche, ses lèvres sont contre les miennes.

Un baiser lent, ardent et totalement passionné. Il m'emporte, m'embarque dans une spirale où rien ne peut m'atteindre, où je suis seulement avide de sensations. Lorsque sa bouche se détache de la mienne, j'ai encore l'esprit dans les étoiles. J'ouvre les yeux avec difficulté et lui m'observe comme s'il essayait de déchiffrer ce que je ressens. Mais mon cerveau est en veille, laissant le champ libre à mes émotions. Je lui souris et ça lui suffit pour se lever et m'attirer dans sa chambre. Il ouvre la porte et la referme derrière nous. Dans ce brouillard, je sens mon cœur battre d'excitation ou d'angoisse, je ne sais pas, mais il se déchaîne dans ma poitrine. Chase me décolle de la porte contre laquelle je m'appuie, me prend dans ses bras et me pose délicatement sur son lit. Il enlève les quelques épingles dans mes cheveux, les laissant tomber sur ma poitrine. Il me contemple un instant comme s'il se débattait avec sa conscience, mais l'alcool gagne ce duel haut la main. Ses lèvres m'effleurent et la frénésie reprend de plus belle. Les vêtements volent au milieu de la pièce et nos corps frémissent. Plus rien n'a d'importance, seules les sensations qu'il me procure me contrôlent entièrement. Nous nous allongeons et Chase parcourt mon corps de baisers, je gémis à chacune de ses caresses. Totalement nue et à sa merci, il me découvre, m'explore. Sa langue s'aventure partout et ma température corporelle monte en flèche. Lorsque sa bouche retrouve la mienne, il s'interrompt. J'entends le bruit d'un étui que l'on déchire puis le voilà qui écarte mes cuisses avec son genou et, dans un baiser, je sens cette pression, cette quête de plaisir qui touche à sa fin. Chase prend tout à chacun de ses va-et-vient, il m'accapare, me possède à chaque coup de reins, comme s'il voulait laisser son empreinte. Je me resserre autour de lui, de plus en plus avide de ces sensations hors du commun. Plus rien ne compte, ma libido engourdie se réveille sous ses assauts. Je sens le plaisir absolu se déverser en moi et je succombe avec délectation. Chase finit dans un cri par me rejoindre et s'allonge sur moi, épuisé. Dans cette plénitude absolue, nous nous endormons, repus.

Le réveil est bien plus difficile. C'est une migraine abominable qui me force à émerger. Je peine à ouvrir les yeux mais lorsque j'y parviens enfin, je regrette amèrement de ne pas m'être endormie pour toujours. Chase est allongé près de moi. Dans les premières secondes, je me redresse, juste avant que les souvenirs de la veille me reviennent en mémoire. Je me tape le front de la paume de la main mais c'est une réaction stupide quand on a mal à la tête.

Comment vais-je me sortir de ce pétrin ?

Tout se bouscule dans ma tête, bien que mon cerveau soit encore pris dans l'ivresse de la veille. Je me glisse hors du lit, sans bruit, mais Chase se réveille malgré tout. À première vue, rien ne semble le chagriner.

– Salut, dit-il d'un air charmeur.

– Bonjour.

– Où cours-tu comme ça ?

– Je vais essayer d'échapper à ma honte.

–Viens plutôt là, lance-t-il en tapotant le lit du plat de la main.

– Non. Chase, je ne vais pas venir m'asseoir. Je vais quitter cette chambre et on va faire comme si rien ne s'était passé, comme si le Mexique était un univers parallèle. On va regagner notre monde et tout va redevenir comme avant.

– Et si je n'en ai pas envie ?

– Alors je vais te parler de mariage, d'engagement, d'avoir un bébé et tu vas avoir une horrible crise d'urticaire.

Il rit et le rouge me monte aux joues. Je le laisse en plan et, simplement enroulée dans un drap, je file dans ma chambre. Je ferme les yeux mais les images me reviennent et accentuent mon sentiment de honte. Je reste enfermée jusqu'au moment du départ, attendant la dernière minute pour assumer tout ce qu'il s'est passé cette nuit, mais lorsque je descends dans le hall de l'hôtel et que je l'aperçois, je préfère me cacher derrière mes lunettes noires et mon mépris. Mon cerveau a repris ses droits et une seule question tourne en boucle dans mon esprit :

Mais comment ai-je pu faire une chose pareille ?

Chapitre 11 – Alyssa

1 799e jour – 30e jour

Je coupe la conversation téléphonique avec ma mère. Un ultime appel pour me convaincre de rentrer à New Haven pour les fêtes. Nous ne sommes plus qu'à quelques jours de Noël. Un moment que je redoute, mais j'ai beau traîner des pieds, il y aura bien un vingt-cinq décembre sur le calendrier encore cette année. De toute façon, ici, ailleurs, seule, en groupe, qu'est-ce que ça change ? Maintenant, en plus de vivre avec mon deuil, je cohabite aussi avec un sentiment que je pensais avoir laissé sur les bancs de l'université : la culpabilité. Une culpabilité sous toutes ses formes, d'abord parce que je me suis saoulée avec mon client pour mieux me précipiter dans son lit. Ce qui a entraîné un sentiment de trahison qui, depuis, me colle à la peau. Ensuite, parce que je rase les murs depuis un mois par peur d'avoir à le croiser. Heureusement, chaque début de semaine, Chase se rend à New York pour ses entraînements avec son équipe.

Et pour finir, je suis aussi dévorée par la culpabilité parce que je reste muette à tous les appels de Tobby par pure lâcheté. Désormais, en plus de compter les jours depuis la fin de mon grand amour, je compte aussi ceux qui me séparent de cette soirée qui a fait renaître un sentiment que je pensais enfoui. Pas un jour ne passe sans que des scènes de cette nuit me reviennent en mémoire, et j'entends toujours cette petite voix me souffler dans l'oreille, assez bas pour s'insinuer en moi, que j'ai aimé ça. Je voudrais prétendre le contraire, mais mon corps frissonne chaque fois que je laisse ces mots atteindre mon cœur pour m'empêcher de mentir.

Personne n'est obligé de le savoir.

Je ne suis pas naïve, je sais que ça fait cinq ans qu'aucun homme ne m'a touchée. Il y a des besoins primaires contre lesquels je ne peux rien.

Mais pas comme ça… Pas avec lui !

Je me frotte le visage, mais les images ne veulent pas quitter mon esprit. J'imagine Luke s'amuser de la situation inextricable dans laquelle je me suis mise toute seule comme une grande. Je ne sais même pas quel est mon statut. Je ne suis pas veuve puisque je n'ai pas eu le temps d'aller jusqu'à l'autel, mais je ne suis pas non plus célibataire parce qu'aucun célibataire n'a un deuil pour lot de consolation, je suis *célive*, en fait, c'est un statut bancal, comme ma vie. Je respire un grand coup pour mettre un terme à mes tergiversations qui, une fois de plus, ne me mènent nulle part. J'éteins la lampe sur mon bureau, récupère ma serviette et ferme la porte derrière moi. Je me masse la nuque en attendant l'ascenseur. Au moment où les portes s'ouvrent, je jette un regard au hasard et mes yeux se posent sur lui.

Il est là. Chase est revenu de New York.

Il me fixe sans détour, comme s'il essayait de trouver dans mon langage corporel la meilleure manière de m'aborder. Je ne lui en laisse pas le temps, je fais ce que je sais faire le mieux : prendre la fuite. J'appuie nerveusement sur le bouton de l'ascenseur pour l'inciter à fermer ses portes plus vite. La peur que Chase ne me rejoigne m'oblige à agresser ce bouton qui n'y est pour rien, quitte à le voir tomber dans la paume de ma main à tout moment. Heureusement, les portes se referment enfin et je retrouve mon souffle.

Gamine !

Les jours suivants, c'est la boule au ventre que je me rends au travail. Risquer de le croiser à tout moment me terrifie. Chaque matin, devant mon miroir, j'essaie de me convaincre que je suis forte, que je peux faire front, être une adulte. Dès que je passe les portes du bureau, il me suffit de sentir l'odeur de désodorisant aux huiles essentielles pour me dégonfler. Je me trompe peut-être, mais j'ai l'intuition qu'il m'évite aussi. Seuls des échanges de mails purement professionnels transitent entre nous et ça me convient très bien. *Pourvu que ça dure !*

Je suis en train de finir la lecture d'un nouveau contrat publicitaire pour une grande marque de sport quand Stacy entre précipitamment dans mon bureau.

– Chase nous donne un jour de congé demain pour préparer Noël. C'est génial, non ?

– Hum... réponds-je en gardant les yeux sur le contrat.

– Tu entends ce que je dis ?

– Oui... Oui... marmonné-je vaguement.

– Alyssa ? Qu'est-ce qu'il y a ? Tu es bizarre, ces temps-ci.

Je lève la tête un instant. *Elle sait quelque chose ?* Cette pensée m'horrifie.

– Quoi ? m'étranglé-je.

– Rien. Je te trouve absente un instant et comme sur le qui-vive celui d'après. Tu as un problème ?

– Non... C'est toi qui as raison. Ce jour de congé me fera le plus grand bien.

Je lui souris et elle fait de même en retour.

Je n'aime pas les vacances et tout ce qui nous oblige à rester chez soi, à prendre du bon temps. Le soir, avant de quitter le bureau, je me charge de dossiers pour m'occuper les prochains jours.

Ça va être long.

Au lever du soleil, je suis déjà sur la plage en train de courir depuis plus d'une heure. Je dois admettre que ça me permet d'évacuer les tensions que je m'inflige et j'y prends goût. À mon retour, lorsque je m'avance vers mon immeuble, Chase est sur le balcon, sa tasse à la main. Il m'observe approcher et je baisse la tête comme si j'ignorais sa présence. J'entre dans mon appartement et me dirige vers la douche pour essayer de me laver de ce malaise qui me colle à la peau. Je m'installe ensuite dans mon canapé et cherche le dossier super urgent que je dois traiter en priorité, mais il n'est pas là. Je fouille partout, dans toutes mes affaires, mais il n'est nulle part. Je soupire. Il n'y a qu'une seule solution : retourner au bureau le chercher. J'attrape mes clés, et sans attendre, je prends la direction du centre de Los Angeles. Effectivement, le dossier est bien là, il trône sur ma table de travail. Je m'en saisis et retourne chez moi. Lorsque l'ascenseur s'ouvre sur mon palier, Tobby est là, devant ma porte.

– Tobby ? Que fais-tu ici ?

– Je viens d'arriver et Chase n'est pas là.

– Tu es sûr ?

– J'ai frappé à plusieurs reprises, mais personne ne répond. Je peux rester chez toi jusqu'à ce qu'il rentre ?

– Bien sûr.

J'ouvre la porte de mon appartement et le laisse entrer. Je sens cette boule se former au creux de mon ventre. Pourvu que Chase ait la présence d'esprit d'appeler sur le portable de son frère au lieu de se pointer ici. Tobby s'installe sur le canapé et je me dirige vers la cuisine.

– Tu veux boire quelque chose ?

– Oui, merci. Je veux bien un truc frais, s'il te plaît.

Je lui sers un grand verre de citronnade et le pose devant lui sur la table basse. Je m'apprête à m'asseoir à mon tour quand on frappe à la porte.

– Ce doit être ton frère. Tu peux y aller ?

Il me sourit, se lève et se dirige vers la porte. D'un coup, il crie dans ma direction.

– Alyssa. Ce n'est pas mon frère !

Je fronce les sourcils et me lève pour découvrir qui se trouve sur le seuil de mon appartement.

– Qui ça peut bien ê…

Je m'interromps quand je vois mes amis devant moi. J'ouvre grand la bouche, mais aucun son ne sort. Ils me sourient et je reste plantée là.

– Tu ne nous invites pas à entrer ? se moque Caroline.

– Si… oui … bien sûr que si ! bégayé-je, encore sous le choc.

Ils entrent un à un et je n'en reviens toujours pas.

– Caroline… Joey… Cory… Melissa… Qu'est-ce que vous faites là ?

– Ta mère s'inquiétait de te savoir toute seule pour Noël, lâche Caroline. Et moi aussi, pour être tout à fait honnête. On sait que quand tu as décidé quelque chose, tu n'en démords pas, alors la seule solution, c'était de venir jusqu'à toi.

– Je pouvais très bien m'en sortir toute seule.

– Ça aussi on le sait ! renchérit Cory.

Je souris à sa remarque et les invite à prendre place sur le canapé. Une fois qu'ils sont bien installés, je les vois fixer Tobby et je me souviens alors que je ne l'ai même pas présenté.

– Les amis, je vous présente Tobby. C'est le frère de mon voisin, qui est accessoirement le client pour lequel je travaille.

– Enchanté, Tobby ! disent-ils tous en chœur.

Je m'installe sur le canapé en les observant un à un sans réaliser qu'ils sont bel et bien là, devant moi.

– C'est incroyable ! avoué-je.

– C'est cet appartement qui est incroyable, me répond Caroline en détaillant le salon.

– D'ailleurs… Il va falloir se serrer parce qu'il est immense, mais il n'a qu'une seule chambre !

– T'inquiète pas pour ça, me rassure Cory.

– Et qu'est-ce qu'on va manger ? Je n'ai rien ici digne d'un repas de Noël.

– Des pizzas ? propose Joey.

– Des pizzas ? C'est ça ton idée brillante ? Des pizzas pour Noël ? rit Caroline en refermant la baie vitrée.

– Tout le monde adore les pizzas, se défend Joey.

– Moi, j'adore la pizza, intervient Tobby.

– Qu'est-ce que je te disais ! se congratule Joey en montrant Tobby du doigt.

L'euphorie qu'a provoquée l'arrivée de mes amis s'éteint quand j'entends toquer à la porte. Je sais que, cette fois, ce ne peut être que Chase, et devant mes amis, je dois prendre sur moi, ne rien laisser paraître.

Allez, Alyssa, il est temps de faire honneur aux leçons de théâtre de madame Dickies au cours élémentaire. Que le rideau se lève !

Je m'approche de la porte et quand ma main touche la poignée, je suis toute tremblante. Je respire profondément et ouvre d'un coup sec. Il semble surpris, les mains dans le dos, regardant le sol. Il relève la tête et me fixe. Le silence entre nous me paraît interminable. Je ne sais pas quoi lui dire et de toute évidence, lui non plus, alors pour mettre fin à ce tourment, je dis ce qui me passe par la tête :

– Tobby est là.

– Je sais qu'il est là.

Bien sûr qu'il sait qu'il est là. Il vient le chercher. Quelle cruche !

De nouveau, plus rien. Les rires qui s'échappent de mon appartement comblent ce vide qui se creuse inexorablement.

– Je vois que tu n'es pas seule. Tu peux simplement dire à Tobby que je suis là, s'il te plaît.

– Bien sûr, réponds-je timidement.

Au moment où je m'apprête à faire demi-tour pour prévenir Tobby, Joey ouvre la porte d'entrée en grand.

– Oh ! Chase Cooper ! Je suis votre plus grand fan.

– Merci, c'est gentil.

– Vous allez encore gagner le *Super Bowl* cette année, pas vrai ?

J'essaie de faire les gros yeux à Joey pour qu'il arrête d'importuner mon voisin, mais il ne regarde que Chase.

– On va tout faire pour, répond-il en enfonçant ses mains dans ses poches.

Je décide de le sortir de là.

– Bien. Je vais aller chercher Tobby.

Chase hoche la tête, mais lorsque je m'apprête à les abandonner quelques minutes, je m'aperçois que ce que je prenais pour une porte de sortie est en réalité une porte d'entrée. Joey pose une main sur mon épaule pour m'empêcher de bouger et regarde Chase.

– Vous pouvez entrer une minute ?

Cette fois, je m'adresse à mon ami.

– Joey, on est le soir de Noël. Monsieur Cooper a sans doute autre chose à faire que de parler football avec toi autour d'une bière.

Il réalise enfin qu'il ennuie Chase avec son attitude de super fan. *Alléluia !*

– Je vous prie de m'excuser, finit-il par dire humblement.

– Pas de souci, on avait prévu de manger une pizza avec Tobby.

Je ferme les yeux.

Fallait pas dire ça ! Je venais de te sortir d'affaire !

Ni une ni deux, Joey le saisit par l'épaule et l'invite à entrer en criant en direction de Caroline :

– Chérie, regarde ! Même Chase Cooper mange de la pizza pour Noël !

Je referme la porte en réalisant que je m'apprête à passer une soirée entière avec Chase dans *mon* appartement.

Les garçons partent faire quelques courses et reviennent un moment plus tard, les bras chargés de paquets, de cartons de pizzas et de packs de bière. Le temps d'un instant, je nous revois le soir de notre crémaillère avec Caroline. Puis je réalise que la plupart de nos soirées ressemblaient à ça. Pour une fois, ces pensées me ravissent. Même si ça me tue, je dois reconnaître que ma mère a raison, j'ai besoin de moments comme celui-là. Alors que je suis perdue dans mes pensées, Joey me prend par le bras et me conduit vers ma chambre. Inquiète, j'attends qu'il referme la porte derrière nous pour lui demander :

– Mais qu'est-ce que tu fais ?

– Il faut que je te parle, c'est important.

– Non, Joey. Je refuse de lui demander un autographe. Si c'est ce que tu veux, tu n'as qu'à le faire toi-même.

– Mais non, il ne s'agit pas de ça.

– Quel est le problème, alors ?

– Je crois que c'est le bon moment.

– Le bon moment pour quoi, Joey ? Tu peux être plus clair ?

– Pour demander Caroline en mariage.

Un cri m'échappe et mes mains couvrent aussitôt ma bouche.

– Oh mon Dieu !

– J'ai tout prévu, mais j'ai besoin de toi.

– Vas-y ! Je suis tout ouïe.

Il m'explique le scénario qu'il a échafaudé et je l'écoute avec attention. Je suis tout excitée, heureuse et tellement émue pour mes amis. Quand il m'a tout révélé, je suis sous le charme et je sais que Caroline va fondre comme neige au soleil. Au fil de la soirée, j'aide mon ami à mettre son plan à exécution. Quand minuit sonne, il est l'heure idéale pour que Joey passe à l'action. Caroline sent que quelque chose se trame, mais elle ne dit rien. À présent, on ne peut plus rien lui cacher.

– Caroline, tu as confiance en moi ? lui demandé-je.

– Absolument. Mais pourquoi veux-tu savoir ça ?

– Je vais ignorer ta question, te bander les yeux et tu ne vas plus dire un mot, OK ?

– Euh…

– On ne discute pas.

Je m'approche d'elle avec un foulard, je m'assure de faire deux tours pour être sûre qu'elle ne voie rien. Je passe ma main devant ses yeux, mais elle reste sans réaction.

C'est bon !

Pendant ce temps, les autres sont allés se changer. Ils reviennent un à un, tous prêts ; il ne manque plus que moi. Je la guide jusqu'au balcon, je pose ses mains sur la balustrade.

– Tu ne bouges pas d'ici tant que je ne suis pas revenue te chercher et tu ne triches pas, OK ?

– Mais qu'est-ce qu'il se passe ?

– Tu ne vas plus tarder à le savoir.

Je l'embrasse rapidement sur la joue et file me changer à mon tour. Lorsque je reviens, je vais vite chercher mon amie sur le balcon et la fais entrer dans le salon très lentement. D'un signe de tête, je demande à Joey s'il est prêt ; il acquiesce. J'installe donc Caroline au centre de la pièce et je vais vite rejoindre les autres. Je laisse mes yeux examiner mes complices, et plus particulièrement Chase, qui est tellement à l'étroit dans ce pull de Noël, sur lequel est tricoté un énorme *M*, que ça m'arrache un sourire. Mais dès que ses yeux rencontrent les miens, je baisse la tête en suppliant mes joues de ne pas s'empourprer. Quant à Tobby, il semble s'amuser du rôle qu'on lui a donné, tout comme le reste de mes amis, d'ailleurs. Quand nous sommes fin prêts, j'ordonne à Caroline :

– C'est bon. Tu peux retirer ton bandeau.

Elle s'exécute enfin et je ne sais pas si elle a lu les lettres qui sont tricotées sur nos pulls et qui forment un *MARRY ME*, mais elle ne contemple que Joey qui a un genou au sol devant elle, une boîte ouverte sur un magnifique diamant.

– Ma chérie, mon binôme, ma meilleure amie, chaque jour qui passe confirme ce sentiment, il est né le jour où je t'ai rencontrée et il ne fait que s'accroître depuis. Tu es la femme de ma vie, celle avec qui je veux finir mes jours. Je sais que c'est toi que je veux à mes côtés, je ne peux plus vivre une journée sans que tu m'appartiennes pour l'éternité. Caroline, veux-tu m'épouser ?

Les larmes jaillissent et étouffent son joli *« oui »*, mais elle l'a prononcé. Sans que je m'en aperçoive, je pleure moi aussi. Je viens d'assister à un moment magique et j'ai oublié à quel point ça fait du bien. Je sens cette chaleur m'envelopper, une sensation qui m'était étrangère depuis si longtemps, je la laisse m'envahir et je profite du moment, en priant pour qu'il dure toujours. Je m'empresse de rejoindre mes amis pour les féliciter et voir cette magnifique bague de plus près. Le reste de la bande en fait autant, nous sabrons le champagne pour célébrer cette magnifique nouvelle. Je m'éclipse dans la cuisine et j'observe cette scène en pensant que c'est le plus beau Noël qu'il m'ait été donné de passer ces cinq dernières années. J'aurais été folle de ne pas le vivre. Je porte ma coupe à mes lèvres quand Caroline me rejoint avec ce sourire niais sur les lèvres que je lui envie.

– Tu étais dans la combine ?

– Depuis deux heures seulement.

– Je suis sur un petit nuage !

– Tu le mérites.

– Merci, me répond-elle en me serrant dans ses bras. Tu vas être ma demoiselle d'honneur, hein ?

– Si tu ne me l'avais pas demandé, tu ne serais pas arrivée vivante devant l'autel.

– C'est ta façon à toi de me dire que tu es d'accord ?

– Évidemment.

– Alors, trinquons !

Nos verres s'entrechoquent, nous nous appuyons contre le plan de travail de la cuisine.

– Je voulais te demander un truc…

– De porter une robe en taffetas ? Je vais reconsidérer ma décision.

– C'est moi la mariée ! Ton rôle est de tout faire pour me rendre heureuse.

– Je suis ta demoiselle d'honneur, pas ton mari.

Elle lève les yeux au ciel et sa réaction m'amuse.

– De toute façon, ce n'est pas de ça dont je voulais te parler.

– Je t'écoute.

– Qu'est-ce qu'il se passe avec le joueur de football américain ?

– Chase ?

– Tu l'appelles par son prénom, maintenant ?

Putain ! Je ne l'ai pas vue venir !

Mon self-control n'est pas activé et je sens mes joues s'empourprer sans que je puisse rien y faire.

– Alyssa, tu rougis ?

– Ne dis pas de bêtises, c'est le champagne qui me monte au nez.

Je connais ma meilleure amie et je sais qu'en ce moment le regard qu'elle me lance signifie *« Je ne te crois pas une seconde »*. J'ai l'impression de m'embourber, je préfère garder le silence.

Vous avez le droit de garder le silence. Si vous renoncez à ce droit, tout ce que vous direz pourra être et sera utilisé contre vous devant une cour de justice.

Ma cour de justice à moi, c'est Caroline, et je vais utiliser mon droit.

– Sérieusement, Alyssa ! Ce mec n'arrête pas de te regarder.

– Caroline… Ton mec vient de te demander en mariage, arrête de voir des histoires d'amour là où il n'y en a pas.

– Qui t'a parlé d'amour ?

Je sens ma conscience se taper la tête contre une paroi de mon crâne.

Tu devrais la fermer !

– Alyssa… Il va falloir éclaircir cette histoire.

– Je crois que je vais aller prendre l'air.

– C'est ça ! Défile-toi ! Mais je vais te faire cracher le morceau tôt ou tard, Conrad, finit-elle de crier quand je referme la baie vitrée derrière moi.

Je prends une grande bouffée d'air et je me sens déjà mieux.

– Ça va ?

Cette voix qui surgit dans le noir me fait sursauter. Chase s'approche et entre dans la lumière.

– Je ne t'avais pas vu.

– J'avais compris.

– Tu te caches parce que tu as honte de ton pull ? plaisanté-je.

– Je suis démasqué.

– Tu peux l'enlever, maintenant, personne ne t'en voudra.

– Je crois que je vais le garder, au contraire. Tu ne trouves pas qu'il me met en valeur ?

Je le détaille et rien n'y fait, il est ridicule dans ce pull dix fois trop petit et il le sait. Je ne peux m'empêcher de rire aux éclats.

– Tu ne pourras pas dire que je ne t'ai pas prévenu quand ta cote de popularité sera derrière celle de Donald Trump !

Il sourit et glisse ses mains dans ses poches.

– Pourquoi ça ne pourrait pas être comme ça entre nous ?

– Comment ?

– Comme ça. Juste deux personnes qui rient, qui se taquinent, qui passent du bon temps ensemble sans se poser de questions… Comme nous étions avant cette nuit…

– Tu voudrais oublier cette nuit ?

– C'était génial ! Ne te méprends pas sur mes intentions. Mais ta façon de prendre tes jambes à ton cou, de tout faire pour m'éviter, et ton acharnement pour lutter contre ces bribes de souvenirs qui te rappellent cette fameuse nuit me poussent à croire que c'est la meilleure solution, non ?

– Oui, je préfère qu'on oublie.

Il ne réagit pas et m'offre simplement un mince sourire. Il me tend une main que je saisis.

– On oublie, dit-il en me serrant la main.

Je déglutis avec difficulté et répète ces mots malgré tout. Bizarrement, je devrais me sentir soulagée, mais il n'en est rien. Je me dis simplement qu'il faut laisser le temps au temps. Nous retrouvons nos amis. Caroline a bien remarqué que nous étions ensemble sur le balcon. Je lève les yeux au ciel et elle rit de plus belle. Je vais encore avoir droit à un interrogatoire serré. Au lieu de me jeter directement dans ses filets, je me dirige vers Melissa et Cory, ce qui me semble être une plus sage décision.

Chapitre 12 – Alyssa

Un poulet en guise de dinde de Noël, des chips pour remplacer les pommes de terre, du soda et des bières comme seul millésime et beaucoup, beaucoup de rires autour de cette table. C'est ce que je retiendrai de cette belle journée.

Se sentir bien… Se sentir légère comme l'iode que transportent les vagues lorsqu'elles s'échouent sur le sable. Aujourd'hui, sans aucun effort, j'ai laissé mon chagrin au placard. Rien ne peut noircir le tableau qui se dessine sous mes yeux. Nous marchons tous sur le sable, mon passé et mon présent s'entrechoquent et être aussi bien entourée me procure un bien-être insoupçonné. J'ai juste envie d'en profiter avant que la lumière ne s'éteigne, que le rideau ne se baisse sur une scène exquise de ma vie et que la tragédie ne reprenne sa place. Alors que je suis plongée dans mes pensées, Cory se porte à ma hauteur.

– Comment tu te sens ?

– Ça va.

– C'est toujours ce que tu dis… Chaque fois que je t'appelle, ce sont les deux seuls mots que j'arrive à t'arracher.

– Non, je t'assure. Je me sens bien aujourd'hui.

– Et demain ?

– Cory…

– Je m'inquiète pour toi, c'est tout.

– Personne ne sait mieux que toi ce que Luke représente pour moi.

– Je sais aussi qu'il fera toujours partie de toi. L'amour que vous avez construit a façonné la Yale que j'ai devant moi maintenant. Ton assurance, ta force de persuasion, ta combativité. Tu te souviens comment tu étais au lycée ? Tu rasais les murs, ton objectif quotidien était d'être invisible, puis il y a ce jour où Luke est venu te parler pour la première fois, tu en rêvais. Combien de fois tu as imaginé ce moment, et pourtant, quand il s'est pointé, tu as bredouillé pour ne pas paraître impolie et tu as filé comme si tu avais le feu aux fesses.

Ce souvenir me fait sourire.

– Luke te connaissait comme personne, il a fait ressortir le meilleur de toi-même, il est allé puiser en toi des ressources que tu ignorais avoir, il a contribué à ce que tu es aujourd'hui, la Alyssa qui se tient là, devant moi. Alors arrête de lutter contre ta peur de l'oublier ; cela n'arrivera jamais. Il t'a fait te sentir belle, te sentir sûre de toi, et je ne pense pas qu'il ait accompli tout ce travail fantastique pour qu'il s'écroule comme un vulgaire château de cartes. Tu es plus forte que ça et il mérite mieux. En fait, ce que je veux te dire, c'est d'arrêter de regarder ton passé avec les yeux de Yale, l'adolescente mal dans sa peau, mais plutôt avec ceux d'Alyssa, la femme forte que tu es devenue.

Pas de larmes, pas de colère, pas de tristesse non plus. Simplement des mots que je laisse me réconforter. Je suis surprise d'accepter qu'ils pansent mes plaies, mais ce baume me fait du bien. Pour une fois, je n'ai pas envie de lutter, juste de leur permettre de m'apaiser. Je serre Cory dans mes bras, une façon de le remercier d'être toujours là, d'avoir traversé l'Amérique pour être l'ami que je n'ai plus l'impression de mériter. Dans une dernière étreinte, Cory finit par dire :

– Ça va aller, tu verras.

Je ferme les yeux, et pour la première fois, j'ai envie d'y croire. Petit à petit, les plaisirs de la vie, que j'avais très vite oubliés, reprennent leur place et ce que je ressens me rend nostalgique de ces moments où j'arrivais encore à les apprécier à leur juste valeur. Nous continuons de marcher sur le sable en silence, profitant simplement d'être tous réunis.

Joey décide d'aller chercher un ballon et de lancer une partie de football. Il veut se frotter à Chase et semble sûr de lui. Le spectacle nous fait pouffer de rire à l'unisson. Tobby fait équipe avec son frère et on peut lire sur son visage à quel point il est heureux d'être là. Quant à moi, je ne voudrais être nulle part ailleurs. Je m'assieds sur le sable et Caroline vient se joindre à moi.

– Tobby ?

– Non… Pas Tobby.

Je lève les yeux au ciel et elle renchérit.

– Tu n'es peut-être pas prête à m'en parler, peut-être même que tu n'es pas encore prête à te l'avouer à toi-même, mais je connais ce regard…

Je secoue la tête, mais ma réaction ne suffit pas à effacer le sourire espiègle de mon amie.

– Le changement s'opère… Tu es sans doute la seule à ne pas t'en apercevoir, mais je vois bien que tu n'es pas la même que celle que j'ai laissée partir pour Los Angeles, il y a quelques mois.

– C'est l'air de la mer qui vous rend aussi perspicaces ?

– Non… C'est notre Alyssa qu'on retrouve, doucement.

– Le chemin est encore long.

– Oui, mais tu as enfin décidé de l'emprunter.

– Je n'en sais rien.

– Tu peux me faire confiance. J'y crois pour deux !

Un sourire complice échangé et nos yeux dérivent vers le match qui se joue devant nous. Je ne veux plus penser à rien, juste graver chaque instant, chaque rire dans ma mémoire pour pouvoir y repenser les jours où je n'aurai plus que ça pour me réconforter.

J'ai appris à mes dépens que le temps du bonheur passe parfois trop vite. Il avale les secondes, les minutes, les heures à la vitesse de la lumière pour ne nous laisser comme seule consolation que les souvenirs.

★★★

Mes amis, leurs valises à la main, doivent déjà repartir. J'ai envie de les supplier de rester, mais je sais bien que la vie doit reprendre son cours et je leur suis tellement reconnaissante d'être venus. Je les serre chacun à leur tour dans mes bras de toutes mes forces, les larmes éclaboussent nos au revoir, mais ces derniers temps, elles n'ont jamais été aussi bienfaitrices.

Les chauffeurs de taxi glissent les bagages dans les coffres, mes amis prennent place et une main me salue pour la dernière fois avant de disparaître pour de bon. Je me retourne et vois Tobby et Chase derrière moi. Ce dernier se racle la gorge, l'air gêné.

– Je… Je raccompagne mon frère à l'institut.

– Oh… Je vois.

Je m'empresse de serrer Tobby dans mes bras. Il a toujours ce sourire sur les lèvres, en toute circonstance, que je lui envie tant.

Il a l'air d'être ravi de retrouver son amie, quand moi j'appréhende de retrouver la mienne, ma solitude, qui m'attend les bras ouverts.

Je regagne mon appartement désespérément vide, je prends mon antidépresseur, une tasse de chocolat chaud avec des marshmallows. Rien n'y fait. Il ne sera jamais aussi bon que celui de Mamita, mais je dois m'en contenter. Alors que je me dirige vers le salon, mon attention est attirée par un papier blanc sur le frigo.

Le soleil, les arcs-en-ciel, c'est pas le monde ! Y'a de vraies tempêtes, de lourdes épreuves. Aussi grande et forte que tu sois, la vie te mettra à genoux et te laissera comme ça, en permanence, si tu la laisses faire. Toi, moi, n'importe qui, personne ne frappe aussi fort que la vie, c'est pas d'être un bon cogneur qui compte, l'important c'est de se faire cogner et d'aller quand même de l'avant, c'est de pouvoir encaisser sans jamais, jamais flancher. C'est comme ça qu'on gagne !

Caroline a encore frappé et c'est sa manière de me communiquer un peu de sa force aussi. Je décide de le laisser là et de le lire et le relire à l'avenir. Je n'avais pas relevé jusqu'à aujourd'hui que ce petit jeu entre nous m'avait manqué et me faisait du bien, en réalité.

Je m'affale sur mon canapé et me laisse envahir par la nostalgie. J'allume la télévision pour essayer d'anesthésier le manque qui me gagne quand j'entends frapper à la porte. Je me lève et me dirige vers l'entrée, curieuse de savoir qui cela peut être. Lorsque j'ouvre, je découvre Chase sur le seuil et ses premiers mots font écho à mon état.

– J'ai le cafard. Je me suis dit que tu devais l'avoir aussi, alors si on allait boire une bière ?

Toutes les raisons sont bonnes pour fuir cet appartement et la mélancolie qui y règne.

– Je vais prendre mes affaires.

Chase arrête la voiture devant un bar qui ne paie pas de mine. Il est inscrit *The Pikey* sur la devanture. Je ne dis rien et le suis à l'intérieur. L'endroit est quasi désert, ce qui ne me surprend pas en ce jour de fête.

Je dois reconnaître que le décor britannique rend l'endroit assez chaleureux. Je m'apprête à m'installer dans un des box vides près du bar quand Chase m'attrape par la main pour me forcer à avancer. Il salue rapidement le serveur et nous disparaissons dans une salle à l'arrière. Seule une femme est assise à une table au fond, près du juke-box. Nous nous installons dans un coin près de l'entrée et Chase s'empresse d'aller nous chercher deux bières. En attendant son retour, je m'attarde sur cette femme qui captive mon attention. Elle a ce quelque chose qui me donne envie de raconter sa vie. C'est une octogénaire, avec une mise en plis impeccable, même sa tenue est trop parfaite pour un endroit comme celui-là. Elle est si chic, si distinguée. Elle ne lâche pas son verre du regard, mais à quoi pense-t-elle ? Attend-elle quelqu'un ?

Chase revient, dépose deux bières devant nous et se glisse sur le siège en face de moi, me la cachant totalement. Il tente de faire la conversation, mais je me décale discrètement pour avoir à nouveau cette femme dans mon champ de vision. Subrepticement, je lui jette des regards, répondant aux questions de Chase par monosyllabes. Seulement, il fallait bien s'en douter… Chase n'est pas dupe.

– Alyssa… Qu'est-ce qui est si intéressant derrière moi ?

– Quoi ? Rien du tout ! Qu'est-ce qui te fait dire ça ?

– Tu jettes de brefs regards, tu t'es même décalée pour y voir mieux, et pour finir, tu viens d'accepter d'aller dans un club libertin sado-maso après ce verre. Je me dis que tu n'as pas toutes tes facultés, ou alors, je me suis trompé sur ton compte et tu es vraiment partante. On y va ?

Il fait mine de se lever, mais je pose ma main sur son avant-bras pour l'en empêcher.

– Je te demande pardon, mais c'est cette femme, assise là-bas…

Il la regarde brièvement et me fait à nouveau face.

– Oui ?

– Je ne sais pas pourquoi mais je ne peux pas m'empêcher d'avoir de la peine pour elle. Elle est seule, le soir de Noël, dans un bar miteux, magnifiquement bien apprêtée comme si elle attendait quelqu'un qui ne viendra jamais.

– Qu'est-ce que tu en sais ?

– Sa douleur m'attire…

– Et si la réalité te donnait tort ?
– Comment ça ?
– Tu ne lui as pas parlé ?
– Non.
– Tout ça, ce ne sont que des suppositions, n'est-ce pas ?
– Oui, mais…
– Laisse-moi te montrer, d'accord ?
– Qu'est-ce que tu vas faire ?

Il se lève immédiatement et sans prendre la peine de me répondre. Il s'avance vers la dame en question qui ne cache pas sa surprise de voir cet homme à sa table. Malgré sa carrure imposante, elle ne semble pas effrayée et le laisse s'asseoir près d'elle. Ils discutent un moment, mais d'ici, je n'arrive pas à discerner ce qu'ils se disent. Je vois simplement cette femme sourire et accepter la main qu'il lui tend. Tous les deux prennent place au centre de la piste et se mettent à tournoyer au rythme de *Cheek to Cheek* de Fred Astaire. Ils m'ignorent tous les deux comme s'ils étaient aspirés par l'instant. La femme pose sa tête contre le torse de Chase et ferme les yeux, complètement emportée par la musique. Quant à moi, j'assiste à cette scène surréaliste, sans voix. La musique s'arrête et met fin à ce moment en suspens. Chase lui chuchote quelque chose d'inaudible, mais qui la fait sourire. Elle lui chuchote à son tour quelque chose et ils se séparent comme de bons vieux amis. Chase se rassied comme si de rien n'était et mon visage déconfit le laisse complètement indifférent.

– Alors ?
– Alors quoi ?
– Qu'est-ce qu'elle t'a dit ?
– Qui ça ?
– Tu te fiches de moi ?
– Absolument !

Il rit, visiblement fier de son petit manège, mais il finit par avoir pitié.

– Cette femme vient ici dans un unique objectif.

– Lequel ? m'empressé-je de demander.

– Danser.

– Danser ?

– Tu as bien entendu. Elle vient ici, tous les soirs, depuis maintenant plus de vingt ans. Elle s'habille toujours comme si elle allait au bal, s'installe à une table et attend.

– Mais pourquoi ?

– Et pourquoi pas ?

– C'est sans doute parce que l'homme de sa vie la faisait danser.

– C'est possible. Mais aujourd'hui, elle a dansé avec un autre…

Cette simple phrase crée un malaise inattendu. Chase l'a bien senti.

– Ce que je veux dire… C'est que cet homme lui a appris à danser, mais aujourd'hui, elle y a pris goût et veut toujours continuer à danser, même s'il n'est plus là. L'envie est plus forte ou un truc comme ça.

Chase s'englue dans ses explications et le voir s'embourber sous mes yeux lui donne un côté touchant. Je noie mon envie de sourire dans une gorgée de bière.

– Je vais aller nous chercher d'autres boissons, propose-t-il, rouge d'embarras.

– Bonne idée.

Il revient quelques minutes plus tard et je décide de ne pas laisser cette ambiance électrique s'installer.

– Chase, je ne sais pas grand-chose sur toi.

– Il y a peu de choses intéressantes, tu sais.

– Je suis sûre du contraire.

– Qu'est-ce que tu veux savoir ?

– Tout ce que je ne trouverai pas sur Google, par exemple.

Il sourit et prend un instant pour y réfléchir.

– Dès que je suis né, j'ai su que ma vie ne serait pas comme celle de Monsieur Tout-le-monde. Tobby est l'aîné et comme je suis arrivé en bonne santé, on m'a toujours donné l'impression que je n'avais besoin de personne. Tout tournait autour de Tobby, ça lui pesait parfois, et moi, je l'enviais. Je crois que c'est pour ça que nous sommes si soudés. Je pouvais compter sur lui et lui savait que je ne le lâcherais pas. Le football, je l'ai appris avec Tobby, dans notre jardin. Ce qui n'était qu'un hobby est rapidement devenu mon échappatoire, surtout quand ma mère nous a quittés. Puis en grandissant, j'ai eu ce besoin irrépressible d'être au centre de l'attention. Le football est devenu mon moyen. J'avais un physique correct, mais c'est en devenant le capitaine de l'équipe de mon lycée que j'ai enfin obtenu ce que je voulais. Les filles, la popularité, tout, quoi ! Mais ce n'était pas suffisant. Je rentrais à la maison et c'est comme si la gloire ne passait jamais le portail de chez moi. Le semblant de relation que j'avais avec mon père a cessé le jour où je lui ai dit que je voulais en faire mon métier. Pour lui, c'était inconcevable, ça l'est d'ailleurs encore aujourd'hui : *« Il n'y a pas d'avenir dans le football américain »*, c'est ce qu'il me répétait. Il voulait que je suive ses traces, mais j'ai su assez tôt que ma plus grosse erreur dans la vie serait de lui ressembler et j'ai toujours tout fait pour que ce ne soit pas le cas.

– Pourquoi ?

– Parce que mon père n'a de père que le nom. Il n'a jamais été un père à proprement parler. Jamais un câlin, jamais une histoire avant de nous endormir, il n'était pas là. Toutes les remises de prix, les finales, il était aux abonnés absents. Tout ce qui comptait pour lui, c'était le résultat : *« Tu as eu A en maths ? Mais combien a eu ton voisin ? A+ ? Alors tu aurais pu mieux faire. »* Quand ma mère est morte, il a placé Tobby en institut, comme s'il cherchait à s'en débarrasser. Quant à moi, il voulait m'embarquer dans ses bagages, mais j'ai refusé. J'ai fini par m'émanciper pour rester auprès de Tobby. Mon père est parti vivre à New York, et moi, j'ai obtenu une bourse et je suis resté à Los Angeles. Ensuite, j'ai été recruté chez les *Xtremes* et la suite, tu la connais…

– Et ta mère ?

– Ma mère, c'était la beauté et la douceur incarnée. Elle s'inquiétait beaucoup pour moi parce que mon tempérament de feu n'était pas toujours facile à canaliser, mais elle disait aussi que c'était grâce à cette flamme qui m'animait que je réussirais dans la vie. Comme toutes les mamans, elle prenait soin de son plus fragile enfant et je ne lui en ai jamais voulu, parce que je suis convaincu qu'elle le faisait sans s'en rendre compte. Dans la relation chaotique avec mon père, c'était la première à trinquer. J'imagine que, là encore, elle essayait de remplir son rôle de mère.

– Elle est morte de quoi ?

– Un cancer.

– Je suis vraiment désolée.

– Ne le sois pas. Je vis avec le manque, mais le deuil, je l'ai fait, crois-moi.

– Et comment ?

– Tu le sais.

– Comment ça ?

– Tu l'as bien fait après la mort de Luke.

– Mais de quoi est-ce que tu parles ?

– Braver les interdits ?

– Je ne te suis pas.

– On a tous cette période après la perte d'un être cher : *« Pourquoi lui et pas moi ? »*.

– Et donc ?

– Et donc, j'ai d'abord brûlé des feux rouges, poussé le compteur de ma voiture dans des rodéos. Ensuite, je me suis saoulé en cherchant le coma comme un sacre. Puis très vite, ça s'est transformé en un besoin de repousser mes limites. D'aller plus loin, de jouer avec le feu, de transgresser les règles. Tu n'en as jamais eu envie ?

– Pas vraiment, non. Le simple fait de rendre un devoir en retard me terrifiait.

– Et quand Luke est mort, ça ne t'est pas apparu comme une nécessité ?

– Si… bredouillé-je, un peu gênée.

– Et qu'est-ce que tu as fait ?

– J'ai laissé cette envie me consumer de l'intérieur.

– Il faut remédier à ça !

Il me prend par la main et m'arrache littéralement de la table où nous sommes assis. Il court, m'obligeant à faire pareil. Chase ouvre la voiture, mais avant de monter, une question me brûle les lèvres :

– Où est-ce qu'on va ?

– Vivre !

Son sourire fait écho à une excitation qui naît en moi et qui me donne l'envie de le suivre dans cette course folle. Il roule plusieurs minutes et je me demande à quoi peut ressembler la sensation de braver l'interdit. Mais avant que la peur ne prenne le pas sur ce que nous nous apprêtons à faire, Chase s'arrête devant un hypermarché. Il met une casquette des Lakers sur sa tête et glisse ses lunettes noires sur son nez.

– Allez, suis-moi !

Sans discuter, je m'exécute. Dès que nous entrons, le vigile, posté devant la porte, nous regarde d'un œil méfiant.

Est-ce que c'est écrit sur mon front ?

Chase, lui, semble bien dans ses baskets, il sifflote entre les allées. Quant à moi, je suis carrément nerveuse.

– Qu'est-ce qu'on fait ? chuchoté-je.

– Pique un truc ! répond-il avec une nonchalance déconcertante.

– Oui… Mais quoi ?

– Ce que tu veux.

Nous continuons à avancer et je n'ai toujours pas trouvé l'objet du délit. Chase, lui, prend des articles et finit toujours par les reposer. Puis au moment où je ne m'y attends plus, il crie :

– Prends un truc !

– Quoi ?

– Prends quelque chose ! On détale dans trois… deux… un… Go !

J'arrache un objet d'une étagère sans même le regarder et je me mets à courir. Le portique sonne dès que nous passons, mais nous continuons sans nous arrêter jusqu'à la voiture, le vigile sur nos talons. Chase appuie sur l'accélérateur et part à vive allure sans même regarder dans le rétroviseur. Nous roulons plusieurs kilomètres avant qu'il ne s'arrête pour découvrir notre butin.

– Regarde… J'ai pris un parfum et, avant de partir, deux barres chocolatées. Et toi ?

Je sors de ma poche ce que j'ai réussi à voler et aussitôt le rouge me monte aux joues quand je me rends compte de quoi il s'agit. Je me mords la lèvre pour m'empêcher de rire, mais lorsque celui de Chase emplit l'habitacle de la voiture, je ne peux plus me retenir et j'en fais autant.

– Tout ce que tu as trouvé à voler c'est une crème dépilatoire ? dit-il, grisé par le moment.

Je n'ai rien à dire pour ma défense, je peux juste rire de ma bêtise et de ma carrière de voleuse qui ne décollera jamais après ce fiasco.

– Allez ! Je t'invite à manger, tu l'as bien mérité.

– Merci, Maître !

– Hum… Ne répète pas ce mot trop souvent, je pourrais y prendre goût.

Totalement détendus, on s'installe dans un box d'un *diner* trouvé sur la route de notre « cavale ». À peine la serveuse a-t-elle le dos tourné que je m'empresse de chuchoter à Chase, assis en face de moi :

– J'ai un peu l'impression que nous sommes Bonnie and Clyde.

– Je ne suis pas sûre que voler une crème dépilatoire soit inscrit dans le casier de nos deux héros.

Sa remarque me fait pouffer de rire. Je crois que je suis ivre d'interdit. Nous mangeons tranquillement nos hamburgers quand Chase brise le silence.

– On y va ?

– Attends, je n'ai pas fini de…

Mais ses intentions sont inscrites dans son regard. Je souris et l'excitation me gagne à nouveau.

– Tiens… Prends les clés de la voiture, installe-toi au volant, le moteur en marche, et attends-moi.

– Bien.

– Lève-toi, maintenant, et surtout, sois naturelle quand tu passes les portes.

– OK !

Je fais ce qu'il me dit et quand la sonnette de l'entrée retentit, je presse le pas jusqu'à sa voiture avec l'affreuse impression d'être tout sauf naturelle. Pourtant son plan fonctionne puisque, quelques secondes plus tard, Chase grimpe à côté de moi sur le siège passager.

– Fonce !

Nous démarrons dans un crissement de pneus.

– La prochaine fois, laisse-moi finir mon hamburger.

– Promis, rit-il.

– Où va-t-on ?

– Roule… Je vais t'indiquer le chemin.

Je suis ses instructions, et nous nous retrouvons devant l'*Academy Nightclub*. Je prends la peine de me garer quelques mètres plus loin, là où Chase me l'indique.

– Qu'est-ce qu'on fait là ?

– Ce que nous faisons depuis le début de cette soirée : s'amuser. Allez, suis-moi !

Nous sortons sur le trottoir et il semble chercher quelque chose du regard.

– Qu'est-ce que tu cherches ?

– Un moyen.

– Un quoi ?

– Il nous faut un moyen pour rentrer.

Un mec passe dans la rue avec un énorme carton blanc dans les bras et Chase s'empresse de l'interpeller.

– Hey, mec, tu me files ton colis si je te donne cent billets ?

L'homme en question regarde ce qu'il tient entre ses doigts, se demande, l'espace d'un instant, si ce qui se trouve à l'intérieur en vaut vraiment le coup, mais de toute évidence, à la moue qu'il nous offre, son choix est fait. Chase lui tend le billet et récupère l'objet de sa convoitise. Nous marchons, mais avant d'arriver devant l'entrée de la discothèque, il se tourne vers moi.

– Écoute bien : tu me suis, et surtout, tu ne dis rien. Quand je te dis go ! Tu cours, pigé ?

– Pigé !

Chase passe devant, évite soigneusement la file qui s'est formée à l'entrée. Il s'avance jusqu'au videur qui le regarde déjà d'une drôle de manière.

– Salut, j'ai une commande pour Ed.

– Qui est Ed ? Et qu'est-ce qu'il y a dans ce carton, d'abord ?

– Je ne fais que mon boulot. On m'a demandé de livrer ça à Ed. Apparemment, c'est urgent.

– Qu'est-ce qu'il y a là-dedans ?

– Hey ! La confidentialité, tu connais ?

L'homme hésite, il ne sait pas s'il peut lui faire confiance. Il nous scrute à tour de rôle, cherchant un indice.

– Pourquoi elle est là, elle ? demande-t-il en lançant un coup de menton dans ma direction.

Chase s'approche alors légèrement de son oreille.

– Ne me casse pas mon coup, OK ? Elle m'accompagne. Je livre ça et on se tire illico.

– Bougez pas !

Le videur entrouvre la porte, tourne le dos pour demander quelque chose à son collègue quand Chase hurle :

– Go !

Ni une ni deux, il lâche le carton qu'il tient entre les mains et nous nous engouffrons dans les lieux. Il me tire brusquement par la main et nous nous faufilons dans la masse de corps sur la piste, en espérant ne pas être retrouvés. Nous passons les deux heures suivantes à danser, à rire et à nous défouler au son de la musique. La façon dont nous avons pénétré dans les lieux n'est plus qu'un lointain souvenir, et pourtant, nous aurions dû nous méfier. Si nous ne savons pas d'où le videur a bien pu venir, il n'en attrape pas moins Chase par le col et nous sommes priés de regagner la sortie avec pertes et fracas. Seulement, alors que l'agent de sécurité s'apprête à nous mettre dehors, il reconnaît Chase, qui a perdu ses accessoires de couverture dans la précipitation.

– Monsieur Cooper, je suis navré, je ne vous avais pas reconnu.

– Ce n'est rien, Wyatt. Je pourrai dire à Grace que vous faites bien votre travail, plaisante-t-il.

Il vient bien de prononcer le prénom de Grace ? Mais qu'est-ce qu'elle vient faire là-dedans ? Avant même que je puisse lui demander, la voilà qui s'approche.

– Grace… Bonsoir.

– Chase ? Mais qu'est-ce que tu fais là ?

– Je passais juste dire bonjour, s'amuse-t-il.

– En fraudant alors que tu avais simplement à donner ton nom à Wyatt ?

– Si j'essayais de t'expliquer, tu ne pourrais pas comprendre.

– C'est ridicule ! Et je suppose que mademoiselle Conrad est à l'initiative de cette situation complètement absurde ?

– Laisse-la en dehors de ça.

– Bien. Vous entrez, maintenant ? Je vais vous faire porter une bouteille de champagne.

– Merci, mais je crois qu'il est temps pour nous de regagner nos appartements. Demain, je dois être au bureau de bonne heure.

– Sage décision.

Miss Cerbère rentre les crocs et s'éclipse sans même un regard dans ma direction. Nous retournons à la voiture en silence. Après avoir roulé quelques kilomètres, il tourne la tête vers moi.

– Est-ce que tu as vu la tête de Grace quand elle a découvert que c'était nous ?

En repensant à ce moment, un rire nerveux que je ne peux réprimer me gagne. Nous rentrons à la résidence dans une hilarité totale. L'ascenseur s'arrête à notre étage et nous rions encore de cette soirée complètement folle. Chase s'approche de son appartement et je le suis pendant qu'il cherche ses clés. Je ne peux sortir de cette euphorie incroyable. Il ouvre sa porte et se tient là, juste sur le seuil.

En un instant, tout bascule. L'ambiance n'est plus la même sans que je sache comment cela est arrivé. Il est temps de nous dire au revoir et je crois que ni lui ni moi ne savons comment faire. Je décide de le prendre dans mes bras, simplement pour le remercier, mais nos visages se frôlent et son haleine mentholée se mêle à la mienne. Il n'est plus qu'à quelques centimètres de moi quand la lumière du palier s'éteint. Nous sommes à présent dans le noir complet et nous n'avons pas bougé d'un iota quand Chase me chuchote, si bas que je l'entends à peine :

– Je suis le vide et tu es au bord du précipice. L'adrénaline pulse dans tes veines. Ton cœur bat à tout rompre dans ta poitrine, ta gorge est sèche et j'entends le bruit de ta langue qui glisse sur tes lèvres pour les humecter tellement ce choix est un cas de conscience. Tu n'as que quelques centimètres à faire. Alors, tu sautes ou pas ?

Je suis exactement dans l'état qu'il vient de décrire, avec quelque chose en plus : la trouille. Et même si ce n'est pas l'envie qui me manque, c'est elle qui gagne toujours à la fin.

Je longe le mur dans le noir, il sait déjà que je suis partie. La lumière qu'il entrevoit quand je claque ma porte lui laisse deviner le choix que j'ai fait.

Chapitre 13 – Chase

Dans mon costume trois-pièces et derrière ma démarche assurée, en réalité, on dirait un ado presque attardé. Hier, elle m'a claqué la porte au nez.

Putain, elle m'a claqué la porte au nez !

Mon ego s'en remet mal, mais mon cœur est désemparé. Cette fille me désarme. Chaque fois que je me trouve en face d'elle, j'ai l'impression d'être à poil, totalement vulnérable et à sa merci. Comment en suis-je arrivé là ? Bonne question ! Je me la pose tous les jours et je cherche encore la réponse.

Mes plans étaient clairs : la mépriser et la remettre dans le premier avion, direction New York, car tout ce qui touche de près ou de loin à mon père ne mérite que mon irrévérence. Elle travaillait pour lui, c'était une raison suffisante. C'était bien parti, pourtant, elle m'avait donné de la matière. Ses airs suffisants et son attitude castratrice m'ont tout de suite hérissé le poil et je ne crois pas m'avancer quand je dis qu'elle non plus ne me portait pas trop dans son cœur. Ce petit jeu devait être amusant. Jusqu'au jour où, sous son épaisse couche d'assurance, elle m'a laissé entrevoir une faille. Être aspiré dans l'univers de cette fille était comme pénétrer dans un château dissimulant un passage secret qui mènerait directement à son cœur. J'ai l'impression de m'y être glissé de manière clandestine. Avec le recul, c'était bien plus facile de la maudire que de l'aimer. Il a fallu qu'elle ait ce regard, ce putain de regard dans cette douche. Je ne pourrai jamais l'oublier, il m'a retourné les tripes et chaque fois que j'y pense, la sensation reste la même. Je n'avais jamais vraiment eu de principes ou de valeurs, remettant toujours ce genre de trucs à plus tard. Mais ce jour-là, une nouvelle conviction est née : je voulais être aimé de cette fille. Peu importe comment, je lui laissais le libre choix des armes, elle pouvait m'aimer comme un ami, un frère, un père… Et je me battrais jusqu'au bout pour être celui qu'il lui faut. Le combat est loin d'être gagné, mais j'ai la certitude qu'elle mérite que je monte sur le ring et que je lui montre ce dont je suis capable. C'est complètement fou, quand j'y pense, et si naturel à la fois. Un peu comme le mystère de l'instinct maternel, primaire, animal, que la femme découvre lorsqu'elle donne la vie. Je venais de trouver un sens à l'amour. Celui dont on nous rebat les oreilles dans les livres et dans les films.

Jusqu'à présent, j'ai pris ma vie comme un jeu, comme un match. Tout ce qui comptait, c'était d'être le meilleur, le centre de l'attention et le vainqueur à la fin. Être désiré par les femmes et brigué par les hommes. Je crois que je suis assez bon à ce jeu-là. Je ne me posais pas de questions, juste atteindre l'excellence toujours et encore, c'était mon mode de fonctionnement jusqu'à aujourd'hui, un conditionnement que je me suis imposé dès le lycée pour ne jamais devoir demander quelque chose à mon père. Ma solitude a certainement enrichi son compte en banque, mais moi, jamais. Tout ce que j'ai gagné jusqu'à aujourd'hui, je ne le dois qu'à moi et uniquement à moi. Je crois que, quand ma mère est morte, mon monde s'est arrêté, et je me suis simplement contenté de graviter autour de celui de Tobby et de ma carrière, le reste était superflu… Jusqu'à elle.

Je sais qu'un autre lui a fait connaître l'amour, le vrai, avant moi. Mais j'ai cette envie viscérale d'être le dernier, de lui apprendre de nouveau à aimer et que son cœur ne se remette à fonctionner que pour moi, que chaque battement me soit dû. Toutes ces choses me sont nouvelles, et pourtant, je les ressens de façon si naturelle. Ma seule crainte, c'est de les lui avouer. Je sens qu'elle n'est pas prête à les entendre, pas prête à les ressentir et qu'elle préfère, pour le moment, me laisser dans le rôle que je sais si bien jouer, le queutard de service. Je serai tout ce qu'elle voudra tant que le temps me laisse lui montrer que je suis bien plus que ça.

Ma mère est partie avant de m'apprendre comment aimer une autre femme qu'elle et j'ai toujours pensé que c'était pour cette raison que je n'arrivais pas à m'attacher, mais je commence à comprendre que je l'attendais, elle, Alyssa Conrad. Être amoureux, ce ne sont pas que des mots. C'est quand on trouve la bonne personne, qu'on donne le meilleur de soi-même, et c'est cet effet qu'elle a sur moi. Dès qu'elle est là, j'ai l'impression de me découvrir et j'aime la personne que je suis en sa présence. Je sais aussi que si je lui montre tout ce que j'éprouve pour elle dès à présent, elle me fuira et cette idée me terrifie. Je dois l'aider à panser ses blessures et à me faire une place dans son cœur, c'est ma seule quête aujourd'hui. Je suis prêt à tout pour ça, cette fille me rend romantique, sensible, amoureux et je ferai tout ce qui est en mon pouvoir pour la garder près de moi.

D'ailleurs, la voilà qui approche de mon bureau.

C'est quoi cette tenue ? Elle veut me tuer ou quoi ?

Elle marche vers moi, habillée d'un tailleur rose clair. C'est bien la première fois. La jupe est un peu plus courte qu'à son habitude et le débardeur sous sa veste est une invitation à mater sa poitrine sans retenue. Manifestement, ce changement ne me laisse pas insensible, à en juger par la bosse qui apparaît dans mon caleçon. Je m'enfonce sous mon bureau pour dissimuler « mon enthousiasme » et continue de la regarder venir à moi. Elle tient dans sa main des papiers qu'elle garde serrés contre elle. Alyssa s'avance jusqu'à ma porte d'une démarche mal assurée. Je commence à la cerner et son attitude trahit ses émotions.

De quoi a-t-elle peur ?

Elle frappe et je l'invite à entrer. Elle s'avance, un sourire crispé aux lèvres. Son comportement commence à m'inquiéter.

Que va-t-elle m'annoncer ?

Elle se dandine toujours sans dire un mot. Je ne tiens plus.

– Bonjour, Alyssa, que puis-je faire pour toi ?

Elle se racle la gorge, comme pour se donner un peu de contenance.

– Eh bien voilà... Hier... après notre entrevue devant chez toi, j'ai réfléchi une bonne partie de la nuit et j'ai quelque chose à te proposer.

– Tu fais allusion à quoi, au juste ?

– Le mieux, c'est que tu lises, ce sera plus clair après.

Elle me tend les papiers qu'elle gardait soigneusement contre elle. Je l'observe un instant, elle est toujours aussi nerveuse. Si c'est ce document qui la met dans cet état, je dois rapidement en prendre connaissance et c'est ce que je m'empresse de faire. Dès les premières lignes, je n'en crois pas mes yeux.

– Tu me proposes un contrat ?

– Oui, précisément, un contrat charnel.

– Tu peux être plus claire ?

– On couche ensemble, mais on s'arrête là.

– On n'a pas besoin de contrat pour ça.

– Je ne suis pas de cet avis. Je pense au contraire que nous devons fixer des limites. C'est pour cette raison que je préférerais que les choses soient écrites noir sur blanc, tu sais ce qu'on dit, les paroles s'envolent...

Pendant qu'elle essaie maladroitement de m'expliquer l'objet de ce contrat, je poursuis ma lecture. Rien ne me surprend : pas de rencards, pas de tête à tête, une relation non exclusive, tout est inscrit sur ce papier, jusqu'à cette phrase, qui me heurte.

– Pas de baiser sur la bouche ? Tu refuses que je t'embrasse sur la bouche ?

– La bouche est liée au cœur. Si mon corps est avide de sensations, mon cœur, lui, ne fait pas partie du jeu.

Je l'écoute distraitement pendant que je repense à la fois où j'ai pu la lécher, la mordre et la presser contre la mienne. C'est peut-être cette bouche qui m'a mené à ma perte. Tout en me remémorant ce souvenir, je passe ma langue sur mes lèvres pour essayer de me rappeler cette saveur toxique qui m'a pris au piège pour l'éternité.

– Chase ? Chase, tu es toujours avec moi ?

Sa voix me ramène à la raison.

– Oui, bien sûr.

– Alors, qu'est-ce que tu en dis ?

C'est peut-être le bon moment pour lui annoncer que je veux plus, plus que ce fichu contrat qui veut m'emprisonner, moi et mes sentiments à l'étroit dans mon cœur.

– Écoute, je…

Mais Grace choisit cet instant pour faire irruption et mettre à mal ma tentative de négociation.

– Qu'est-ce que vous avez foutu hier soir ?

Justement, nous étions en train de mettre tout ça au clair avant que tu entres.

Mais étant donné l'air furieux qu'elle n'essaie même pas de cacher, je préfère garder ça pour moi de peur qu'elle ne sorte les griffes.

Elle lance un regard noir à Alyssa et jette violemment un magazine sur mon bureau. Pas de doute, nous sommes en première page. On nous reconnaît sans difficulté à la sortie du supermarché. Le portrait n'est pas flatteur et le titre l'est encore moins : *Chase Cooper joue les Bonnie & Clyde avec une parfaite inconnue.*

Je n'ose même pas regarder ce qu'on peut y trouver à l'intérieur. J'ai l'habitude d'être à la une de ce genre de torchon, mais celle qui m'inquiète, c'est Alyssa. Quand je lève la tête, elle est livide et se ronge les ongles nerveusement. Avant qu'elle puisse dire un mot, Grace lui tombe littéralement dessus.

– Je ne vous sens pas depuis le début et cet article me donne raison. Vous le traînez dans la boue. Une chose pareille ne se serait jamais produite sans votre mauvaise influence.

– Grace, du calme. Alyssa n'y est pour rien. Si quelqu'un est à blâmer ici, c'est moi. Je ferai un communiqué si tu veux et un chèque au responsable du supermarché. Je peux même faire un peu de promo gratuite pour son magasin, s'il le souhaite. Inutile d'en faire tout un plat.

– Tout un plat ? s'époumone-t-elle. Je te rappelle que je suis là pour veiller sur ton image de marque, la faire prospérer, et ce genre d'événement, ce n'est pas bon pour toi. Juste après ton arrestation, on ne va pas tarder à te mettre dans la même case que Justin Bieber !

– Grace…

Elle se tourne à nouveau vers Alyssa.

– Je vais faire un rapport à monsieur Williams. Je pense que votre retour pour New York n'est qu'une question d'heures.

– Grace, ça suffit ! m'énervé-je.

– Non, me coupe Alyssa. Elle a raison, renchérit-elle avant de quitter mon bureau.

À peine a-t-elle franchi la porte que ma colère se tourne vers Grace.

– Qu'est-ce qui ne va pas chez toi ? Pourquoi t'en prends-tu à elle de cette façon ? Qu'est-ce qu'elle t'a fait ?

– À moi, rien… Mais je te connais depuis des années et je vois bien que depuis qu'elle est là tu n'es plus le même. Tu prends tout en dilettante, tu rates des entraînements sans raison, tu l'embarques dans des rendez-vous alors que c'est totalement injustifié, tu te mets à voler dans les magasins. C'est une année très importante pour toi, la dernière en tant que joueur, ton dernier *Super Bowl*. Tout se joue maintenant pour amorcer ta reconversion et tout ce pour quoi on a travaillé. T'es en train de tout fiche par terre ! Cette fille est un poison que tu bois goutte après goutte. Ressaisis-toi, Chase, et vite !

– Et si c'était ma plus belle mort ?

– Tu ne sais plus ce que tu dis.

– Au contraire…

– Elle doit repartir pour New York.

– Grace, Alyssa ne montera pas dans un avion pour New York.

– Tu crois ça ?

– J'en suis même certain. Grace, tu es à mes côtés depuis des années, tu as toujours fait du bon travail, mais si tu fais cette erreur, je devrai te virer, et crois-moi, ça me ferait beaucoup de peine d'en arriver là.

– Sérieusement ?

– Est-ce que j'ai l'air de plaisanter ?

– Je crois que je regrette le temps où c'était ta bite qui te dictait tes décisions, crache-t-elle, avant de quitter mon bureau à son tour.

Je prends quelques secondes pour essayer de trouver les bons mots et je sors pour aller rejoindre Alyssa. Elle est en train de ranger des dossiers dans des cartons. *Elle n'a pas perdu de temps !* Je m'appuie au chambranle de la porte et je la regarde s'activer.

– Qu'est-ce que tu fais ? finis-je par demander.

– Ça ne se voit pas ?

– Tu ne peux pas sérieusement retourner à New York.

– Et pourquoi pas ?

– Parce qu'une personne m'a dit un jour, je cite, « Je suis la meilleure ».

Elle sourit enfin.

– Ce n'est pas tout à fait ce que j'ai dit.

– Peu importe. Si tu t'en vas, tu laisses ton travail inachevé. Ce n'est pas l'idée que j'avais de la « meilleure avocate du pays », dis-je en mimant des guillemets.

– C'est vraiment mon travail qui t'intéresse ou mes fesses ?

– Alyssa Conrad vient vraiment de dire ça ?

Elle rougit aussitôt. Cette fille est une palette d'émotions dont j'adore chaque couleur. Mais ça ne l'empêche pas pour autant de continuer à remplir ses cartons.

– *Le Chêne un jour dit au Roseau :*

« Vous avez bien sujet d'accuser la Nature ; Un Roitelet pour vous est un pesant fardeau. Le moindre vent, qui d'aventure Fait rider la face de l'eau, Vous oblige à baisser la tête… »

– J'avais imaginé que tu serais plus le roseau que le chêne, avoué-je.

Elle se retourne, interdite.

– Tu cites Jean de La Fontaine ?

– Moi aussi, je suis allé à l'université, tu sais…

– J'ai l'impression de ne pas savoir grand-chose sur toi, bougonne-t-elle pendant qu'elle continue de ranger.

– Si tu restais, on pourrait corriger cette grossière erreur, ça pourrait même être une clause dans ton contrat.

– Je pense que ton père ne va pas l'entendre de cette oreille.

– Je ne me suis jamais soucié de ce que pouvait penser mon père, ce n'est pas aujourd'hui que ça va commencer.

– C'est mon patron…

– Je te dis de ne pas t'en faire pour ça, d'accord ?

– D'accord.

Je ne bouge pas et laisse mon âme se baigner dans son regard, jusqu'à ce qu'elle brise la magie.

– Pourquoi es-tu toujours planté là ?

– Je m'assure que ces dossiers reprennent leur place… sur les étagères.

Elle sourit et dépose les trois qu'elle tient dans ses bras derrière elle.

– T'es content, là ?

Je lui offre un sourire satisfait avant de repartir les mains dans les poches en sifflotant vers mon bureau.

Elle reste !

À peine je m'installe dans mon fauteuil que mon téléphone vibre. Le nom de mon père s'affiche sur l'écran et quelque chose me dit que Grace y est pour quelque chose. Je décroche et laisse parler ma bonne humeur.

– Papaaaaa…

– Ça fait bien longtemps qu'il n'y a plus de ça entre nous, Chase, alors ne fais pas le malin. Tu sais très bien pourquoi je t'appelle.

– Ça se pourrait…

– Laisse cette fille tranquille, tu m'entends ? Elle est trop bien pour toi, vous ne jouez pas dans la même cour. Si je te l'ai envoyée, c'est parce que je sais que c'est l'antidote à toutes ces greluches qui défilent dans ton lit. Elle est tout ce qui t'ennuie : cultivée, pas peroxydée, et son QI est plus gonflé que ses seins ! Alors, reste loin d'elle, mets-la à l'abri de ton immaturité, tu lui rendras service.

– T'as fini ?

– Une dernière chose : cette fille a une brillante carrière devant elle. Ne sois pas un caillou dans sa chaussure.

– Tu veux dire comme maman l'a été pour toi ?

– Tu ne sais pas de quoi tu parles.

– En tout cas, je préfère être un vulgaire caillou dans une chaussure que piétiner les autres pour me sentir exister. Parce qu'à part une réputation de requin du barreau, tu as quoi dans ta vie, *papa* ? Avec qui bois-tu un verre le soir pour raconter ta journée ? Avec qui écumes-tu les parcours de golf ? Qui appelles-tu quand tu as envie de parler ? Hormis les putes de luxe qui n'en veulent qu'à ton argent… tu es seul. Alors si, dans ta tête, avoir une carrière brillante, c'est devenir comme toi, compte sur moi pour la préserver de marcher sur tes traces. Sur ce, je te laisse, je dois continuer de vivre ma vie en me souvenant pourquoi, un jour, j'ai décidé de ne plus t'appeler papa, la meilleure décision de mon existence.

Je raccroche en soupirant toute la colère que ce type m'inspire. Il connaît les boutons sur lesquels il doit appuyer pour m'atteindre, mais aujourd'hui tout est différent, j'ai mon amulette. Je reprends le combiné et compose le raccourci du bureau d'Alyssa que je connais par cœur, sans réfléchir, avant de laisser les mots suintant de haine de mon père me marquer au fer rouge. Et quand j'entends sa voix à l'autre bout de la ligne, le venin que celui-ci vient de déverser sur moi se dissipe.

– Chase ?

– Oui.

– Que se passe-t-il ?

– Je pense qu'il faut qu'on reparle de ce contrat. Chez moi ? Ce soir ?

Je sens sa respiration s'accélérer au bout du fil. Elle est prise à son propre piège, mais là, tout de suite, m'enfoncer en elle est tout ce qui compte. J'ai besoin de sa douceur, de l'entendre crier et de sentir ses jambes m'emprisonner pour lui donner tout le plaisir qu'elle mérite. Ouais, j'en ai besoin !

– Euh… D'accord… bégaye-t-elle, peu rassurée.

– Bien. Alors… À ce soir, vingt heures, chez moi.

Elle raccroche, bredouillant des mots inaudibles, et moi, je ne peux cacher ma satisfaction, ou plutôt si, je planque à nouveau mon érection sous mon bureau afin de garder toute mon énergie pour ce soir !

Chapitre 14 – Alyssa

Je suis morte de trouille. Mes mains sont moites et mon cœur est incontrôlable. J'ai écumé mon appartement en long, en large et en travers, je suis même sortie sur la terrasse pendant près d'une heure en espérant que la brise emporte avec elle les pensées abracadabrantesques qui défilent dans mon esprit. En vain. J'ai pensé l'espace d'une seconde que la meilleure option était de ne pas y aller, mais je suis à l'origine de ce pacte, j'ai caché mon manque d'assurance derrière ce bout de papier, et me désister serait clairement révéler que je suis une dégonflée.

Je ne suis pas une dégonflée !

Et pourtant, devant cette porte, bizarrement, je suis moins téméraire. Quand mon poing est sur le point de rencontrer le bois, une image totalement farfelue de Chase allongé sur le lit, seulement vêtu d'un slip en skaï, une rose rouge dans la bouche, ne quitte pas mon esprit et m'arrête net. Qu'est-ce qui m'attend ? Comment cela va-t-il se passer ? Va-t-il me jeter sur son lit et me sauter dessus dès mon arrivée ?

Dire que je suis nerveuse est un doux euphémisme.

Où est ma conscience quand j'ai besoin d'elle ?

J'ai envie de rebrousser chemin, mais une étincelle d'excitation m'en empêche. Je respire profondément et ferme les yeux un instant pour ne plus penser à rien et me lancer. Lorsque je frappe enfin, le coup donné contre le battant s'apparente plus à un chat qui gratte à la porte qu'à un martèlement franc et massif. La voix sourde de Chase à l'intérieur m'intime d'entrer.

Mon Dieu ! Il m'attend sur son lit !

Mon cœur ne tient qu'à un fil. J'entre et m'avance à pas de velours. J'ai peur de ce que je vais découvrir. Je traverse la cuisine désespérément vide et ma drôle de lubie s'accroche de plus belle. Mais quand Chase se lève du canapé dans le salon et que je l'aperçois vêtu d'un simple tee-shirt gris et noir *USC Trojans* ainsi que d'un short noir, je ne peux retenir un soupir de soulagement.

Pas de slip en skaï !

Il me fait signe de le rejoindre, ce que je m'empresse de faire. Sur la table basse, un énorme saladier de pop-corn trône à côté d'un pack de *Corona* [8]. Tout ici est décontracté, sauf moi !

– Est-ce que ça va ? me demande-t-il, inquiet.

– Ça va, réponds-je mal assurée.

– Tu es sûre ? Tu es un peu pâle.

– Tu es allé à l'université de Los Angeles ? dis-je en regardant son tee-shirt pour faire diversion.

– On ne peut rien te cacher, plaisante Chase.

– Je suis certaine que toutes les universités se sont arrachées ton dossier.

– Pas toutes, mais en effet… j'avais le choix.

– Pourquoi celle-là ?

– Et pourquoi pas celle-là ? réplique-t-il en décapsulant une bière.

– Ce n'est pas une soirée « confidences » ?

– Bière ? propose-t-il, éludant sciemment ma question.

– Bière.

8. Corona est une marque de bière lager mexicaine produite dans plusieurs brasseries du Mexique.

– À quoi trinque-t-on ?

– À ce que tu veux ?

– Ce que je veux ? Vraiment ? demande-t-il l'air malicieux.

Son regard en dit long sur ce qu'il a en tête, inutile de jouer les timides, si je suis venue, c'est pour être sa proie. J'ai franchi cette porte, c'est pour aller jusqu'au bout.

– Ce que tu veux, répété-je, déterminée.

À cet instant, je vois sa pupille dans son écrin brun s'agrandir. Il était convaincu que je me dégonflerais, que j'allais me défiler. Cette défiance vient d'anéantir tous mes doutes, et l'envie de lui montrer de quoi je suis capable, de l'affronter sur son terrain et d'en ressortir victorieuse réveille tous mes sens. Il s'empresse de porter le goulot de sa bouteille à sa bouche comme si le houblon allait pouvoir calmer ses ardeurs. Je ne peux pas retenir le sourire qui se dessine sur mes lèvres.

– Qu'est-ce qui te fait rire ?

– Rien… ou plutôt tout… Toi.

– C'est une grande première.

– Pour moi aussi, répliqué-je, jouant délibérément la carte de l'ambiguïté.

Je m'installe sur le canapé, ma bière à la main. Je l'observe un moment et analyse ce qui est en train de se passer. Cette ambiance est complètement folle, comme si mes peurs, mes doutes étaient restés sur le pas de la porte. Je me sens forte, audacieuse, assise là. J'ai l'impression qu'ici, je ne suis plus maîtresse de mon corps, de mon âme, comme si tout appartenait à ce jeu que j'ai moi-même créé. J'aime ce que je ressens et je suis tellement surprise de pouvoir le vivre librement.

– Tu souris encore.

– Je te demande pardon ? rétorqué-je, descendant brusquement de mon petit nuage.

– Tu souris encore, répète-t-il.

– Je n'ai pas fait attention. Désolée.

– C'est juste que je m'interroge. Suis-je chanceux ou suis-je juste le bouffon de la reine ?

– Un peu des deux…

– Très drôle !

– Susceptible ?

Il cherche une repartie bien sentie, mais son regard s'attarde bien trop longtemps à mon goût sur ma bouche. Il n'a pas besoin de parler, ses yeux brillent de ce qu'il aimerait lui faire et sans que je puisse le contrôler, des frissons parcourent mon corps. Heureusement, ma conscience pointe le bout de son nez et reprend les commandes.

– Je déteste ce fichu contrat, lâche-t-il.

– Pourtant il a du bon.

– Un brin castrateur tout de même.

– Oh… tu as tout un corps comme terrain de jeu.

– Je n'ai pas l'habitude que l'on m'impose des limites.

– Dis-toi que c'est pour ton bien.

– Surtout le tien.

– C'est vrai.

– Quelle est la sanction prévue, si on enfreint les règles ?

– Il n'y en a pas puisqu'on va suivre ces règles.

– Tu sembles bien sûre de toi ?

– Je le suis. Toi et moi sommes incapables de donner plus.

– Sois vigilante parce que, dans ton contrat, tu ne laisses pas de place à l'imprévu. C'est pourtant lui, le maître de tous les dangers.

– Si on le suit à la lettre, aucun risque.

Il se mord la lèvre comme pour s'abstenir de dire ce qu'il pense.

– Je sens qu'on va bien s'amuser, finit-il par prononcer.

Je ne sais pas pourquoi, dans ces simples mots qui devraient normalement me réconforter, je sens un sous-entendu que je ne parviens pas à comprendre.

– Bien. Assez parlé ! renchérit-il.

En entendant ces deux mots habituellement inoffensifs, la peur, que je pensais avoir laissée sur le paillasson, me saisit comme une grosse vague menaçant de me submerger. J'en perds mon latin et choisis de laisser Chase piloter. Mais il faut croire que j'ai un don pour comprendre de travers ou alors que Chase est doué pour jouer avec l'ambivalence. Peut-être un savant mélange des deux. Il allume la télé, prend le saladier de pop-corn sur ses genoux et pose ses pieds sur la table basse. Je ne peux m'empêcher de le fixer, ahurie.

– Quoi ?

– Rien.

– J'ai eu une sale journée et si on faisait ça ce soir, je risquerais d'être brutal, il n'en est pas question.

– Comment ça ?

– Le sexe vient juste après le sport, c'est une sorte de défouloir, et même si nous sommes liés par un contrat « charnel », pour une première, on va éviter la baise brutale, hein ? Et puis… C'est une soirée « confidences », non ?

Il prend la télécommande et change de chaîne, comme si ce simple geste zappait notre conversation par la même occasion. L'image qui s'affiche à l'écran me parle.

– *Grey's Anatomy ?*

– Tu as l'air surprise.

– J'avoue que je ne t'imaginais pas en amateur de séries.

Au lieu de répondre, il se contente simplement de hausser un sourcil, un air taquin plaqué sur le visage, tout en jetant du maïs soufflé directement dans sa bouche.

Puis le silence s'instaure et nos yeux se rivent à l'écran. Je connais bien *Grey's Anatomy*, j'ai raté quelques épisodes, mais cela ne m'empêche pas de suivre. Je me retrouve dans l'histoire de Meredith et Derek. Dans cette saison, elle a déjà perdu l'amour de sa vie depuis quelque temps et Nathan Riggs lui tourne autour. C'est tellement contre mes principes, ma vision de la vie, que l'idée qu'elle puisse succomber à ses beaux yeux bleus me rend folle de rage… Au fond de moi… Si je souhaite rester impassible, au risque de passer pour une folle devant Chase, je bous carrément à l'intérieur. Mais il semblerait qu'on ne puisse rien cacher à Chase.

– Est-ce que tout va bien ?

– Je ne vois pas pourquoi tu me demandes ça.

– Peut-être parce que je suis sur le point de voir le verre fondre sous tes doigts, dit-il en fixant ma bouteille de bière.

Je me crispe et ne trouve rien à répondre.

– Crache le morceau, Conrad !

– Tu vas me trouver complètement dingue.

– Je t'ai vue parler à ton petit ami décédé, je sais déjà que tu es dingue, sourit-il.

Je devrais m'offusquer et pourtant sa repartie me fait sourire.

– Jusqu'à présent, je me retrouvais dans Meredith. L'amour parfait qu'elle entretenait avec Derek, ce deuil qui anéantit tout sur son passage et auquel tu veux échapper par tous les moyens en te plongeant dans ton travail à corps perdu.

– D'accord, et donc ?

– Elle est en train de succomber au charme de Riggs.

– Et ?

– Elle n'a pas le droit ! Comment peut-elle déjà oublier Derek ? Comment peut-elle tout balayer comme ça ?

– Pour toi, elle devrait rester seule jusqu'à la fin de ses jours, si je comprends bien ?

– Absolument.

– Tu es sérieuse ?

– Est-ce que j'ai l'air de plaisanter ?

– Mais pourquoi ? s'offusque-t-il.

– Parce que c'est son grand amour, évidemment !

– Si je ne me trompe pas, Derek avait trouvé l'amour avant elle. Il était même marié quand il l'a rencontrée.

– Et alors ?

– Alors ? Je me demande simplement pourquoi lui, il pourrait avoir aimé avant d'avoir rencontré Meredith, mais pourquoi elle, elle ne pourrait pas aimer à nouveau après lui.

Sa réponse me déroute et me replonge dans toutes mes émotions. Clairement je m'y noie.

– Parce que… parce que… commencé-je à protester avant de me lever d'un bond et de faire hâtivement le tour de la table basse.

– Où est-ce que tu vas comme ça ?

– Je… Je rentre chez moi.

– Reste. Qu'est-ce que j'ai dit de mal ? On ne faisait que discuter.

Ses derniers mots s'écrasent sur la porte derrière moi.

Par peur qu'il n'ait la même idée que moi, j'évite la terrasse et vais directement me cacher sous ma couette. Il me faudra une bonne partie de la nuit pour réussir à m'endormir.

★★★

Après trois pauvres heures de sommeil, je me lève… du pied gauche. Je me jette sur la machine à café. Armée de ma tasse, encore ensommeillée, je m'échoue sur mon canapé, renversant mon nectar sacré sur mon haut de pyjama.

Et merde !

Je me lève, exaspérée, et retourne à la cuisine. Je suis passée de mauvaise humeur à humeur massacrante. Je m'essuie tant bien que mal tout en marchant en direction de la salle de bains, quand j'entends frapper. Il ne manquait plus que ça !

– Une minute !

Mais soit la personne derrière la porte est pressée, soit je n'ai pas crié assez fort, puisque les coups retentissent à nouveau. Je lève les yeux au ciel et me dirige vers l'entrée à contrecœur, en serrant les dents et en continuant d'essuyer le café sur mon tee-shirt. J'ouvre, prête à bondir sur l'individu qui me dérange, moi et mon humeur grincheuse. Quand je découvre qui se cache derrière, il me faut une minute pour le reconnaître.

– Chase ?

– Qui veux-tu que ce soit ?

– J'ai eu du mal à te reconnaître avec ta casquette et tes lunettes noires. Qu'est-ce que tu veux ?

– Suis-moi…

– Où ça ?

– Ça t'arrive de répondre à une question par autre chose qu'une autre question ?

– Comme tu peux le constater, j'ai du café partout même dans les cheveux, donc, non… Je ne vais pas te suivre dans cet état.

– Bien. Va prendre une douche, je t'attends.

Je grogne, mais je m'exécute malgré tout. Je reviens quelques minutes plus tard, vêtue d'un jean et d'un top blanc moulant tout simple. Chase est adossé au mur, tête baissée.

À quoi peut-il penser ?

Une fois que nous sommes en voiture, ma curiosité reprend le dessus.

– Maintenant, je peux savoir où l'on va ?

Il sourit avant de me répondre.

– À l'aéroport.

– À l'aéroport ? Mais pourquoi ?

– Tu verras bien.

Il continue de sourire, ravi d'alimenter le mystère. Pendant le reste du trajet, j'imagine tous les scénarios, mais aucun ne me semble cohérent et quand la voiture s'arrête enfin sur le parking de LAX, j'ai hâte d'être fixée.

Je le suis dans le hall ; il marche comme s'il savait où il allait, totalement déterminé. Il déambule entre les gens sans que personne se retourne sur son passage. Au bout de plusieurs minutes, il s'arrête enfin et s'assied sur un banc au carrefour de plusieurs halls. Il me fait signe de m'installer près de lui, ce que je fais, complètement déconcertée par son manège.

– Chase, tu peux me dire ce qu'on fait ici ?

– Je t'ai fait la promesse de me dévoiler, de te confier des choses sur moi que personne ne sait et c'est ce que je fais, me répond-il en continuant d'observer les gens qui vont et viennent.

– Je ne comprends rien.

– Tu vois ce couple, là… avec le gros sac à dos, qui regarde l'écran des départs ?

– Oui.

– Je suis sûr qu'ils sont sur le point de tout plaquer pour partir à l'aventure. Ils vont peut-être commencer par l'Australie et après une randonnée d'une journée épuisante, en haut de l'Ayers Rock au coucher du soleil, il lui demandera de l'épouser.

– Qu'est-ce que tu fais, Chase ?

– Et regarde cette vieille dame qui marche vers les escalators. Je pense qu'elle a aimé son mari toute sa vie et maintenant qu'il est décédé, elle décide de s'envoler pour Cuba, pour apprendre à danser la salsa, parce que son mari n'a jamais été un bon danseur et c'est la promesse qu'elle lui a faite avant de le laisser partir pour toujours.

– Chase…

– Tu n'as jamais voulu te réveiller un matin et être dans la peau d'un autre, savoir ce que ça fait de vivre une autre vie, ce que tu pourrais faire si tu n'étais pas toi, si c'était plus facile ?

– Si, quelques fois…

– Moi, tous les jours. Quand ce sentiment devient trop fort, trop oppressant, je viens ici et je me glisse dans la peau de ces voyageurs en me persuadant que leur vie est meilleure que la mienne et ça me fait du bien.

– Pourquoi ressens-tu ce besoin, Chase ?

– Quand j'étais petit, je devais avoir sept ou huit ans et Tobby n'était guère plus vieux, mon père participait souvent à des soirées de gala, des repas très importants pour son travail. Il m'y traînait chaque fois, sans exception, mais mon frère, jamais. Je ne comprenais pas. Au contraire, j'étais jaloux de Tobby, parce que lui, il pouvait rester à la maison, alors que moi, je devais mourir d'ennui sur une chaise pendant des heures. Jusqu'au jour où j'ai surpris une conversation. Ma mère n'en pouvait plus de cette situation et elle lui hurlait dessus dans la cuisine.

– Qu'est-ce qu'elle lui disait ?

– Que Tobby était autant son fils que moi, qu'il ne pouvait pas continuer à le cacher comme si sa maladie était une tare. Que ses fils allaient finir par se détester et que le jour où l'on s'en rendrait compte, c'est lui que nous détesterions.

– Et alors ?

– Ce jour-là, ma vision de Tobby a totalement changé. Je ne voulais plus le mépriser, je voulais le protéger des gens comme mon père, et en commençant par lui. En grandissant, je m'en suis voulu d'être « normal » aux yeux de mon géniteur. Je voulais quitter ma peau, convaincu que dans celle d'un autre je me sentirais mieux.

Je ne réponds rien, les larmes brouillent ma vue et j'imagine ce garçon bien trop petit pour le costume trop grand qu'on lui a taillé et qu'on l'a obligé à porter.

– Tu vois, il n'y a pas que toi qui sois dingue !

J'amorce un sourire et une larme m'échappe que je m'empresse d'essuyer pour ne pas lui donner l'impression que je succombe à la pitié. Au contraire.

– Tu devrais essayer, me conseille-t-il.

– Très bien.

Je cherche mon cobaye dans la foule quand mes yeux tombent sur un homme d'une trentaine d'années en costume sombre et mallette à la main, marchant d'un pas pressé vers les portes d'embarquement.

– Tu vois cet homme qui se dépêche pour prendre son vol ?

– Oui…

– Eh bien… Il va le louper, son avion, et louper aussi une réunion très importante. Son retard va lui coûter des millions de dollars, peut-être même son travail.

– Alyssa, ça part mal ton histoire.

– Attends ! Laisse-moi finir ! Quand l'hôtesse au sol va lui apprendre que l'avion a déjà décollé, il va être anéanti. Il va d'abord hurler, finir par s'avouer vaincu et s'effondrer sur un des sièges derrière lui. Une jeune fille très jolie, d'un style plutôt hippie, va lui tendre un café. Il va d'abord l'envoyer balader, encore dépité, mais il va finir par l'accepter quand elle va lui offrir son plus beau sourire compatissant.

– Et c'est tout ? Elle est nulle ton histoire !

– Quoi ? ris-je.

– Alyssa, je te demande de m'excuser pour hier soir, je ne voulais pas te contrarier, avoue-t-il sans crier gare.

– Non. C'est moi qui te dois des excuses. Je n'aurais pas dû m'enfuir comme je l'ai fait. Je ne sais pas ce qui m'a pris, et à vrai dire, je ne comprends pas très bien pourquoi j'ai réagi de cette façon. Tout ça, pour un truc même pas réel. C'était stupide.

– Non. Tu n'as pas à t'excuser. Si tu n'étais pas partie comme tu l'as fait, je ne serais sans doute pas venu te chercher ce matin. Je te soupçonne même de l'avoir fait exprès, ironise-t-il. N'en parlons plus, d'accord ?

– Bien.

Nous passons la majeure partie de cette matinée à conter les histoires de ces voyageurs et je trouve même que je commence à être douée à ce petit jeu, même si Chase prétend le contraire. Sans que je sache vraiment pourquoi, cette expérience m'a fait du bien à moi aussi. Cette journée qui s'annonçait chaotique prend un tournant plutôt agréable et, le soir venu, je décide d'appeler Caroline pour la partager avec elle, confortablement installée sur la terrasse. À la première sonnerie, elle répond.

– Comment tu vas ?

– Très bien, réponds-je.

– Eh bien ! Tu as la pêche, on dirait.

– J'ai passé une bonne journée, c'est tout.

– J'aime t'entendre m'annoncer ça. Bon, tu me racontes ? s'empresse-t-elle de me demander.

Nous passons le quart d'heure suivant à discuter de Chase, bien sûr, du contrat, qui la laisse sans voix, mais ce qui est bien avec Caroline, c'est qu'elle ne me juge pas. Elle est une épaule sur laquelle je peux pleurer, la personne qui peut me tirer les vers du nez comme aucune autre et qui sait choisir les mots pour me secouer quand ça s'avère nécessaire. Elle remplit son rôle de meilleure amie à la perfection, en somme.

– Alyssa, moi aussi, j'ai quelque chose d'important à te dire.

Elle semble tout excitée à l'autre bout du fil.

– Je t'écoute.

– Ça y est !

– Vous avez choisi la date du mariage !

– Oui ! Il aura lieu dans trois mois.

– Si vite ?

– Ce n'est pas ce qui était prévu, mais il y a eu un désistement à la *New York Library* alors on a sauté sur l'occasion. Tu sais combien il compte pour moi, cet endroit.

– Je sais…

– Alyssa, je ne veux pas attendre. Je l'aime, je veux vivre chaque seconde à ses côtés et si ça devait être demain, lui, moi et Elvis Presley, ça m'irait aussi. Je l'aime, le reste n'a pas d'importance. Tu es la mieux placée pour me comprendre.

Sa dernière remarque m'égratigne, mais je refuse de m'y attarder. C'est elle qui a raison et ça fait si longtemps qu'on l'attend, cet événement, que je ne peux que me réjouir pour elle, et être là pour vivre ce moment important à ses côtés.

– Tu as raison. C'est l'homme de ta vie, il est temps que tout le monde le sache, plaisanté-je.

– Tu seras là ?

– Je ne pourrais être nulle part ailleurs.

– C'est génial ! Tout est absolument génial ! Tu auras un cavalier ?

– Aucune idée, quelle importance ?

– Tu es ma demoiselle d'honneur, il te faut un cavalier. Soit tu le trouves par toi-même, soit j'en ai un sous le coude tout à fait approprié, se vante-t-elle.

– Caroline, tu me fais peur…

– Alyssa, enfin, voyons ! Je suis ta meilleure amie !

– Justement…

– Tu as trois mois pour trouver chaussure à ton pied ou bien c'est moi qui m'en occupe !

– D'accord, soufflé-je, un brin exaspérée.

Je la connais tellement que je sais qu'elle ne va pas me lâcher jusqu'à ce qu'elle obtienne ce qu'elle désire.

– Je te laisse. Joey m'attend, on doit aller au ciné.

– OK. Caroline ?

– Oui ?

– Je suis fière et très heureuse pour toi.

– Merci Alyssa, ça compte beaucoup pour moi.

– Je serai toujours là, quoi qu'il arrive.

– J'ai l'impression que l'air de L.A. balaie doucement les cendres du passé. Je vois peu à peu ma meilleure amie refaire son apparition et j'adore ça ! s'exalte-t-elle.

– Oui, peut-être, dis-je en levant les yeux au ciel.

– Arrête de faire cela, Conrad !

– Je t'embrasse, dis-je en souriant.

– Moi aussi, je t'embrasse, répond-elle avant de raccrocher.

Je profite encore quelques instants du bruit de la mer et de l'air marin, il est si pur, d'après Caroline. Puis je décide de me préparer un en-cas avant de m'affaler devant la télé. Je zappe et les paroles de mon amie me reviennent en tête. J'ai bien une idée pour un cavalier mais j'ai très peur que si je lui propose de m'accompagner, cela ne fasse capoter notre arrangement.

Qu'est-ce qu'il va penser ?

D'un autre côté, les plans foireux de Caroline, non merci ! Je ne peux pas m'y rendre seule comme une grande ? Moi qui me faisais une joie d'aller à ce mariage. Je me recouvre le visage avec un coussin pour essayer de faire taire ma conscience qui déraille complètement.

Pourquoi ça ne peut pas être simple ?

Chapitre 15 – Alyssa

Je viens de passer les quinze jours les plus éreintants de mon existence. J'ai enchaîné réunion sur réunion. Chase est l'égérie de plusieurs marques présentes au *Super Bowl* qui se déroule dans quelques semaines, et aujourd'hui, tout le monde s'agite et on ne compte plus nos heures.

Je ne sais pas comment cela s'est produit, mais chaque matin, Chase et moi, nous nous retrouvons pour le petit déjeuner. J'ignore encore si c'est une habitude ou un prétexte, toujours est-il qu'aucun matin n'a manqué à l'appel.

Contrairement au sexe !

J'ai l'impression que plus nous passons de temps ensemble, plus nous glissons vers une amitié sans sexe. Et curieusement, cette idée provoque un sentiment étrange, je dirais même une sorte de frustration. J'ai déjà, à plusieurs reprises, imaginé prendre les rênes, le chevaucher, lui retirer ses vêtements avec fougue et prendre tout ce que je peux prendre. Dans mon esprit, je suis une vraie femme fatale, mais chaque fois que Chase se trouve à quelques mètres de moi, je me dégonfle et je n'arrive toujours pas à comprendre pourquoi il ne profite pas de cette situation que je lui ai pourtant offerte sur un plateau d'argent. Il aurait dû sauter sur l'occasion, non ? Peut-être que c'est tout simplement parce que je ne suis pas son genre. Je suis juste une erreur de casting sous alcool et il n'ose pas me le dire. Ce n'est pas ce genre d'homme, si ? Absorbée par mes pensées, Chase qui me parle n'est qu'un bruit de fond et cette question qui me brûle les lèvres finit par passer la barrière de ma bouche.

– Je ne te plais pas, c'est ça ?

– Quoi ? De quoi tu parles ?

– De moi. Je ne te plais pas, avoue-le. Je ne me vexerai pas.

Chase se lève sans un mot et s'approche dangereusement de moi. Il pousse la vaisselle du petit déjeuner puis brusquement m'attrape pour me poser sur la table. Il écarte mes jambes pour se placer entre elles. Il n'est plus qu'à quelques centimètres de moi, je peux le sentir. Il ne m'a pas encore touchée, mais ce petit jeu me fait frissonner. Où veut-il en venir ? Chase approche alors sa bouche de mon oreille et, mécaniquement, je ferme les yeux.

– Je ne te trouve pas jolie, mais extrêmement belle, me chuchote-t-il.

– T'es pas obligé de dire ça, réponds-je faiblement en basculant la tête en arrière.

– J'ai envie d'embrasser chaque partie de ton corps, poursuit-il en descendant le long de mon cou.

– Je t'en prie…

Il ouvre mon chemisier lentement, bouton par bouton, sans jamais me lâcher du regard, et si je pouvais, je contracterais mon entrejambe, mais il m'en empêche, volontairement sans doute. Alors, pour atténuer cette brûlure délicieuse, je me mords violemment la lèvre inférieure. Il sait ce qu'il fait, son sourire en témoigne. Il descend une bretelle de mon soutien-gorge, puis l'autre, couvrant mes épaules de baisers, et d'une seule main, sans que je m'y attende, le décroche, laissant ma poitrine totalement exposée. Il s'arrête, observe mes seins. Ses yeux vont de l'un à l'autre.

– Ils sont absolument parfaits ! Et je suis sûr que si je les léchais tout de suite, je me rendrais compte à quel point ta peau est sucrée, ajoute-t-il en passant sa langue sur ses lèvres.

Les yeux toujours fermés, je garde le silence, incapable de dire un mot. Je suis bien trop occupée à gérer toutes les sensations qu'il me procure et qui me mettent dans tous mes états.

Quand sa langue entre en contact avec un de mes tétons, je ne suis plus que gémissements. Comme si je venais de traverser tout un désert et que j'avais enfin trouvé une oasis pour me désaltérer. C'est bon, terriblement bon. Puis il décide d'offrir le même traitement à mon autre sein, continuant toutefois à caresser très doucement de son index celui dont il vient de s'occuper. Entre deux succions, il me susurre :

– J'avais raison…

Sauvagement, je glisse ma main dans ses cheveux pour l'inviter à poursuivre. C'est tellement bon ! Je le sens durcir contre moi et la température ne cesse de grimper. Il remonte ma jupe crayon jusqu'à apercevoir ma culotte noire.

– Il semblerait que ton corps apprécie mes prouesses, rit-il en voyant les marques d'un plaisir prêt à se décupler.

J'ouvre les paupières, les joues rosies par ses insinuations ou par le plaisir qu'il me procure, sans doute les deux. Il me fixe une nouvelle fois dans les yeux.

– Et ce n'est pas fini !

Tout en finesse, il me retire ce morceau de tissu, dernier rempart avant le plaisir absolu. Il le jette dans un coin de la pièce et je suis maintenant complètement exposée, vulnérable. Il hausse un sourcil et esquisse un sourire concupiscent.

– Tu devrais t'allonger, te mettre à l'aise et savourer.

Je ris et fais ce qu'il me demande. Les yeux maintenant rivés au plafond, je suis impatiente. Chase n'est jamais là où on l'attend. Il prend son temps, couvre de baisers le creux de mes cuisses avec une délicatesse incroyable. Je sens son souffle se rapprocher dangereusement de mon sexe, mais il a clairement décidé de jouer avec mes nerfs. Son doigt me frôle sans jamais vraiment me toucher. Toute cette attente m'électrise, me rend complètement dingue. Quand il pose enfin sa langue sur moi, c'est à la fois une douleur et un soulagement.

Mon Dieu ! C'est tellement bon !

J'agrippe ses cheveux de toutes mes forces pour tenter de canaliser chaque sensation incroyable qu'il provoque en moi. Et alors qu'il glisse enfin un doigt dans ma moiteur tout en continuant le manège fabuleux de sa langue, je ne peux plus me contenir. J'explose en un milliard d'étincelles de plaisir et me laisse emporter par un orgasme démentiel. Je plane, allongée sur la table de la cuisine, essayant de réaliser ce qu'il vient de m'arriver, quand Chase refait son apparition dans mon champ de vision.

– Je n'en ai pas fini avec toi, s'amuse-t-il en m'attrapant à bras-le-corps, ne me laissant aucun choix.

Il me soulève sans difficulté et m'emmène jusqu'à sa chambre, où il me jette sans ménagement sur son lit. Cette fois, il me retire tous mes vêtements puis ôte les siens dans la foulée. Tout disparaît, pour laisser deux corps nus, avides de sensations, prêts à entrer en fusion. Chase couvre ma peau de baisers et dans la folie du moment, dans ses yeux, je lis le combat qu'il mène pour ne pas m'embrasser. Je suis alors prise d'une impulsion, un sentiment nouveau, libérateur. Je me sens forte et décide de renverser la vapeur. Je le repousse et le chevauche à mon tour. C'est à moi maintenant de balader mes lèvres sur son corps, de l'entendre gémir et souffrir de délectation. Rien ne peut venir court-circuiter cet instant suspendu. Pour une raison inexpliquée, on est hors du temps et je n'ai qu'une seule envie, en profiter. Je l'observe une minute et souris en le voyant, les yeux fermés, complètement envoûté, à ma merci. Je m'amuse, ses murmures me désinhibent et m'encouragent à poursuivre. Je descends lentement et m'approche dangereusement de son entrejambe. Je mêle mes doux baisers aux caresses sur son sexe. La tension monte d'un cran, ses gémissements s'apparentent maintenant à des rugissements. *Je suis sur la bonne voie!* Lorsqu'il est temps de prendre enfin le Graal dans ma bouche, je décide de faire durer le plaisir. J'embrasse son pénis à plusieurs reprises et le sens maintenant au bord du précipice. Il se tend sous mes yeux et je dois mettre un terme à ses souffrances. Je l'enserre de mes lèvres et le suce goulûment. Chase devient fébrile, il n'est plus très loin, il sombre dans ce tourbillon de sensations. Alors qu'il est sur le point de succomber, il se redresse, me prenant par surprise, m'attrape par les épaules et m'allonge sur le lit.

– Ça ne peut pas se finir comme ça, explique-t-il les yeux brillants.

Il ouvre un tiroir de sa table de chevet, en retire un préservatif qu'il se hâte de déchirer avec les dents. Il le déroule sur lui et s'empresse de venir entre mes jambes. Son regard est lubrique et sa langue caresse ses lèvres de façon si divine que mon plaisir en est décuplé. Je suis prête à le recevoir. Dès qu'il s'insinue en moi, nos geignements s'élèvent à l'unisson, l'osmose est parfaite.

– Alyssa… Tu es… Tu es… une île… une île sur laquelle je veux me perdre encore et encore!

Ses mots s'infiltrent en moi et me font basculer dans un orgasme insensé. Un orgasme qui vous détruit, vous reconstruit, vous blesse, vous guérit, vous enflamme, vous apaise, et qui devient, l'espace de quelques secondes, un véritable baume sur mes blessures. Dans un dernier cri, Chase s'écroule sur moi, sa sueur se mêlant à la mienne, son cœur battant au rythme du mien, poitrine contre poitrine. Le silence est entrecoupé par nos respirations saccadées. Il roule sur le matelas près de moi et nos yeux fixent le plafond.

Cette gêne post-coïtale provoque un fou rire inattendu chez moi. Chase doit ressentir la même chose puisqu'il finit par rire aux éclats, lui aussi. Comment pourrais-je qualifier ce moment ? De totalement lunaire ! Mais j'aimerais tellement que le temps s'arrête là, me laissant suspendue à ce que je ressens en ce moment. Je me sens si légère, si bien, si frivole que je voudrais ne jamais passer à la seconde d'après. C'est alors que me vient une idée. Je me redresse sur un coude, faisant face à Chase, un large sourire sur les lèvres et le regard malicieux.

– Qu'est-ce qu'il y a ?

– Je ne te plais pas, c'est ça ?

Il m'observe un instant, et lorsqu'un sourire se dessine sur ses lèvres, alors je sais qu'il a compris où je voulais en venir. Ni une ni deux, il me saute dessus et j'éclate de rire. C'est parti pour un deuxième round !

Après une journée passée à explorer nos corps, Chase s'allonge près de moi complètement essoufflé. Toujours en regardant le plafond, il m'explique la raison de ces jours d'abstinence.

– Tu me plais, Alyssa. J'veux dire… vraiment. Il faudrait être sourd et aveugle pour être insensible à tes charmes. Seulement, je ne voulais pas te brusquer, je préférais te laisser le temps de prendre tes marques, de te faire à l'idée de ce petit « jeu » entre nous.

Puis il se tourne enfin vers moi, appuyé sur son bras, son regard dans le mien.

– Que tu sois prête.

– Je suis prête, réponds-je sans jamais le quitter des yeux.

– Parfait, alors jouons !

★★★

Les jours défilent et nos parties de jambes en l'air aussi. Je crois que le sexe avec Chase doit libérer une endorphine, ou un truc comme ça, qui me déleste de ce poids trop lourd à porter. C'est comme une drogue. Dès que je sens ce bien-être s'évanouir et la laideur de mon existence revenir planer au-dessus de ma tête, je trouve toujours un moyen de me jeter sur lui pour avoir ma dose. La salle de réunion, son appart, le mien, la voiture… Peu importe le lieu, seul le plaisir compte. Alors que je suis sur le point d'aller retrouver mon « dealer », Stacy m'intercepte à la sortie de mon bureau.

– Tiens, Alyssa, on a reçu l'invitation pour le gala de *LACMA*. Grace et Chase ont dû les recevoir aussi.

– Le quoi ?

– C'est un des galas les plus prestigieux de la ville. Il est organisé par le *Los Angeles County Museum of Art* [9] chaque année. Les fonds récoltés servent au musée, mais aussi à des programmes éducatifs, et l'association de Chase en fait partie.

– Bien, et c'est quand ?

– Dans quinze jours.

– Entendu.

– Et tu vas y aller avec qui ? s'empresse de demander Stacy, piquée par sa curiosité à peine voilée.

– Je n'en ai aucune idée.

– Eh bien, dépêche-toi de trouver un cavalier.

Pourquoi faut-il toujours être accompagné dans ces soirées ?

Je lui souris en hochant la tête et en me dirigeant vers le bureau de Chase. Alors que je m'en approche, je l'aperçois au téléphone, la mine défaite. Je m'arrête devant sa porte ouverte et tape légèrement pour annoncer ma présence. Il lève les yeux, me fait signe d'entrer et de fermer derrière moi, ce que je fais.

– Tobby, ce n'est pas possible ce week-end, je dois me rendre à New York.

9. Le *Los Angeles County Museum of Art (LACMA)* a été fondé en 1910. Il présente plus de 250 000 œuvres, réparties dans dix pavillons consacrés à différents domaines comme : l'art américain, amérindien, africain, du XXe siècle, des costumes et des textiles, des sculptures et des peintures européennes, des photographies, etc.

Je n'entends pas ce que Tobby répond dans le combiné, mais Chase est contrarié. Il finit par raccrocher en se frottant le front, encore sous le coup de sa conversation avec son frère.

– Moi qui venais te proposer un petit en-cas en salle de réunion…

– Ce n'est pas le moment, répond-il sèchement.

– Pas de sexe ? Le moment est grave ! Qu'est-ce qu'il y a ?

– C'est Tobby. Il ne veut pas rester à l'institut ce week-end, et moi, j'ai un match à New York, soupire-t-il.

– Emmène-le avec toi, alors.

– Alyssa, je dois jouer, voir les sponsors, répondre à des interviews. Je n'ai pas le temps de le surveiller.

– Dans ce cas, il n'a qu'à venir chez moi.

– Je ne peux pas te demander ça.

– Tu ne me le demandes pas, je te le propose.

– Tu es sûre ?

– Absolument !

– Il n'est pas toujours facile à gérer, tu sais.

– Ça tombe bien, moi non plus.

– Tu n'es pas obligée de faire ça.

– Je sais et je ne vois pas ce petit week-end comme une obligation, je pense même qu'on va bien s'amuser.

– Bien, dans ce cas, je le rappelle.

– Fais donc ça…

Comme je suis sur le point de quitter la pièce, mes yeux s'arrêtent sur le carton d'invitation qui trône sur le bureau de Chase, identique à celui que Stacy m'a remis quelques minutes plus tôt.

– J'ai aussi reçu une invitation pour ce gala, ce matin.

– Oui, il faut absolument que tu y sois.

– On y va ensemble ?

– Tu as dit « pas de soirée » dans ton contrat, tu te souviens ? Et Monica vient pour un défilé, je lui ai donc proposé de m'accompagner. Tu comprends ?

– Oui... Oui... Bien sûr, balbutié-je. Je pensais simplement y aller entre « amis ». Mais tu as raison, ça aurait été un peu bizarre. Bien, c'est parfait. Je vais te laisser, j'ai encore pas mal de travail. Bonne journée, ajouté-je en refermant la porte maladroitement.

Je m'adosse contre le battant, humiliée. *Mais quelle conne !* Je sens encore mes joues rougir de honte. Je ferme les yeux un instant et respire un grand coup pour me donner du courage. J'essaie de conserver une allure digne en retounant dans mes quartiers, comme si de rien n'était, pendant qu'à l'intérieur je suis complètement mortifiée. Mais qu'est-ce qu'il m'a pris ?

Je passe la journée dans mon bureau, loin de Chase. Je traîne ma honte comme un boulet jusqu'à mon appartement.

Après une bonne douche, je décide d'allumer la télé pour me changer les idées quand j'entends frapper à la porte.

– J'arrive !

Je trottine jusqu'à l'entrée et découvre Chase sur le seuil.

– Qu'est-ce que tu fous ? Grouille, *Grey's Anatomy* va commencer.

– Euh... Je ne savais pas que c'était un rendez-vous à ne pas manquer.

– Mon enfant, vous vivez dans un océan d'ignorance. Heureusement, le capitaine Cooper est là pour vous sauver.

Il me tire par la main et nous regagnons son appartement où la bière et le pop-corn nous attendent à leur place, sur la table basse du salon.

Finalement, cette soirée m'apporte ce dont j'ai besoin, détente et sexe, me faisant oublier l'incident du bureau. Chase s'est endormi, je décide donc de m'éclipser discrètement pour rejoindre mon chez-moi.

Lorsque nous nous retrouvons pour notre traditionnel petit déjeuner, tout se déroule sans accroc. Il semblerait que nous ayons trouvé notre rythme de croisière. Sexe en toute amitié.

– Tu pars quand pour New York ? demandé-je en croquant dans mon croissant.

– Cet après-midi.

– D'accord, marmonné-je la bouche pleine.

– Tu vas t'en sortir sans moi ?

– Je vais sans doute pleurer toutes les larmes de mon corps jusqu'à ton retour, mais je m'en remettrai.

– Je n'en demandais pas tant.

– Bien. Dans ce cas, une tequila, et j'aurai oublié ton nom !

– Une seule ?

– Juste en léchant le sel, je chercherai déjà ton prénom… Calvin ? Non ! Chris ? Non plus… Zut alors…

– Faut que je remédie à ça, dit-il en faisant lentement le tour de la table.

Je me relève d'un bond de mon tabouret et cours dans le salon en riant aux éclats.

– Tu ne vas pas pouvoir m'échapper, Conrad.

– Non Clyde, ne fais pas ça ! À moins que ce ne soit Curt ? continué-je en courant autour de la table basse.

– Tu vas me le payer ! crie Chase en me sautant dessus et en m'allongeant sur le sol.

Je ris à gorge déployée pendant qu'il m'observe, amusé.

– Tu as du croissant, juste là, indique-t-il en me montrant ma joue.

Il s'aventure bien trop près de moi et je sens la peur m'envahir. Pourtant, je ne l'interromps pas, je voudrais, mais je n'y arrive pas. Mon cœur s'emballe, mon pouls aussi, tout s'accélère, mais je reste immobile. Lorsqu'il n'est plus qu'à quelques centimètres de moi, c'est naturellement que je ferme les yeux. Qu'est-ce que j'attends ? Je sens naturellement sa langue frôler ma joue et ce simple geste me met dans tous mes états. Je dois bien admettre qu'il a un don particulier pour faire grimper la température.

– Je vais faire en sorte que tu ne m'oublies pas, au moins… jusqu'à ce que je revienne.

– D'accord. Essaie pour voir !

Il tente de me convaincre pendant plus d'une demi-heure, peut-être plus. En tout cas, lorsque nous nous séparons, il est toujours dans l'incertitude et part avec un doute, et moi, je reste dans notre cour de récréation.

***

Je dois avouer que ces deux derniers jours sans Chase sont loin d'être amusants, c'est même plutôt le contraire. J'ai passé plus de temps à être distraite qu'efficace et ce n'est pas dans mes habitudes. J'apprécie ce qu'il m'offre, une échappatoire. À moi de faire en sorte que ça le reste. Pas de sentiments, juste des instants frivoles et deux corps qui s'apaisent mutuellement, c'est tout ce qui nous définit et je dois le garder à l'esprit. Alors quand je quitte le bureau pour aller chercher Tobby à son institut, je suis ravie de pouvoir me changer les idées. En quelques minutes à peine, je suis garée devant le centre. J'entre et me présente. Normalement, tout est en règle, je sais que Chase a fait le nécessaire plus tôt dans la semaine. La responsable prend quelques minutes pour vérifier et finit par m'indiquer où se situe la chambre de Tobby. Lorsque j'arrive devant la porte, je frappe discrètement. Il m'invite à entrer.

– Salut !

– Alyssa. Je suis heureux de te voir.

– Moi aussi, Tobby. Tes affaires sont prêtes ?

– Oui, elles sont juste là, me dit-il en montrant du doigt la valise, près de la porte d'entrée.

– Bien. Alors, en route ?

Tobby se lève de son lit, me serre d'abord longuement dans ses bras et nous nous décidons enfin à quitter les lieux. Une fois la voiture en route pour mon appartement, je ne peux m'empêcher de lui demander :

– Tu es content de venir passer le week-end avec moi ?

– Oh oui, tu m'as manqué, répond-il, très enjoué.

– Alors tant mieux, parce que moi aussi, Tobby. J'ai prévu plein de choses. On peut aller faire les magasins, manger des hamburgers ou une glace, aller voir un film ou à Pacific Park, ou tout à la fois. Qu'est-ce que t'en dis ?

– Je n'aime pas trop aller dans des lieux où il y a du monde, avoue-t-il timidement en contemplant ses mains.

– Il y a une raison à ça, Tobby ?

– Dans la rue, les gens me regardent bizarrement et ça m'énerve.

– Et qu'est-ce que tu fais quand ça arrive ?

– Je baisse la tête.

Nous sommes arrivés. Je gare la voiture, coupe le contact et me tourne vers lui. Je prends son menton entre mes doigts et l'invite à me regarder.

– Tobby, tu n'as pas à avoir honte de ce que tu es. Et si des gens te donnent cette impression, alors ce ne sont pas de bonnes personnes, ce n'est pas toi, tu m'entends ?

Il hoche simplement la tête, sceptique. Il a dû en voir de toutes les couleurs, alors ce ne sont pas mes deux phrases qui vont le persuader du contraire. En tout cas, j'espère qu'elles vont le réconforter et que notre week-end lui fera du bien.

Ce soir, nous avons revêtu nos maillots et les casquettes des *Giants* et nous regardons Chase mettre une raclée aux *Cowboys* de Dallas tout en mangeant des cochonneries. Nous faisons un selfie pour que Chase puisse le voir à son retour aux vestiaires. Puis à la fin du match, Tobby, épuisé, va se coucher. Le lendemain, nous passons la journée au centre commercial, on s'amuse plutôt bien tous les deux. Tobby semble content.

Je m'arrête devant une vitrine ; une robe attire mon regard, elle serait parfaite pour le gala qui a lieu la semaine prochaine.

– Tobby, je vais dans ce magasin. Tu viens avec moi ?

– Non, je préfère t'attendre là.

– Bien, je n'en ai pas pour longtemps.

J'entre dans le magasin, demande à la vendeuse où je peux trouver la tenue qui est en vitrine. La jeune femme me tend la robe à la bonne taille et je file en cabine. Après quelques allers-retours devant le miroir, il est temps de passer à la caisse. Alors que je m'en approche, j'entends crier à l'extérieur. Je regarde un instant la vendeuse qui se demande, elle aussi, ce qu'il peut bien se passer. J'ai un mauvais pressentiment. Je lâche tout et je cours dehors. Au moment où je sors, je vois une femme qui hurle sur Tobby, en tenant un enfant fermement par la main.

– Hey ! Vous ! Arrêtez de lui crier dessus. Qu'est-ce qu'il vous a fait ?

– Il a voulu kidnapper mon fils ! Voilà ce qu'il a fait.

– Vous êtes une menteuse, se défend Tobby.

– C'est ce qu'on verra quand la police sera là. Qui vont-ils croire à ton avis ? Moi ou un taré dans ton genre ?

– Ça ne va pas de parler aux gens de cette façon ! De quel droit ?

Je me tourne maintenant vers Tobby.

– Qu'est-ce qu'il s'est passé ?

– Rien. J'étais assis sur le banc quand j'ai vu ce petit garçon tout seul. Il pleurait et n'arrêtait pas d'appeler sa maman. Je lui ai donné une sucette que j'avais dans la poche et je lui ai proposé de l'accompagner jusqu'à un agent de sécurité, c'est tout. Je n'ai rien fait de mal, je te le promets.

– Je le sais Tobby, je te crois.

– Menteur ! continue de hurler cette horrible femme dans mon dos.

Alors que je suis sur le point de me retourner pour lui faire ravaler sa méchanceté, un agent de sécurité s'approche de nous.

– Qu'est-ce qu'il se passe, ici ?

Sans hésiter, la femme s'avance et lui raconte sa version des faits. Pendant ce temps, j'essaie de rassembler mes esprits et de retrouver mon calme. Lorsque l'homme pose les yeux sur nous, il a l'air neutre.

– Monsieur, je me présente : Alyssa Conrad, avocate spécialiste des droits de l'homme. Vous avez bien des caméras de surveillance dans votre centre commercial ?

– Oui.

– Bien. Alors, il est plutôt facile de savoir qui dit la vérité.

– Tout à fait, suivez-moi.

– Je… Je ne peux pas… Je n'ai pas le temps. Je dois aller chercher mon autre fils à l'école, s'excuse la bonne femme.

– Tiens, c'est surprenant. Il y a quelques minutes, on avait le temps d'attendre la police, mais bizarrement, là, vous ne l'avez plus.

– Ça ne prouve rien.

– Bien sûr que si. Vous êtes en train de vous rendre compte que tout le monde est sur le point de savoir que vous êtes incapable de surveiller votre enfant plus de cinq minutes. Et au lieu de l'admettre, vous préférez faire porter le chapeau à quelqu'un d'autre. Et en plus, vous vous y prenez de la pire des façons. Tout ça pour quoi ? Une paire de chaussures à moins cinquante pour cent ?

– Je prenais des médicaments pour mon mari qui est gravement malade.

– Et donc, ça vous donne le droit de traiter les gens de cette manière ? Vous devriez avoir honte, madame. On pourrait porter plainte contre vous et ça pourrait aller très loin…

– Je vous demande pardon, me supplie-t-elle les yeux larmoyants.

– À moi, vous ne devez rien, c'est à lui qu'il faut vous adresser.

– Je vous demande pardon, monsieur. J'ai eu peur et j'ai paniqué. Je n'aurais jamais dû vous traiter de cette façon et je vous demande de m'excuser.

Tobby baisse la tête sous le poids de ces excuses qu'on a dû lui servir si souvent, et le voir ainsi me fait vraiment mal au cœur.

– Parfait. Tout rentre dans l'ordre, conclut l'agent de sécurité avant de s'éclipser.

Je regarde la femme et son fils toujours à quelques mètres de nous.

– Je crois que vous en avez assez fait, je ne vous retiens pas.

Je prends Tobby par les épaules et nous retournons à la voiture dans un silence maussade. Quand je démarre, Tobby m'attrape le bras.

– Est-ce que tu veux bien m'emmener quelque part ?

– Où tu voudras, lui réponds-je, en souriant timidement.

Après avoir suivi ses indications, j'arrête la voiture sur une plage, à l'abri des regards.

– Comment est-ce que tu connais cet endroit ?

– On habitait par là-bas, me dit-il en pointant un quartier résidentiel sur les hauteurs. Quand j'étais petit, on se moquait souvent de moi à l'école. Un jour, mon frère s'est interposé, il s'est battu avec deux garçons, et après ça, il m'a conduit ici pour me répéter qu'il ne fallait plus que je me laisse marcher sur les pieds. Depuis, j'aime bien venir là.

– Tu me fais découvrir ? lui demandé-je les larmes aux yeux.

Nous claquons les portières de la voiture et enfonçons nos pieds dans le sable jusqu'aux rochers qui bordent la plage désespérément vide. Je suis Tobby qui les escalade un à un pour finir par s'installer sur le dernier avant l'océan. Je m'assieds près de lui et lui laisse le silence qu'il désire.

– Merci pour ce que tu as fait tout à l'heure, finit-il par dire.

– C'est normal, Tobby.

– Tu aurais pu la croire.

– Impossible. Je te connais assez bien maintenant pour savoir que tu ne serais pas capable de faire une chose aussi horrible.

– C'est gentil.

– Non Tobby, ce n'est pas gentil. C'est la vérité. Cette femme t'a clairement manqué de respect, elle n'avait aucune raison de faire ça. Ton frère a raison, tu ne dois pas te laisser faire. Tu es une personne comme une autre, on te doit le respect que tu mérites et tant que je serai à tes côtés, je me battrai pour que tu l'obtiennes.

Je ne peux m'empêcher de le prendre dans mes bras. Sa peine me tue.

– Écoute Tobby, j'ai une idée. Samedi, je suis invitée à un gala qui récolte des fonds dont une partie est reversée à l'association de ton frère. J'ai besoin d'un cavalier, tu veux bien être cet homme-là ?

– Qui ça ? Moi ?

Je vois enfin cette petite étincelle réapparaître, celle que j'adore voir briller dans ses yeux.

– Bien sûr, toi. Qui d'autre ?

– Je ne suis pas sûr que Chase soit d'accord.

– Ne dis pas de bêtises. Il va être ravi. Et si on lui faisait la surprise ?

– Génial ! crie-t-il en levant les bras.

– Parfait. De retour à l'appartement, je prendrai tes mesures et j'irai te chercher un smoking cette semaine, d'accord ?

– Avec un nœud papillon ?

– Avec un nœud papillon, ris-je.

– T'es la meilleure, Alyssa, clame-t-il à tue-tête.

Cette belle idée nous met du baume au cœur à tous les deux. Je suis ravie qu'il m'accompagne, j'ai hâte de voir la réaction de Chase. Je suis sûre qu'il sera heureux.

Chapitre 16 – Alyssa

Cette semaine, j'ai carrément évité Chase. J'ai eu tellement peur qu'il puisse lire sur mon visage la surprise que nous lui réservons son frère et moi que j'ai choisi de me défiler chaque fois que l'occasion se présentait. J'ai profité de ce temps libre pour acheter ma robe pour le gala ainsi que le smoking pour Tobby. Il va être splendide ! À lui aussi, d'ailleurs, je prévois une petite surprise. Je veux que cette soirée lui en mette plein les yeux. La veille de l'événement, je prends quelques dossiers dont j'espère pouvoir discuter avec les directeurs de la marque, autour d'un verre. Alors que je suis sur le point de fermer la porte de mon bureau, Chase m'interpelle.

– Salut.

– Salut. Qu'est-ce que tu fais encore là ?

– Oh, il me restait deux ou trois choses à faire.

– Bien.

– Je… Je voulais savoir… Tu as choisi ton cavalier pour demain soir ? demande-t-il en se grattant la tête, l'air gêné.

– Oui et c'est une surprise, réponds-je fièrement. Tu verras bien demain, ajouté-je avant de me diriger vers l'ascenseur.

***

C'est le grand soir. Je fais mon possible pour être la cavalière idéale. Je me regarde une dernière fois dans le miroir. La longue robe noire pailletée, fendue assez haut sur la cuisse, a un superbe décolleté. J'ai bouclé mes cheveux et les ai attachés sur le côté. J'ai choisi un maquillage foncé pour mes yeux, mis un peu de gloss rose poudré sur mes lèvres, les diamants que Luke m'avait offerts aux oreilles et un pendentif assorti autour de mon cou. Je me détaille de la tête aux pieds devant la psyché en me demandant quand était la dernière fois où je me suis trouvée jolie. C'était à cette fameuse soirée où nous avions accompagné Caroline et Joey, Luke et moi vivions notre bal de promo à notre façon.

C'est la première fois depuis sa mort que je pense à lui sans larmes et sans drame. La nuit est déjà tombée sur Los Angeles et les étoiles scintillent derrière la baie vitrée. Je regarde le ciel un instant.

– Je suis sûre que tu approuverais.

Juchée sur mes talons hauts gris à paillettes, avec ma pochette assortie et le smoking de Tobby, je quitte mon appartement, regardant un instant celui de mon voisin qui semble déjà vide, et je m'achemine vers la limousine qui m'attend juste en bas, au pied de l'immeuble.

Arrivée devant l'institut de Tobby, je m'empresse d'aller le retrouver. Dès qu'il me découvre, il reste bouche bée, la porte toujours ouverte, la main sur la poignée.

– Qu'est-ce que t'es belle, Alyssa !

– Tiens. Va t'habiller et dépêche-toi que je puisse en dire autant, réponds-je en souriant.

Tobby file dans la salle de bains. Il m'appelle pour l'aider à mettre les boutons de manchette et le nœud papillon. J'en profite pour lui mettre un peu de gel dans les cheveux et quelques gouttes de parfum. Je le retourne ensuite vers le miroir.

– Tobby, regarde-toi. Tu as vu comme tu es beau ?

Il sourit en ajustant son nœud papillon. Tobby semble être fier de l'image qui se reflète dans le miroir et le voir ainsi me réjouit profondément.

– J'ai de la chance d'être ta cavalière, ce soir, je me sens privilégiée, rajouté-je en déposant un baiser sur sa joue.

– Tu as raison. Je trouve que j'ai des airs du prince William dans cette tenue, plaisante-t-il.

J'éclate de rire ; le ton d'une bonne soirée vient d'être donné.

– Si mon prince veut bien prendre mon bras…

– Avec joie, répond-il fièrement.

Nous quittons sa chambre et j'aimerais immortaliser le moment où Tobby découvre la limousine. Il n'en revient pas, ses yeux écarquillés valent tout l'or du monde. Il hésite même à monter à l'intérieur, mais à force d'arguments, il finit par s'y installer.

Dans la voiture, j'essaie de le détendre. Ce soir, il va y avoir du monde, des photographes aux abords du tapis rouge. Quand la porte va s'ouvrir, il y aura sans doute beaucoup de bruits, ce sont des choses auxquelles il n'est pas habitué, mais je lui fais une promesse :

– Tant que tu me tiens la main, tu ne risques rien, d'accord ? Je ne te lâche pas.

Il hoche la tête et je lui offre mon sourire le plus encourageant. La voiture s'arrête et il est enfin temps d'entrer dans l'arène. Le chauffeur nous ouvre la portière, je sors la première. Je tends la main à Tobby qui s'empresse de la prendre et nous marchons ensemble sur le tapis rouge. Il est d'abord ébloui par la lumière des flashs et des projecteurs. Il met une main sur son front pour s'en protéger et son autre main me serre très fort. Je l'étreins à mon tour pour lui faire comprendre que tout va bien et quand nous atteignons enfin le haut des marches, Tobby sourit.

– Tu vois… Tu as réussi.

Nous continuons de marcher jusqu'à retrouver enfin le lieu du gala. Nous pénétrons dans un espace majestueux.

Un mélange d'ancien et de peintures modernes. Les serveurs déambulent dans la foule avec des plateaux couverts de flûtes de champagne. Je m'en saisis de deux dont une que j'offre à Tobby.

– Juste une pour fêter cette soirée, d'accord ?

– D'accord, rit-il.

Nous trinquons à notre santé quand je vois Chase marcher droit sur nous. Monica essaie de suivre le rythme juste derrière lui. Je dirais bien qu'il est très élégant dans cette tenue, mais son visage fermé ne présage rien de bon. Qu'ai-je encore fait ? Lorsqu'il arrive à ma hauteur, il s'adresse d'abord à son frère.

– Tobby, je dois parler à Alyssa. Tu restes près du bar, je n'en ai pas pour longtemps, d'accord ?

Il ne lui laisse même pas le temps de répondre qu'il m'attrape par le bras et me tire vers la terrasse qui donne sur un sublime jardin. Une fois à l'extérieur, il me tient toujours aussi fermement.

– Tu peux me lâcher, maintenant, tu me fais mal !

– Mais qu'est-ce qu'il t'a pris ?

– Non. Toi, qu'est-ce qu'il te prend ?

– De quel droit tu amènes mon frère à cette soirée sans prendre la peine de m'en parler ?

– On voulait te faire la surprise. C'est ce qui arrive quand on fait une surprise, alors voilà… Surpriiise !

– Qu'est-ce qui ne tourne pas rond chez toi ?

– Mais pourquoi tu réagis de cette façon ? Ça ne te fait pas plaisir ? C'est aussi sa soirée, je te signale !

– Je passe mon temps à le préserver, à le protéger de gens comme ceux qui sont dans la salle ce soir et toi, en bonne samaritaine, tu as décidé de tout foutre en l'air !

– Chase, je ne te comprends pas.

– Tu crois qu'il va se sentir comment avec tous ces regards méprisants posés sur lui ?

– Ils sont méprisables, mais tu l'es tout autant, si tu crois que cacher ton frère c'est lui rendre service. Qu'est-ce que tu fais de ces mots *« Ne les laisse pas te marcher sur les pieds »* que tu lui as dits au bord de l'océan quand il était malheureux ? Comment veux-tu qu'il soit courageux, si toi tu n'assumes pas. J'ai cru pendant tout ce temps que tu valais bien mieux que l'image que les gens ont de toi, mais j'avais tort ! Tu ne vaux pas mieux que ton père.

– Je t'interdis de dire ça !

– C'est pourtant la vérité, regarde-toi. À bondir dès que l'image du héros est écorchée.

– Tu peux parler ! Tu te sers de mon frère. Pour toi, c'est juste une cause à défendre. Tu l'utilises pour oublier à quel point tu vas mal, à quel point ton existence est misérable. Tu crois que c'est en t'occupant de Tobby que tu vas aller mieux, mais tu te trompes. Mon frère n'est pas un animal de compagnie que tu peux sortir quand ça te chante.

– J'aurais dû rester sur ma première impression : tu es vraiment un connard.

– Alyssa…

– Je te souhaite une bonne soirée à toi et à ta pétasse. Elle le sait qu'elle n'est qu'un simple numéro sur ta liste et que, pas plus tard que demain, tu passeras au suivant ? Alors qui de nous deux a l'existence la plus pitoyable, hein ? rétorqué-je, en retournant à l'intérieur auprès de Tobby.

Je bois deux flûtes de champagne d'une traite pour essayer de me calmer. Je suis rongée par la colère, la déception et la culpabilité d'avoir été assez bête pour faire une place dans ma vie à un enfoiré pareil.

Mais comment ai-je pu être aussi conne !

Je fulmine et Tobby n'est pas insensible à ce nuage de tension qui plane au-dessus de ma tête. Je respire un grand coup pour tenter de recouvrer mon calme et ne pas faillir à ma mission : Tobby doit passer une bonne soirée.

– Tu veux manger quelque chose ? lui demandé-je.

– Je n'ai pas très faim.

– Tu m'invites à danser ?

– Je ne sais pas comment m'y prendre, avoue-t-il, gêné.

– Ça ne fait rien, suis-moi, ce n'est pas très compliqué. Tu n'as qu'à te laisser guider.

Je le prends par la main et nous marchons jusqu'au centre de la piste. Je place une de ses mains sur ma hanche et l'autre dans la paume de la mienne. Je commence à valser lentement et Tobby suit le mouvement. Je lui souris tendrement pour l'aider à se détendre, mais il semble contrarié malgré tout.

– Qu'est-ce qui ne va pas, Tobby ?

– J'aimerais rentrer, me confie-t-il d'une voix triste.

– Mais, on vient d'arriver…

– Je sais… Mais je suis un peu fatigué.

– Tu es sûr ?

– Oui.

– Très bien, alors dans ce cas, allons-y.

Je m'arrête au vestiaire pour récupérer mes affaires et le voiturier appelle notre limousine. Le retour dans la voiture se fait dans un silence de plomb. Pendant tout le trajet, j'essaie de trouver les mots pour le réconforter, mais quand le chauffeur s'arrête devant le centre, je n'ai toujours rien dit. Je l'accompagne jusqu'à ses quartiers et seul le bruit de mes talons résonne dans le couloir. Il rentre dans sa chambre et je reste dans l'encadrement de la porte à le regarder retirer sa veste et la déposer sur la chaise, près de son bureau.

– Je suis vraiment désolée.

– C'est pas grave.

– Je voulais tellement que tu t'amuses, ce soir…

– Je suis fatigué, Alyssa, je vais me coucher.

– D'accord, je te laisse. Bonne nuit, Tobby.

– Bonne nuit.

Le chauffeur me ramène jusqu'à mon appartement et, dès que j'ouvre ma porte, je retire mes talons et marche, lasse, vers le réfrigérateur, dans lequel je prends une bière. Je vais m'installer sur la terrasse. Je me blottis sur mon transat.

Les derniers événements me hantent. Je ne comprends pas où j'ai péché. Pourquoi tout a vrillé en un claquement de doigts ? J'ai beau tout repasser en boucle, je ne vois pas. Écrasée par la déception, je décide de déprimer en leggings et tee-shirt sur mon canapé devant la télé. Je regarde un talk-show, sans l'écouter vraiment, quand j'entends tambouriner violemment à ma porte.

– Qui est-ce ?

– C'est Chase ! Ouvre !

– Qu'est-ce que tu me veux ?

– Ouvre, je te dis ! Ou je défonce la porte.

Je tourne le verrou et à peine ai-je appuyé sur la poignée que Chase pousse la porte brutalement, m'obligeant à reculer. Il passe devant moi sans même me jeter un regard.

– Mais qu'est-ce qui te prend ? T'es complètement malade !

Il inspecte mon salon, à bout de souffle.

– Où est Tobby ? Où est-ce que tu le caches ?

– Quoi ? Mais qu'est-ce que tu racontes ? Je l'ai déposé à l'institut il y a plus d'une heure, je l'ai laissé dans sa chambre. Il y était, je m'en suis assurée avant de partir.

– L'institut m'a appelé, Tobby s'est enfui.

– Oh mon Dieu !

– Ils sont allés voir sa petite amie, je ne me souviens plus de son nom… Bref! Elle ne l'a pas vu ce soir.

– Lisa.

– Quoi ?

– Elle s'appelle Lisa.

– Alyssa, on s'en fout de ça. Ce n'est pas la question.

– Bien sûr que si, c'est la question ! Si tu prenais le temps de tendre l'oreille, de l'écouter, de le soutenir, d'être là pour lui, tu saurais qu'elle s'appelle Lisa, que ce n'est pas facile pour lui tous les jours. Il t'a raconté l'incident au centre commercial, samedi dernier ?

Son regard perdu et son silence en disent long.

– Chase, ton rôle, ce n'est pas seulement de le protéger. Tu ne peux pas l'obliger à vivre dans une bulle, il a le droit d'avoir sa vie aussi, de voir du monde en dehors de l'institut et de toi. Tu dois l'aider à se forger sa carapace, qu'il n'ait plus peur d'être lui-même.

– Tu me feras tes leçons de morale une autre fois, là, je dois le retrouver.

Je n'ai pas le temps d'ouvrir la bouche que Chase claque la porte derrière lui. Je commence à faire les cent pas dans le salon, inquiète.

Je ne sers à rien ici.

Sans réfléchir, je prends les clés de ma voiture, mon portable et je pars, moi aussi, à la recherche de Tobby. Je roule sur Santa Monica Pier, puis sur Venice Boardwalk, je m'arrête près du centre commercial où nous sommes allés ensemble, demande à des passants s'ils l'ont aperçu, mais mes investigations n'aboutissent à rien. Je ne sais plus où chercher et l'idée que Tobby puisse passer la nuit dehors me terrifie. Je roule sans but, quand j'aperçois le panneau Malibu. Et ça fait tilt !

Mais oui, bien sûr !

J'appuie sur l'accélérateur et roule, mais cette fois, avec un objectif. Arrivée à destination, j'arrête la voiture et sors en courant en direction des rochers.

– Tobby ! Tobby ! C'est Alyssa. Est-ce que tu es là ? S'il te plaît, réponds-moi !

Entre le bruit des vagues et la brise, sa voix retentit enfin :

– Je suis là.

Mes jambes flageolent tellement je suis soulagée. Je crapahute entre les rochers en m'aidant de la lumière de mon portable. Quand j'arrive enfin à sa hauteur, je le trouve assis, sagement, en train de regarder les vagues. Je m'assieds près de lui et ne peux m'empêcher de le prendre dans mes bras.

– Tu sais, nous étions fous d'inquiétude. On t'a cherché partout. Ton frère a sans doute appelé la police à l'heure qu'il est.

– Je voulais juste être un peu tranquille.

– En pleine nuit ?

– Tu sais, je ne suis pas bête. C'est ce que tout le monde pense en me regardant, mais je ne suis pas bête et je suis un adulte.

– Oui, Tobby, tu as raison. Je le sais que tu n'es pas bête, ton frère aussi le sait.

– Alors pourquoi il veut toujours me cacher, lui aussi. Il a honte ?

– Non, ton frère n'aura jamais honte de toi, jamais, je peux te l'assurer. Seulement, il sait que le regard des autres te fait souffrir, il veut te mettre à l'abri. Il ne s'y prend simplement pas de la bonne manière.

– J'aimerais emmener Lisa danser, j'aime bien ça.

– C'est une bonne idée, tu sais. Tu es un très bon danseur.

– C'est toi qui m'as appris.

– Oui, c'est moi et j'en suis très heureuse.

– Tu pourrais apprendre à Chase à ne plus me cacher ? C'est moi l'aîné.

– Je vais essayer, Tobby.

Je prends mon téléphone et appelle Chase pour lui dire où nous sommes. Tobby et moi revenons près de ma voiture et attendons qu'il nous rejoigne. Lorsqu'il gare son véhicule près du mien, je reconnais Monica sur le siège passager. Alors qu'il vient à notre rencontre, je lui adresse un regard noir et ne m'éternise pas.

– Bien. Je vais vous laisser. Vous avez des choses à vous dire.

Je prends Tobby dans mes bras une dernière fois puis monte dans ma voiture. Je rentre à l'appartement, soulagée qu'on ait retrouvé Tobby et qu'il soit en bonne santé. Je prends une douche avant de me mettre au lit, pressée d'oublier cette soirée.

***

Un bruit sourd me réveille. J'ouvre les yeux, allume ma lampe de chevet et regarde autour de moi.

J'ai dû rêver.

Mais j'entends à nouveau ce bruit étouffé. Je me lève, m'enroule dans mon peignoir et vais jusqu'au salon. Alors que j'appuie sur le bouton de la lumière, je reconnais la voix de Chase sur le palier. Il est trois heures du matin. Je tourne le verrou, ouvre la porte et trouve mon voisin assis sur le tapis.

– Chase, qu'est-ce que tu fais là ? Tu as vu l'heure ?

– J'avais besoin de te voir…

– Tu empestes l'alcool !

Je m'apprête à refermer la porte, mais il m'en empêche.

– Laisse-moi entrer, s'il te plaît, me supplie-t-il, les yeux brillants et injectés d'alcool.

– Pourquoi tu n'es pas resté avec Monica ? Tu as conduit ivre ?

– Je l'ai déposée à son hôtel avant d'emmener Tobby à l'institut. Je suis rentré tout de suite après et j'ai vidé quelques bouteilles du bar. Laisse-moi entrer, je t'en prie, m'implore-t-il.

– Chase…

– Je te dois des excuses. Je me suis mal comporté, laisse-moi te demander pardon.

– Ça ne peut pas attendre demain ?

– J'ai besoin de toi.

– Rien qu'une minute, alors.

Vaincue, je soupire et ouvre enfin la porte pour l'inviter à entrer. Il titube dans la cuisine et s'affale sur un des tabourets.

– T'as une bouteille de tequila par là ?

– Je crois que tu as assez bu pour ce soir.

– T'es pas drôle.

– Bienvenue dans ma misérable vie.

– Tu sais que je ne le pensais pas...

– Pourtant tu étais très convaincant.

– J'étais fou de rage, je m'en suis pris à toi, mais je ne pensais pas un mot de ce que je t'ai dit.

– Rien ne peut justifier ton comportement ce soir. Tu m'as fait du mal et à Tobby aussi.

– Je sais...

– Je n'aime pas cette version de toi.

– C'est toi.

– Quoi ? Moi ?

– Il y a des choses que je ne peux pas te dire. Tu n'es pas prête à les entendre.

– De quoi est-ce que tu parles ?

Il me regarde un long moment avec insistance. Une étincelle brille dans ses yeux et un sourire s'étire sur ses lèvres. Il m'attire à lui, me bloque contre l'îlot. Il défait lentement le nœud de mon peignoir.

– Chase, qu'est-ce que tu fais ?

Il ignore ma question et ouvre mon kimono, le faisant glisser sur mes épaules.

– Si tu crois qu'on va...

– Chuuuut... Laisse mon corps exprimer ce que ma bouche refuse de dire, s'il te plaît, chuchote-t-il.

Il m'embrasse sur l'épaule et remonte vers mon cou avant de faire tomber mon déshabillé par terre et de me laisser simplement vêtue de mon débardeur blanc et de ma culotte.

– Je suis vraiment désolé, susurre-t-il contre ma peau.

La façon dont il me détaille à ce moment me laisse sans voix ; je ne l'avais jamais vu ainsi jusqu'à aujourd'hui. C'est comme s'il découvrait mon corps pour la première fois.

– Je crois que je viens de trouver la huitième merveille du monde.

– Tu es saoul, dis-je, amusée.

– Crois-moi, devant un corps pareil, je dessaoule direct ! Je veux pouvoir en profiter pleinement.

Sans ménagement, il m'attrape sous les aisselles et m'installe sur la table. Il écarte mes jambes et se place entre elles.

– J'ai besoin de retrouver la raison, laisse-moi me perdre en toi, me chuchote-t-il en me léchant le cou.

Je bascule la tête en arrière et l'autorise à toucher tout ce qu'il désire. Il me caresse, effleure mes tétons à travers mon débardeur et continue de balader ses mains jusqu'à mon entrejambe. Sans enlever ma culotte, il passe un doigt derrière le tissu et le glisse en moi.

– J'adore quand tu es réceptive comme ça…

Puis il en introduit un deuxième, ce qui me rend totalement dingue. Les yeux toujours fermés, j'entends le zip de sa braguette, le bruit d'un emballage qu'on déchire. Puis sans que je m'y attende, il attrape mes cuisses et me presse contre lui. Il pousse ma culotte et me pénètre sans retenue. Ses coups de boutoir sont rapides et brutaux. Chase s'enfonce en moi tellement fort, comme s'il voulait posséder chaque partie de mon corps, qu'elles lui appartiennent. Je n'ai pas envie de le lui refuser, pas ce soir. Moi aussi, j'ai envie d'évacuer toutes les tensions accumulées, de transpirer toute cette colère et de me saouler de désir et de plaisir. Je vais à sa rencontre à chacun de ses coups de reins. Chase s'accroche tellement fort à mes épaules que demain je sais que je porterai les marques de cette baise incroyable. Il continue son assaut en me fixant droit dans les yeux, comme s'il voulait que je décrypte un message, mais je préfère détourner le regard. Ses rugissements font écho aux miens. Nous sommes deux êtres en train de combler le vide, le temps d'une nuit, mais le néant nous rattrape toujours et demain, on recommencera, et le jour d'après encore, jusqu'à ce que nous arrivions à cicatriser nos blessures. Au lieu de laisser mon cerveau prendre les commandes, je m'abandonne à mon orgasme, essayant d'exorciser mes maux, et Chase ne tarde pas à me rejoindre. Il niche sa tête dans mon cou, essoufflé.

– Laisse-moi dormir là, ce soir. Je n'ai pas envie d'être seul.

Sa demande s'apparente plus à une supplique qui me touche en plein cœur.

– D'accord.

– Merci… Merci…

Il file prendre une douche. J'en profite pour boire un grand verre d'eau et lorsqu'il sort de la salle de bains, je m'y rends à mon tour. C'est bizarre de le voir sur mon lit, mais j'essaie d'être détachée. Il est plus de quatre heures du matin quand j'éteins enfin la lumière. Chase reste dans son coin, respectueux des règles que nous nous sommes fixées. Éreintée, je finis par m'endormir.

Le lendemain, j'ouvre les yeux et suis surprise de me retrouver dans les bras de Chase. Un instant agréable, mais quand je réalise ce que ça pourrait représenter, je bondis hors du lit, faisant bien attention de ne pas le réveiller. Je file dans la cuisine pour préparer du café. J'appuie sur le bouton de la cafetière. Je suis en train de me verser une tasse quand Chase me rejoint.

– Salut. C'est l'odeur du café qui m'a réveillé.

– Tu es sûr que ce n'est pas plutôt ta gueule de bois ?

– Un peu, je dois l'avouer.

– Tu veux une aspirine ?

– Volontiers.

J'ouvre le placard et pose le tube devant lui en souriant.

– Merci, dit-il timidement.

– Je t'en prie.

– Je voudrais encore te demander pardon pour hier soir.

– Tu l'as fait cette nuit, tu ne te souviens pas ?

Il prend une minute pour se remémorer cette folle nuit et me sourit.

– Je suis sincèrement désolé, poursuit-il.

– Ne recommence plus, d'accord ? Parce que tu as été un parfait connard.

– C'est promis.

– Qu'est-ce que tu vas faire avec Tobby ?

– Je vais aller le chercher à l'institut et je vais passer cette journée à lui faire mes excuses et à être un meilleur frère.

– Tu joues très bien ton rôle, il faut juste que tu lui donnes un peu d'espace.

– Je vais le faire, promis.

– C'est génial !

– Je veux juste être sûr que tu sais bien que tout ce que je t'ai dit hier soir, c'était sous le coup de la colère, qu'il n'y avait pas un mot de vrai dans tout ça.

– Oui, je le sais, rassure-toi.

– OK. Donc tout est cool entre nous ?

– Absolument.

– Bien. Dans ce cas, je file chez moi. Je vais enfiler des vêtements propres et rejoindre Tobby.

– Très bien.

– On se voit ce soir ?

– Si tu veux.

Il m'adresse un sourire chaleureux et quitte mon appartement, ses affaires sous le bras.

Les semaines défilent et Chase et moi passons de plus en plus de temps ensemble. Notre petit jeu se déroule à merveille depuis l'accroc du gala, pas un nuage à l'horizon. Pourtant, ce soir, j'ai quelque chose à lui demander et je suis très nerveuse. Quand il arrive avec des sushis pour le dîner, je me dis que je dois me lancer sur-le-champ. Il pose à peine les cartons sur la table que je lui saute dessus.

– Chase, il faut que je te demande un truc.

– Je t'écoute, dit-il en ouvrant les boîtes de sushi.

– Je ne voudrais pas que tu te méprennes sur mes intentions. Considère ça comme un service, rien de plus.

– Lance-toi !

– Voilà… Le mariage de Caroline et Joey a lieu dans trois semaines et je me demandais si tu voudrais bien m'y accompagner, demandé-je en triturant mes doigts, au comble du stress.

– OK, me répond-il sans hésitation, mais à une condition.

– Euh oui ? Laquelle ?

– Le *Super Bowl* a lieu le lundi juste après le mariage, je voudrais que tu y assistes avec Tobby. C'est un échange de bons procédés.

– Oh… Si c'est pour rendre service, alors ça marche !

– Super !

– Deal.

– Deal.

– Je pourrai me taper la demoiselle d'honneur ?

– C'est moi la demoiselle d'honneur !

– Je sais.

Je lui balance un sushi au visage et ce simple geste suffit à déclencher une bataille de victuailles géante. Nous nous tordons de rire jusqu'à ce que nous nous retrouvions tous les deux couverts de riz et de poisson cru. Je crois que j'ai fait le bon choix, en lui proposant de m'accompagner.

Chapitre 17 – Chase

Pour faire plaisir à Tobby, nous allons à New York en jet privé. Nous déposons nos bagages dans l'appartement d'Alyssa, Caroline et Joey, que ces deux derniers occupent seuls en ce moment. Ils ont insisté pour nous accueillir.

Mon frère semble ravi par cette idée. De mon côté, je le suis aussi, parce que j'ai réfléchi et c'est l'opportunité parfaite pour que Tobby et Alyssa m'accompagnent à l'un de mes entraînements. Quand je l'ai annoncé au frangin, j'ai vu la magie opérer dans ses yeux. J'ai eu un pincement au cœur parce que j'ai l'impression de l'en avoir privé pendant tout ce temps, mais je suis déterminé à le lui offrir aujourd'hui et à me racheter pour le restant de mes jours pour les erreurs que j'ai commises. Tobby a toujours été la seule chose qui compte, bien avant le football. Nos liens m'ont permis de survivre toutes ces années, quand je ne trouvais dans les yeux de mon père que du mépris. Ça a toujours été Tobby et moi contre le reste du monde. J'étais convaincu que dans notre univers il n'y avait de la place que pour lui et moi. J'avais tort. Je ne sais pas comment Alyssa a réussi cet exploit. En réalité, je pense qu'elle a simplement pris la place qui lui revenait, j'avais juste besoin de temps pour le comprendre. Elle m'a bousculé quand c'est devenu nécessaire, a eu une oreille attentive quand je voulais parler et m'a ouvert les bras (et bien plus) quand je cherchais du réconfort. Avec Tobby, elle a été tout ce que je n'étais pas, et je sais qu'aujourd'hui il compte sur elle. Comme moi.

Je l'observe, là, en train de faire visiter son appartement à Tobby ; lui montrer où se trouvent la machine à café et le placard aux céréales. Je n'arrive pas à comprendre comment elle fait pour être aussi exceptionnelle et ne pas s'en apercevoir. Plus le temps passe et plus je suis raide dingue de cette fille. J'essaie de passer chaque minute qu'elle m'offre auprès d'elle, tout simplement parce qu'aujourd'hui elle est devenue l'air que je respire. Lui faire l'amour est devenu mon passe-temps favori. Embrasser chaque partie de son corps, caresser sa peau veloutée, c'est ma terre promise. Chaque fois qu'elle m'ouvre les portes de son paradis, je savoure chaque instant de peur qu'elle ne réalise un jour que je pourrais m'y perdre pour l'éternité.

– Chase ? Chase, t'es avec nous ?

Je ferme les yeux un instant pour redescendre sur terre.

– Oui… Qu'est-ce que tu disais ?

– Joey ne dort pas là cette nuit, tradition oblige. Je vais donc dormir avec Caroline, ce soir. Et pour demain, je leur ai offert une chambre d'hôtel pour une belle nuit de noces, donc vous vous installerez, Tobby et toi, dans ma chambre, d'accord ?

– Parfait.

– Bien. Alors, je vais y mettre vos affaires.

– Laisse, Alyssa. On peut le faire.

– Pas question. Vous êtes mes invités, proteste-t-elle.

Pendant qu'elle s'occupe de nos valises, Tobby et moi l'attendons sagement sur le canapé.

– Tu lui diras un jour ? me demande Tobby.

– Quoi donc ?

– Que tu l'aimes, réplique-t-il sans crier gare.

– Qu'est-ce qui te fait dire ça ?

– T'as des cœurs dans les yeux quand tu la regardes.

– Des cœurs dans les yeux, hein ?

– Je ne crois pas qu'ils ne soient que dans tes yeux, d'ailleurs…

– Ah oui ?

– Ça se voit que tu es amoureux d'elle.

– Comment tu sais ça, petit génie ?

– Disons que… je m'y connais ! J'ai un certain succès avec les femmes, tu sais…

– Mais je n'en doute pas, c'est de famille, dis-je en ébouriffant ses cheveux.

– Alors, tu lui avoueras quand ?

– Quand elle sera prête… Quand elle sera prête.

Je regarde l'heure à ma montre et crie en direction de la chambre d'Alyssa :

– On va être en retard !

– J'arrive !

Dix minutes plus tard, nous nous mettons en route pour rejoindre le stade, tous les trois. Lorsque le chauffeur arrête la voiture devant le *MetLife Stadium* [10], les yeux de Tobby sont ouverts aussi grands que des soucoupes. Il a revêtu le maillot de mon équipe et porte aussi fièrement sa casquette. *Mon plus grand fan !*

Je décide de leur faire visiter les installations avant de rejoindre mon équipe dans les vestiaires. Dans le couloir, trois de mes coéquipiers discutent devant la porte. Parmi eux, Casey, mon meilleur ami. Au premier abord, on pourrait le confondre avec un surfeur australien, mais il n'en est rien, c'est un cow-boy qui vient de l'Idaho. On s'approche d'eux pour les saluer.

– Les gars, j'ai du monde à vous présenter. Tobby, je te présente Jason.

– Riggs, me coupe mon frère, surexcité.

---

10. Le *MetLife Stadium* est un stade de football américain qui abrite, depuis 2010, les matchs des *Giants* de New York et des *Jets* de New York. Il dispose d'une capacité de 82 566 places, dont 218 suites de luxe.

– Et lui, c'est Carter…

– Wynans ! s'écrie-t-il.

– OK… Donc inutile que je te présente…

– Casey Stevenson ! Je suis un très grand fan, lui dit-il en lui tendant la main.

– Les gars, je vous présente, Tobby, mon frère.

– Ton frère ? répète Casey sous le choc.

– T'as bien entendu. Mon frère.

– Toi et moi, il va falloir qu'on ait une discussion, marmonne-t-il.

– Je sais.

– Ravi de te rencontrer, Tobby.

– Moi aussi.

Chaque moment où je vois mon frère aussi heureux me fait regretter un peu plus d'avoir fait tant d'erreurs par le passé. J'espère que le temps fera disparaître cette désagréable sensation.

– Et cette sublime jeune femme, tu ne nous la présentes pas ? demande Riggs, les yeux brillants.

Pas touche !

– Si, bien sûr. Je vous présente Alyssa Conrad, mon…

– Amie, m'interrompt-elle, en tendant la main pour saluer Riggs et le reste de mes coéquipiers.

J'allais dire avocate, mais au simple mot *amie*, mon cœur fait un raté. Je m'aperçois que je suis un sombre crétin, mais quelque chose me dit qu'on a déjà franchi un premier palier. En tout cas, je nourris cet espoir.

– J'ai beaucoup entendu parler de vous, Alyssa, révèle Casey en lui donnant une poignée de main.

Alyssa me lance tout de suite un regard que je ne sais pas interpréter.

Casey, si tu ruines mes chances, je te fais avaler ton protège-dents.

J'essaie tant bien que mal de rattraper le coup.

– Il exagère, balbutié-je en me massant la nuque.

– Absolument pas, dit-il en enfonçant le clou, hilare.

Je vais le tuer !

Alyssa ne dit rien, ne part pas en courant, mais ses joues rosies trahissent sa gêne. Casey se tourne vers mon frère.

– Tobby, tu viens t'échauffer avec nous ?

Tobby pivote vers moi, surexcité.

– Chase, je peux ?

– Bien sûr que tu peux. Tu vas venir avec nous enfiler ta tenue. Je vais juste installer Alyssa dans les gradins pour qu'elle puisse profiter du spectacle et je reviens, d'accord ?

Tobby frappe dans ses mains et rejoint le reste de l'équipe dans le vestiaire. Nous sommes à présent seuls, elle et moi.

– Tu me suis ?

Elle hoche la tête et nous déambulons dans les couloirs jusqu'à l'entrée du stade. Nous montons quelques marches, je lui propose de s'asseoir au premier rang.

– Tu devrais être bien, là.

– Parfait.

– Bon… Je vais rejoindre les autres.

– Bien sûr.

Je m'apprête à redescendre quand elle m'interpelle.

– Chase ?

– Oui ?

– C'est génial ce que tu fais pour ton frère.

– Je pourrais te dire la même chose.

Elle m'offre son magnifique sourire, la seule chose qui me donne le sentiment de pouvoir conquérir le monde.

Pendant l'échauffement, je suis la cible des moqueries de mes coéquipiers. On passe tous par là quand on ramène une fille, c'est la loi. Et quand je jette un coup d'œil à la femme de tous mes désirs assise dans les gradins, cachée derrière ses lunettes de soleil, je me dis qu'ils peuvent bien me chambrer jusqu'à la fin des temps, tant qu'elle continue de me regarder. En plein *cross-block* [11], Casey essaie de me tirer les vers du nez.

---

11. Le cross-block est un blocage croisé impliquant deux joueurs.

– J'arrive pas à croire que tu aies ramené une fille.

– Tu crois que c'est le bon moment pour en parler ?

– Mais évidemment ! Je te connais depuis quoi ? Dix ans. Je pensais que les filles étaient interdites d'entrer au stade, juste tolérées dans les fêtes d'après-match.

– Elle est venue pour le mariage de sa meilleure amie, c'est tout, dis-je pour essayer de détourner son attention, tout en continuant à pousser en pleine mêlée.

– Drôle d'endroit pour se marier.

– Quoi ?

– Un stade. Drôle d'endroit pour se marier, crie-t-il.

– Abruti !

– C'est toi qui me prends pour un abruti !

Tobby attrape enfin le ballon, l'envoie dans le *down* adverse et met fin à notre conversation. Nous avons joué un peu plus d'une heure avec lui, mais il est maintenant temps de passer aux choses sérieuses. Le coach est là, les gars félicitent Tobby pour ses performances, et il se rengorge fièrement puis il regagne les gradins pour nous regarder jouer, s'asseyant auprès de mon *amie*. Quand l'entraînement se termine, Tobby nous accompagne aux vestiaires pendant qu'Alyssa nous attend à l'extérieur du stade.

Le soir venu, elle nous lâche pour passer avec Caroline sa dernière soirée de célibataire. Toutes les deux sont parties écumer les bars dans des tenues bien trop moulantes à mon goût. Alors, avec Tobby, nous commandons des pizzas, sortons les bières et décidons de nous mater des films entre mecs. Après cette sacrée journée, alors que mon frangin lance le deuxième film, je m'endors dans les dix premières minutes. Mon esprit s'évade dans un monde où je pourrais mordre la lèvre d'Alyssa pour l'enivrer et où elle me répéterait sans arrêt qu'elle m'aime. Je peux sentir sa bouche descendre le long de ma mâchoire et son souffle caresser mon cou. Je suis sous son charme diabolique. Encore.

– Tu rêves de moi ?

Ma tête s'incline en arrière, je m'avoue vaincu. Jouer avec cette fille, c'est accepter de perdre. Elle continue alors que je suis totalement désarmé. Je ne suis plus que gémissements et soupirs.

– Chase, ouvre les yeux.

– Non. Je ne veux pas me réveiller, marmonné-je.

– Je te promets que la réalité vaut bien plus que ton rêve.

À contrecœur, j'ouvre enfin les paupières et trouve Alyssa à cheval sur moi. Je les referme une seconde, les rouvre, me frotte le visage et regarde autour de moi pour m'aider à reprendre mes esprits. Je finis par la toucher pour m'assurer qu'elle est bien réelle.

– Alyssa, que fais-tu là ?

– J'ai passé une bonne soirée, je voudrais que la nuit le soit aussi, dit-elle en me retirant mon tee-shirt.

– Où est Caroline ?

– Au lit, complètement saoule.

– Toi aussi de toute évidence, marmonné-je quand les vapeurs d'alcool qu'elle dégage emplissent mes narines.

– Non. Moi, c'est différent. Je suis carrément bourrée !

– On ne peut pas faire ça ici. Ils vont nous entendre, dis-je en l'empêchant de déboutonner mon jean.

– Je te promets d'étouffer chacun de tes gémissements, souffle-t-elle le regard brillant d'une ivresse que je ne lui avais jamais vue jusqu'à maintenant.

– Et comment comptes-tu t'y prendre ?

– Comme ça, chuchote-t-elle, en contemplant mes lèvres et m'attirant à elle par le col de mon tee-shirt.

Quand sa bouche s'écrase sur la mienne, c'est comme si elle venait de lâcher les rênes. Plus aucune retenue, plus aucune appréhension ! Mes sentiments peuvent se déverser dans ce baiser. Je deviens fou, incontrôlable, mon cœur prend les commandes. Sa langue s'enroule autour de la mienne et m'offre la danse la plus sensuelle, la plus érotique qu'il m'ait été donné de vivre. Je pourrais jouir comme un puceau simplement avec ce baiser. Pourtant, j'essaie de la raisonner, je ne voudrais pas que demain elle regrette cette nuit. Je ne veux pas être un remords.

– On devrait arrêter, dis-je entre deux baisers. Tu ne te le pardonneras pas demain matin.

– J'aurai oublié… Je veux juste que cette nuit soit parfaite. Sans barrière, sans obstacle, sans passé, sans avenir. Laissons nos corps nus faire ce qu'ils savent faire de mieux. Soyons les amoureux de cette nuit, jusqu'à ce que l'aube vienne nous obliger à enfiler nos costumes trop étroits, me confie-t-elle les yeux dans les yeux, seulement éclairés par les réverbères de la rue.

Je lis cette sincérité nue dans son regard qui me brise un peu plus. Mais dès qu'elle me touche, c'est comme si cette fille était faite pour me déchirer et me guérir à la fois.

Je vais te la donner, cette nuit.

Je l'allonge délicatement sur le canapé, la contemple un instant.

– Fais-moi l'amour, me supplie-t-elle.

– Bien, Madame. À vos ordres !

Cette nuit-là, nous faisons l'amour comme jamais, et je fais en sorte de garder en mémoire chacun de ses orgasmes, si jamais il ne doit me rester que ça. Elle part au petit matin pour finir de préparer le mariage. Les souvenirs de cette nuit magique ne me quittent pas de la journée, je dois même dire qu'ils me font planer. Meilleurs que de la marijuana !

Tobby et moi passons nos smokings et regardons le résultat dans le miroir. J'arrange un peu son nœud papillon, légèrement de travers, et il en fait autant.

– Prêt ?

– Prêt, répond Tobby.

Nous nous mettons en route pour assister au mariage, qui a lieu à la *New York Library*. Lorsque nous arrivons enfin, les futurs mariés ne sont pas encore là. Je cherche Alyssa du regard, mais en vain. Elle doit sans doute aider Caroline à mettre sa robe. Avec Tobby, nous en profitons pour visiter les lieux. Je n'ai jamais eu l'occasion de venir à la bibliothèque, mais je peux comprendre pourquoi Caroline a décidé de se marier ici. Pas besoin d'être étudiant en art pour reconnaître que cet endroit est magnifique. Les moulures, les lustres, la hauteur sous plafond gigantesque, tout est à couper le souffle. Quand je regagne la salle où a lieu le mariage, je reconnais Alyssa en train de parler à un homme. Je n'aime pas la façon dont il la regarde. J'essaie de garder mon calme. En même temps, il faut admettre que cette robe bustier couleur corail la met parfaitement en valeur. Seules quelques mèches s'échappent de son chignon, elle est tout simplement renversante. J'arrête de m'émerveiller quand je vois l'homme poser sa main sur son épaule.

Bas les pattes !

Je m'avance dans le dos d'Alyssa et m'arrête à sa hauteur.

– Salut.

Elle se retourne, anxieuse. Qu'est-ce qui la met dans cet état ? Cette nuit ? Ou le fait que je la surprenne avec cet homme ?

– Salut, je ne t'avais pas vu arriver, essaie-t-elle de se justifier.

– Eh bien, je suis là. Tu ne me présentes pas ?

– Oh si, bien sûr.

– Chad, je te présente Chase, un ami. Chase, voici Chad.

– Un ami avec qui elle couche de temps en temps, ajouté-je en lui tendant la main, un sourire faux sur les lèvres.

Du coin de l'œil, je vois Alyssa rendue cramoisie par la gêne et, pour être honnête, je suis plutôt fier de moi. Chad est mal à l'aise lui aussi. Après lui avoir offert une poigne d'enfer, je finis par le lâcher, le laissant masser discrètement sa main endolorie.

– Bien. Il est temps que j'aille chercher la mariée. Vous devriez vous asseoir, ça va commencer.

À peine a-t-elle tourné les talons que je laisse Chad en plan pour aller retrouver mon frère et m'asseoir où on nous a demandé de nous installer. La musique s'élève dans la pièce et Alyssa ne tarde pas à ouvrir la cérémonie, en marchant vers l'autel, serrant contre elle un très joli bouquet de fleurs blanches. Je n'ai d'yeux que pour elle. Puis vient le tour du garçon d'honneur du marié, Joey le suivant de près. Et enfin, nous nous levons pour accueillir la mariée. Au bras de son père, elle marche lentement vers son futur époux, cachée sous son voile. Elle est très belle dans sa robe de mousseline blanche. Alyssa m'a prévenu que c'est le frère de Caroline qui fera office de prêtre, et dès que la future mariée lâche le bras de son père pour saisir la main de son futur mari, son frère nous demande de nous asseoir. J'ai passé toute la cérémonie à dévorer Alyssa des yeux jusqu'à ce que Tobby vienne troubler ma sérénité au moment où Joey fait ses vœux.

– Tu vois… Quand je te parlais de cœurs dans les yeux.

– Quoi ?

– C'est comme ça que vous vous regardez avec Alyssa, chuchote-t-il.

Je souris, peu convaincu, mais il semble tellement heureux d'y croire que je n'ai pas envie de briser ses espoirs.

La cérémonie prend fin et nous passons au cocktail dans la pièce à côté. La salle est magnifiquement décorée, les serveurs déambulent avec des plateaux de flûtes de champagne et des petits fours. Au fond de la salle, de grandes tables rondes sont installées un peu partout pour le repas, donnant sur une belle scène où les musiciens ont déjà commencé à jouer.

Dès que les mariés sont enfin seuls, j'en profite pour aller les féliciter avec Tobby. Ils sont vraiment charmants tous les deux et semblent très amoureux, donc, quand je leur présente mes vœux, je suis tout ce qu'il y a de plus sincère et je les remercie également d'avoir bien voulu inviter mon frère. Nous restons là quelques minutes à discuter, quand Alyssa finit par nous rejoindre. Les mariés, eux, continuent leur petit tour et nous trinquons tous les trois à ce mariage réussi. Nous passons ensuite à table, mais je découvre avec amertume que le carton de la place en face d'Alyssa porte le nom de Chad. Il a bien essayé de l'accaparer, mais c'est mal nous connaître Tobby et moi, qui sommes installés de chaque côté d'elle.

Tu vas échouer mon pote !

Quelques invités viennent me demander un autographe et m'encourager pour le *Super Bowl*, au cours du repas, puis, quand les amoureux ouvrent le bal, je suis soulagé de pouvoir me lever de table et de mettre de la distance entre Chad et Alyssa. Je ne le sens pas ce mec. Alors qu'il ouvre la bouche, je le devance.

– Alyssa, tu veux bien m'accorder cette danse ?

– Avec joie.

Trop tard, mec !

Nous rejoignons les quelques couples déjà sur la piste et je la serre contre moi.

– Tu passes une bonne soirée ?

– Très bonne, me répond-elle nonchalamment.

– Tant mieux.

– Écoute, j'ai remarqué ton attitude avec Chad. Tu n'as pas à t'inquiéter, c'est juste un copain d'université. Je ne savais même pas qu'il était invité.

– Mais je ne m'inquiète pas. Et puis, tu es libre. Tu fais ce que tu veux, dis-je sur un ton détaché.

– Mais oui, bien sûr… Tellement désintéressé que tu t'es senti obligé de lui dire qu'on couchait ensemble. Drôle de façon d'être indifférent.

– J'ai juste trouvé ta présentation approximative alors j'ai apporté ma petite précision.

– Mais bien sûr !

Je lève les yeux au ciel et continue de la faire tournoyer, tout en la serrant contre moi.

– Ce soir, tu peux venir dans la chambre de Caroline, on pourrait s'amuser.

– Désolée, Princesse. Pas ce soir.

– Pourquoi ça ? Tu n'es pas sérieux ?

– Si… Tous les joueurs te le diront, c'est pour garder notre agressivité pour la rencontre.

– Pas de sexe, alors ?

– Pas de sexe. Désolé.

Elle fait mine d'être triste et pose sa tête sur mon épaule jusqu'à la fin de la chanson. Nous regagnons notre table, où mon frère prend ma place dans les bras d'Alyssa. Je ne sais pas ce qu'il lui raconte, mais en tout cas, elle rit de bon cœur. Je suis en train de les observer quand Caroline me sort de mes pensées.

– Est-ce que la star de mon mariage m'accorderait cette danse ?

– La star, c'est toi, aujourd'hui, et comment pourrais-je refuser ?

Je me lève, la prends par la main et nous commençons à virevolter lentement.

– Alors, heureuse ?

– Très. Il se passe quoi entre Alyssa et toi ?

– On s'amuse, c'est tout.

– Arrête de me prendre pour une idiote. Je vois bien comment tu la regardes et si elle refuse de s'en rendre compte, moi je sais. Alors il se passe quoi avec Alyssa ?

– C'est compliqué.

– Détrompe-toi. C'est clair au contraire. En amour, il n'y a pas de nuance. Tu l'aimes ou tu ne l'aimes pas. Tu vois… C'est blanc ou c'est noir, il n'y a pas de gris.

– Je suis amoureux d'elle, finis-je par concéder.

– Alléluia !

– Pour elle, ce n'est qu'un jeu…

– Laisse-lui du temps…

– Je ne fais que ça et je n'ai pas l'impression que la situation évolue.

– Écoute-moi bien, c'est mon amie et je la connais par cœur. Elle vient de passer les cinq dernières années les plus difficiles de sa vie. Je peux te dire une chose : entre le jour où elle est partie pour Los Angeles et aujourd'hui, ce n'est plus la même. Elle rit. Elle rit ! Je veux dire qu'elle rit franchement, parce que même ça, elle ne se l'autorisait plus. Elle reprend goût à la vie. Et ce changement, c'est toi qui le lui as apporté. Grâce à toi, j'ai retrouvé ma meilleure amie. Je suis sûre que le reste viendra, elle ne s'en est juste pas encore rendu compte, c'est tout.

– Merci, Caroline.

– Maintenant, désolée, mais je suis obligée de te sortir le traditionnel couplet.

– De quoi parles-tu ?

– Quand ce jour viendra, celui où vous vous avouerez votre amour, et il viendra, si jamais tu lui fais du mal, je te casse la gueule, compris ?

– Compris.

– Merci, Chase. Merci d'être aussi patient avec elle.

– Je l'aime, c'est tout.

– Je sais et elle aussi, elle le sait, me chuchote-t-elle à l'oreille avant de déposer un baiser sur ma joue.

Quand je retourne à ma table, Tobby a disparu et Alyssa danse maintenant avec le marié. Je suis seul avec Chad. Je l'ignore, préférant me concentrer sur Alyssa et son beau sourire, mais Chad en profite pour venir s'asseoir sur la chaise à côté de moi.

– Laisse tomber, tu n'as aucune chance.

– À quoi fais-tu allusion au juste ?

– Alyssa. Lâche l'affaire.

– Qu'est-ce que t'en sais ?

– Elle a déjà donné son cœur et le chanceux s'appelle Luke.

– Est-ce que tu connais la différence entre toi et moi ?

– Non… Mais je suis curieux de le savoir, répond-il avec arrogance.

– C'est que quand elle te regarde, toi, elle le voit lui, mais quand elle me regarde, moi, elle me voit, moi. Tu piges ?

Quand tu lui parles, elle pense à cette magnifique histoire d'amour où tu n'as jamais eu ta place. Alors qu'avec moi, on écrit une nouvelle histoire et je suis l'acteur principal. Tourne la page, mon pote… Tourne la page…

Je me lève, le laissant totalement dépité, et file prendre l'air sur la terrasse. Joey me rejoint et nous discutons quelques minutes. Quand je lui propose de venir assister au match demain avec son épouse, Alyssa et Tobby, il est au bord de l'évanouissement, ce que je prends pour un oui. Ce mec me fait trop rire. Alyssa se joint à nous, et à sa demande, nous partons. Lorsque nous rentrons à son appartement, nous traînons devant la télé. Je prends mes protéines pour le match de demain et me couche de bonne heure. Mais dans la nuit, Alyssa vient me réveiller.

– Il y a de l'orage, j'ai peur. Tu veux bien venir dormir avec moi ?

Effectivement, le tonnerre gronde violemment, alors je me lève sans un mot et la suis dans sa chambre. Je suis surpris de la voir poser sa tête sur mon torse de façon si naturelle, mais je ne dis rien, j'aurais trop peur que le moindre mot ne la fasse fuir. Je l'enlace et m'endors paisiblement.

Le lendemain, je pars de bonne heure, mais avant, je l'observe un instant, endormie, et je l'embrasse sur le front. Il est temps de me mettre en condition pour le grand soir.

Le coach nous rappelle les stratégies, nous montre des vidéos que nous avons déjà vues et revues, mais tout le monde est concentré, personne ne dit rien.

Vient alors le moment d'entrer sur le terrain. Ce n'est pas mon premier *Super Bowl*, mais la sensation reste la même. Ce sera plus impressionnant juste avant le coup de sifflet. Pour le moment, les gens arrivent petit à petit. J'essaie de faire le vide dans ma tête et me concentre sur mon unique but, remporter ce challenge. Mon dernier *Super Bowl.*

Enfin, l'instant tant attendu arrive. Les gens hurlent alors que Bruno Mars ouvre le show. Dans les vestiaires, sous les gradins, j'entends le bruit sourd de centaines de milliers de pas juste au-dessus de ma tête. La pression monte d'un cran. Je piétine pour essayer de me détendre quand j'entends mon nom.

– Hey Cooper, ce soir, t'es mort.

– Ridge... Change de disque... Tu ne ferais pas peur à une mouche !

– On verra qui fera moins le malin tout à l'heure...

– C'est ça...

Ridge Rodgers est mon pire ennemi. En réalité, je suis son pire ennemi. Il me déteste parce que les *Giants* m'ont préféré à lui et parce que j'ai remporté deux années d'affilée le titre de meilleur joueur alors qu'il était pressenti. Il ne supporte pas que je le coiffe toujours au poteau, et moi, ça m'amuse.

– On se retrouve tout à l'heure, Ridge. Tu m'aideras à soulever le trophée de la victoire ?

Il n'a pas le temps de m'insulter que l'on nous invite à entrer sur le terrain. Je fais un signe de croix en touchant la pelouse et il est l'heure de montrer mon talent. La foule est en liesse, l'animateur hurle dans son micro, les applaudissements claquent dans mes oreilles mais je n'ai d'yeux que pour le ballon tressé. Premier *kick-off* [12], c'est parti !

Notre équipe domine le jeu. Rodgers me cherche, essaie de me pousser à la faute, mais je suis serein et garde la tête froide. Je déjoue chacune de ses tentatives et nous menons la danse, ce qui a le don de l'exaspérer. Ses insultes glissent sur moi et quand Casey marque un *field goal* [13], je me tourne

12. Ou coup de pied d'engagement. Cette action se déroule au début du 1er et 3e quart-temps et après chaque point inscrit. L'équipe en possession du ballon la remet en jeu sur sa propre ligne des 30 yards. Le botteur doit envoyer le ballon au pied le plus loin possible sans qu'il sorte du terrain. Le *retourneur* adverse doit réceptionner le ballon et remonter le terrain vers l'en-but adverse en suivant les *blocks* de ses coéquipiers. L'endroit où il est plaqué désigne le point de départ de la première tentative de l'escouade offensive.

13. Le placement, *field goal*, botté de placement ou botté de précision, est un terme utilisé dans le football américain et le football canadien pour désigner une manière d'inscrire des points.

vers Rodgers en me mimant en train de porter le trophée. Il fulmine, et moi, je savoure.

Nous sommes dans le dernier quart-temps, nous menons de dix-huit points. Tout le monde marche au mental parce que, physiquement, on commence à faiblir. Nous nous rassemblons pour que je donne les directives et nous nous mettons en place. Il ne reste que quelques minutes à jouer, on doit essayer de marquer un dernier *touchdown*[14] pour la gloire. L'arbitre siffle et le jeu commence. Je cours, Casey me fait une passe, je cherche Riggs du regard et lui envoie le *pigskin* [15]. Mais quand je tourne la tête, tout se passe en quelques secondes… Je vois Rodgers me foncer dessus, le casque en fronde. Il me heurte en pleine poitrine et m'allonge sur le sol, violemment. La douleur me comprime, je n'entends plus rien. Mes coéquipiers se regroupent autour de moi, mais je les discerne à peine. La seule personne à qui je pense avant de fermer les yeux et d'être aspiré par le néant, c'est Alyssa.

– Alyssa…

---

14. C'est l'essai à 6 points qui se réalise soit à la course (le ballon est porté et il suffit qu'une toute petite partie du ballon franchisse le plan vertical situé à la ligne d'en-but – le ballon ne doit pas obligatoirement toucher le sol) ou à la passe (un équipier réceptionne le ballon dans la zone d'en-but. Il doit avoir le contrôle (la maîtrise) du ballon ainsi que 1 ou au 2 pieds au sol en fonction du championnat, NCAA = 1 pied – NFL = 2 pieds). Le *touchdown* est ensuite transformé au choix à 1 (coup de pied de transformation ou PAT ou *point after touchdown*) ou à 2 points (action similaire au *touchdown* mais qui ne rapporte que 2 points).

15. Surnom donné au ballon de football américain qui signifie « peau de cochon », matière malléable dont il était fait à l'origine.

Chapitre 18 – Alyssa

Une seconde, un battement de cils et tout bascule. Tout chavire au ralenti, Chase s'effondre lentement sous mes yeux ; je suis impuissante. Le mode survie s'enclenche quand son corps touche le sol. Je saisis Tobby par la main et dévale les escaliers en direction des vestiaires. Je ne veux pas me laisser le temps de croire en cette réalité. Lorsque j'arrive au bout du couloir à toute vitesse, entraînant toujours Tobby dans ma course folle, je reconnais l'un des dirigeants.

– Il est où ? Est-ce qu'il va bien ? crié-je, totalement paniquée.

– L'ambulance l'emmène au Presbyterian Hospital.

J'oublie le fait qu'il ne répond pas à ma deuxième question et que l'expression sur son visage est tout sauf rassurante. On court dans ces couloirs qui me semblent interminables pour regagner la sortie et je siffle un taxi sans attendre. Le trajet me paraît durer un temps infini et Tobby, près de moi, reste toujours silencieux. Je pose une main bienveillante sur son genou, pour lui rappeler que je suis là, mais je ne dis rien, je ne peux pas, je me contente simplement d'être près de lui. Quand nous arrivons enfin à l'hôpital, je me précipite vers l'accueil. L'infirmière nous demande de patienter dans la salle d'attente. Seulement, au même moment, les portes s'ouvrent et le brancard sur lequel est étendu Chase, toujours inanimé, passe près de moi. À cet instant, tout me rattrape quand je le découvre totalement immobile. Mon cœur se serre, mon sang se glace. Le visage de Luke se mêle à celui de Chase, cette même odeur aseptisée me fait aussitôt tourner la tête.

Il faut que je sorte !

Je m'appuie un instant contre la banque d'accueil et me tourne vers l'infirmière.

– Est-ce que vous pouvez jeter un œil sur le jeune homme qui m'accompagne, s'il vous plaît ? Je dois aller prendre l'air, je ne me sens pas bien.

– Vous voulez que j'appelle un médecin ?

– Non, non… Ça va aller. Merci.

Je sors et respire à pleins poumons. C'est si bon qu'on pourrait presque croire que l'air de New York est frais et pur. Je m'assieds contre un mur et craque complètement. Je presse mes genoux contre ma poitrine et les larmes dévalent mes joues comme elles l'ont fait si souvent.

– Hey !

Je relève la tête et aperçois Caroline. Je m'effondre, en sanglots, dans ses bras.

– Je ne peux pas rentrer là-dedans. Je ne peux pas !

– Chut… Chuut. Calme-toi. Personne ne te demande de faire ça si tu ne t'en sens pas capable, Alyssa, me réconforte ma meilleure amie en me caressant les cheveux.

– Pourquoi ça recommence ? Tu crois que c'est moi ? C'est moi qui porte malheur ?

– Ne dis pas de bêtises ! Tu parles d'un quarterback, c'est un sport extrêmement violent où les accidents sont courants.

– Il va mourir ! Il va mourir ! m'écrié-je, complètement affolée.

– Alyssa, il faut que tu te calmes. Laisse un médecin t'examiner, il va te filer un truc pour t'aider à te détendre, d'accord ?

– Je ne peux pas entrer là-dedans. J'étouffe. Je n'arrive plus à respirer…

– Bien. Je vais te ramener à la maison et Joey va rester avec Tobby, d'accord ?

– D'accord, réponds-je, hors d'haleine.

Caroline m'aide à me relever, passe son bras autour de mes épaules et nous montons dans un taxi. Tout se bouscule dans ma tête. J'aimerais tellement m'extraire de mon corps. Alors que la voiture prend le chemin de notre appartement, je décide de changer de destination.

– Finalement, conduisez-nous à l'aéroport, s'il vous plaît.

– Mais pourquoi ? me demande mon amie.

– J'ai besoin d'être quelqu'un d'autre.

Elle me regarde mais ne comprend pas. Personne ne le peut. Quand le chauffeur s'arrête devant le hall d'embarquement, je marche d'un pas rapide et m'assieds sur un banc près d'un écran d'affichage. Caroline, qui a du mal à me suivre, me rejoint, toujours dans l'incompréhension la plus totale.

– Mais qu'est-ce que tu fais ?

J'ignore sa question, cherchant désespérément des voyageurs qui pourraient m'embarquer loin de cette journée d'enfer. Les gens déambulent, mais rien… Rien ne vient et cette déception est le dernier coup de massue.

– Je n'y arrive pas… Je n'y arrive pas… sangloté-je à nouveau.

– Tu n'arrives pas à quoi, Alyssa ? Je ne comprends rien…

– Un jour, Chase m'a emmenée dans un aéroport et nous avons passé notre temps à être quelqu'un d'autre, à nous imaginer dans la peau d'une de ces personnes qui prend un avion, à lui créer un autre destin. Je veux un autre destin moi aussi. Tu comprends ? C'est si injuste. Pourquoi ? Pourquoi, hier, nous dansions ensemble, et aujourd'hui, il se retrouve sur un lit d'hôpital ?

– Je ne sais pas, Alyssa, me réconforte ma meilleure amie en me caressant les cheveux. Nous devrions rentrer.

En silence, je me lève et nous reprenons le chemin de notre appartement, sans faire de détour, cette fois. Lorsque nous arrivons, Caroline me donne un médicament pour me détendre et m'aider à me reposer. À mon réveil, le lendemain matin, j'ai toujours cette sensation d'étouffer. C'est un sentiment que je connais trop bien et que je n'ai pas éprouvé depuis des mois. Sans réfléchir, je mets quelques affaires dans un sac, prends la boîte de médicaments que Caroline m'a donnée, mais alors que je suis sur le point de passer la porte, elle m'interpelle.

– Où vas-tu ?

– J'ai besoin de me sentir bien.

– Ne retourne pas là-bas. Ça ne t'apportera rien…

Je me force à sourire mais décide d'y aller malgré tout. Le taxi me dépose devant cet hôtel où je suis venue si souvent. J'entre et me dirige vers cet homme qui me connaît bien, le réceptionniste.

– Mademoiselle Conrad, ça faisait longtemps.

– Bonjour, la chambre est toujours disponible ?

– Toujours.

– Très bien. Alors je la prends.

Pressée de me retrouver dans ce cocon où rien ne peut m'atteindre, je presse plusieurs fois sur le bouton de l'ascenseur comme si cela pouvait le faire aller plus vite. Une fois la porte de la chambre refermée, je me jette sur le lit pour m'envelopper de cette odeur unique qui m'apaise, mais la magie n'opère plus. Ce rempart derrière lequel je pouvais encore me protéger de ma douleur s'est effondré. Je ne trouve plus ici le réconfort que je suis venue chercher. Je m'allonge en position fœtale, au milieu du lit, et me laisse aller, vaincue.

Trois jours… Trois jours que je suis une vraie loque, mais je n'ai plus la force, je n'ai plus l'envie, alors je m'apitoie sur mon sort et je dors. Mais un stupide garçon d'étage décide de déranger mon programme.

– Je n'ai rien commandé, merci, hurlé-je en direction de la porte.

Il frappe à nouveau et je me lève, prête à déverser ma colère sur le trouble-fête. J'ouvre brusquement le battant et tombe nez à nez avec lui. Chase. Je cligne plusieurs fois des yeux pour être sûre que ma vision ne me trompe pas.

– Je délire.

– Non, tu ne délires pas.

Naturellement, je passe mes mains sur son visage, ses épaules, ses pectoraux. Il ne dit rien, se laisse faire.

– Tu es là ? Vraiment là ?

– Oui, devant toi.

Je m'effondre la tête contre son torse.

– J'ai eu si peur ! J'ai cru que…

– Je sais, mais c'est fini maintenant. Je vais bien.

Je le serre tellement fort contre moi que mes bras en sont douloureux, mais ça m'est égal. Il est vivant. Il est vivant et il va bien !

– Comment m'as-tu trouvée ?

– Caroline.

– Évidemment.

De son index, Chase relève mon menton pour me fixer dans les yeux. Son visage s'approche du mien.

– Non, Chase. Ne fais pas ça, lui ordonné-je en reculant d'un pas.

– Pourquoi ?

– Je ne peux pas. Je ne veux pas. Il faut qu'on arrête tous les deux.

– Tu plaisantes ?

– Ce qu'il s'est passé m'a fait comprendre que ce petit jeu va mal finir.

– Qu'est-ce que tu entends par là ?

– Je ne veux pas revivre ça, je ne le supporterai pas. On doit prendre nos distances.

– Alyssa…

– Non ! Tu dois partir. Maintenant.

– C'est vraiment ce que tu veux ?

– Chase, s'il te plaît…

– Comme tu veux…

Après un dernier regard teinté de regrets et d'amertume, Chase claque la porte. Je suis convaincue qu'il s'en remettra, moi, peut-être jamais. Le mieux, c'est d'arrêter ce jeu stupide et d'étouffer ces sentiments naissants avant qu'il ne soit trop tard. Je prends une douche et range mes affaires. Je regarde cette chambre une dernière fois et referme la porte à jamais. Lorsque j'arrive à l'accueil et que je dépose la clé, je souris au réceptionniste.

– Cette fois, c'est un adieu.

– Tant mieux, mademoiselle Conrad. Cet hôtel est bien, mais le monde est beaucoup mieux.

Je lui souris timidement et décide de passer à mon appartement afin de me changer. Je revêts un de mes tailleurs et pars sur les lieux où, il n'y a pas si longtemps, j'avais mon bureau. Lorsque j'arrive, pas de temps à perdre, je vais directement voir la secrétaire de mon patron.

– Bonjour, il faut que je voie monsieur Williams. Maintenant.

– Je vais voir s'il est disponible. Un instant.

Elle prend son téléphone, présente ma requête et raccroche enfin.

– Il vous attend.

Je frappe tout de même et il m'intime l'ordre d'entrer.

– Mademoiselle Conrad, quel plaisir de vous revoir.

Toute l'estime que j'avais pour cet homme s'est évaporée le jour où j'ai posé les yeux sur Tobby.

Et sur Chase !

Je secoue la tête un instant pour faire taire ma conscience rebelle.

– Monsieur Williams.

– Que puis-je faire pour vous ? demande-t-il en me faisant signe de m'asseoir.

Je m'exécute et ne tergiverse pas.

– Je sais que ça ne fait pas tout à fait un an que je suis à Los Angeles, mais le *Super Bowl* est terminé, les contrats pour l'année à venir sont presque tous signés et je pense que je peux superviser le reste d'ici. Je sais que je n'ai pas totalement rempli ma part du marché mais j'en assumerai les conséquences.

– Que me demandez-vous au juste ?

– Je veux rentrer.

– Chase s'est mal comporté avec vous ?

– Pas du tout. Au contraire. Mais je dois rentrer, c'est nécessaire.

Il lit le désespoir dans mon regard.

– Eh bien, je ne vois aucune raison de refuser et en ce qui concerne notre arrangement, il tient toujours. Ce cabinet ne peut pas se passer d'une avocate aussi talentueuse que vous.

– Merci, Monsieur, réponds-je, soulagée. Laissez-moi juste quelques jours pour aller récupérer mes affaires et je serai prête à reprendre ici.

– On peut les faire rapatrier, si vous le souhaitez.

– Non, je vous remercie, je préfère m'en charger moi-même.

– Bien.

Je salue une dernière fois mon patron et rentre à l'appartement. Caroline et Joey doivent sans doute être au travail. Je dépose un mot sur la table de la cuisine.

Je reviens à New York définitivement. Je vais à Los Angeles faire mes valises et je serai de nouveau là pour jouer les trouble-fête.

Et je prends la direction de l'aéroport.

J'arrive à Los Angeles en fin de journée. Dès que je rentre dans l'appartement, je m'active à rassembler mes affaires. Je suis en train de plier mes vêtements pour les mettre dans ma valise quand j'entends une porte claquer. Je respire un grand coup et vais frapper chez mon voisin. Lorsque Chase ouvre la porte, il est clair qu'il ne s'attendait pas à me voir.

– Qu'est-ce que tu fais là ?

– Je venais te dire que je rentre chez moi.

– En voilà une bonne nouvelle ! s'écrie une voix dans son dos.

Je reconnais la voix de Grace et je ferme un instant les yeux pour ignorer son sarcasme et ne pas perdre contenance.

– Je suis au courant. Bon retour, dit-il d'un ton glacé, en commençant à refermer la porte sur moi.

– Pourrais-je dire au revoir à Tobby ? demandé-je en poussant mon pied dans l'entrebâillement.

– Ce n'est pas une bonne idée.

– S'il te plaît. Si je pars sans lui expliquer, ce sera pire !

– OK, finit-il par dire, excédé. Reviens demain.

– Merci.

Il ne dit rien et me claque la porte au nez. Quant à moi, je retourne à mon déménagement.

Le lendemain, mon vol de retour est en début d'après-midi. En fin de matinée, je frappe à nouveau chez Chase qui me réserve le même accueil polaire. J'entre alors que Tobby regarde la télé dans le salon.

– Je ne lui ai encore rien dit, me prévient Chase.

– Bien.

Je vais m'asseoir à côté de Tobby qui me prend dans ses bras dès qu'il me voit.

– Comment ça va, Tobby ?

– Super !

– Tant mieux. J'ai quelque chose à te dire.

Tobby éteint tout de suite la télé et se tourne vers moi.

– Voilà. Mon travail pour ton frère est terminé, mais j'ai d'autres clients, d'autres dossiers à traiter, qui m'attendent à New York, donc…

– Tu vas partir à New York pour toujours ?

– Oui, Tobby. Mais on pourra…

– Je te déteste ! crie-t-il, avant d'aller s'enfermer dans la chambre de son frère.

Je me lève pour le rejoindre, mais Chase m'en empêche.

– Laisse-le. Ça va passer, il s'en remettra.

– Mais pourquoi réagis-tu de cette façon ?

– T'es tellement occupée à chercher un moyen de ne plus rien ressentir que ce que les gens qui t'entourent peuvent éprouver te passe carrément au-dessus de la tête.

– Tu dis n'importe quoi !

– Alyssa, ça suffit ! La vie est trop précieuse pour que tu t'emmures dans tes peurs de cette façon. C'est triste ce qui est arrivé à Luke, je le pense sincèrement, mais on peut tous mourir. Aujourd'hui, demain, on peut s'écrouler à la terrasse d'un café ou se faire renverser en traversant la rue. Tu ne peux pas t'interdire d'aimer par peur de ce qui pourrait arriver. La vie ne signifie pas toujours la mort. Elle peut être beaucoup d'autres choses, elle peut être synonyme de joie, d'adrénaline, d'amour et de magie. La vie, ce n'est pas que mort, douleur, deuil et chagrin. Ça en fait partie, c'est vrai. Mais quand la faucheuse passe, c'est un moyen de rappeler aux vivants que ceux qui restent sont bien là, que leur existence a une importance, que le sablier est bien enclenché et que rien ne peut l'arrêter. Et parfois, nous avons tendance à l'oublier. Voilà à quoi doit servir le deuil, Alyssa, et pas à s'apitoyer sur son sort.

– Je me protège.

– J'espère qu'un jour tu réussiras à t'extraire de ces quatre planches dans lesquelles tu te réfugies, parce que, en définitive, tu es morte avec lui, ce jour-là.

– Ne dis pas ça !

– Alors, bats-toi ! S'il avait eu la chance de pouvoir le faire, de croquer la vie à pleines dents parce qu'on lui offrait une nouvelle opportunité, tu crois qu'il ne l'aurait pas saisie ? Mais il ne l'a pas eue, lui, cette chance, alors que toi, oui…

– Tu es dur…

– Comme si ce que je pouvais dire ou faire allait changer quelque chose ? Perdu pour perdu… Je te dis ce que je pense !

Je hoche la tête, des larmes plein les yeux, et je pars sans un mot. J'espère que mon silence saura exprimer ce que mon cœur refuse de faire, barricadé derrière mon choix.

Dans les couloirs de l'aéroport, je suis une de ces voyageuses que nous avons tant de fois regardées partir avec Chase. J'observe autour de moi si quelqu'un joue à notre petit jeu, j'aurais bien besoin de savoir comment un inconnu peut voir ma vie, mais il n'y a personne. Résignée, je tends mon billet à l'hôtesse de l'air pour accéder à la salle d'embarquement.

– Alyssa ! Alyssa !

Je me retourne vivement dès que j'entends mon prénom et reconnais Tobby en train de slalomer entre les gens.

Je sors de la file et vais à sa rencontre.

– Tobby ? Mais qu'est-ce que tu viens faire ici ?

– Je ne te déteste pas… Je ne te déteste pas…

– Mais je le sais, ne t'en fais pas. Tu as fait tout ce chemin pour me dire ça ?

– Pas uniquement, en réalité. J'ai trouvé cette lettre dans la chambre de Chase, tu dois la lire.

Il me tend une enveloppe que je prends et glisse dans la poche de ma veste.

– Je la lirai, Tobby, je te le promets.

Je le serre fort dans mes bras et lui certifie que je serai toujours là pour lui. Une ultime larme, un ultime baiser et je passe une dernière fois les portes de l'aéroport de Los Angeles. Étonnamment, rien que cette idée fait naître une boule au creux de mon estomac. Dans l'avion, j'appuie ma tête contre le hublot et ferme les yeux pour essayer d'oublier ce désespoir qui me dévore. L'hôtesse vient me demander d'attacher ma ceinture. Quand je la boucle, l'enveloppe que Tobby m'a donnée tombe de ma poche. Je la ramasse, la regarde un instant, hésitant à l'ouvrir. J'ai peur que ses mots ne me mettent à genoux. Je reste une bonne partie du vol en tête à tête avec cette enveloppe à me demander à quel point elle est capable de me dévaster, puis la promesse que j'ai faite à Tobby me revient en mémoire.

Tu dois le faire !

Je retire la missive de l'enveloppe et la déplie délicatement, comme si je craignais que les mots ne me sautent au visage.

Alyssa,

Si j'avais eu le courage, je t'aurais dit que je suis tombé amoureux de toi il y a bien longtemps déjà. Si j'avais eu le courage, je t'aurais donné un baiser mais pas n'importe lequel. Celui qui aurait fait exploser ton cœur et le mien pour n'en faire plus qu'un. Si j'avais eu le courage, je t'aurais fait l'amour, le vrai. J'aurais plongé en toi comme dans la plus douce des soies et je m'y serais enfoncé avec force et légèreté, assez pour que mon empreinte soit comme un tatouage sur ta peau veloutée, indélébile. Si j'avais eu le courage, je t'aurais emprisonnée dans mes bras pour ne plus jamais te laisser partir. Si j'avais eu le courage, je t'aurais dit que ton parfum est le plus merveilleux des airs que je respire. Toutes ces choses, j'ai tellement eu envie de te les murmurer chaque jour, chaque fois que mes yeux se posaient sur toi… les mots étaient au bord de mes lèvres. Au point que, pour les libérer, j'ai choisi de les poser sur un papier, espérant qu'un jour tu serais prête à les entendre. Je l'attends impatiemment ce jour. Parfois, quand les mots ne sont pas assez puissants pour transmettre ce que l'on ressent, il reste la musique. J'aimerais que cette chanson ranime ce feu, et peut-être, alors, qu'une étincelle pourrait jaillir en toi, tout au fond, et embraser ton cœur meurtri.

« Pose-toi avec moi, Couvre-moi, Câline-moi,
Allonge-toi avec moi,
Et serre-moi dans tes bras.
Et ton cœur est contre ma poitrine, tes lèvres posées sur mon cou.
J'ai craqué pour tes yeux, mais ils ne me connaissent pas encore.
Et avec le sentiment, j'oublierai, je suis maintenant amoureux.
Embrasse-moi comme si tu voulais être aimée,

Comme si tu voulais être aimée,
Tu voulais être aimée.
C'est comme tomber amoureux,
Tomber amoureux,
Tomber amoureux.
Installe-toi avec moi,
Et je serai ta protection, Tu seras ma femme.
J'ai été créé pour garder ton corps au chaud,
Mais je suis aussi froid que le souffle du vent, alors serre-moi dans tes bras
…/…
Oui je suis passé par tous les sentiments !
De la haine à l'amour,
De l'amour au désir,
Du désir à la vérité.
Je suppose que c'est grâce à ça que je te connais,
Alors je te garde près de moi
Pour t'aider à te lâcher.
Alors embrasse-moi comme si tu voulais être aimée,
Tu voulais être aimée,
Tu voulais être aimée.
C'est comme tomber amoureux,
Tomber amoureux,
Tomber amoureux. [16] »

Les larmes ruissellent sur mes joues. Je n'ai pas mesuré la puissance de ces écrits. Je n'aurais jamais cru qu'à nouveau une lettre pourrait me bouleverser à ce point. Celle qui m'offrait une fin parfaite et celle qui m'offre un préambule. J'ai toujours pensé que devoir dire adieu était la chose la plus difficile à faire, mais là, s'ouvrir, laisser libre accès à mon cœur, être à nouveau vulnérable me semble insurmontable. Je range la feuille dans mon sac et mes sentiments dans une

16. *Kiss Me*, Ed Sheeran, Album +, 2011.

boîte « à oublier » de ma mémoire. Le commandant annonce *« Nous amorçons la descente sur l'aéroport de New York ».*

C'est ça ma vie, New York.

Chapitre 19 – Alyssa

Cela fait déjà un mois que j'ai quitté Los Angeles. Je suis maintenant installée dans ce bureau tant convoité avec une vue imprenable sur Central Park. Je travaille d'arrache-pied sur un dossier que je dois présenter à Kuala Lumpur dans quelques jours, sur le droit des femmes. Je tiens mon rêve au bout de mes doigts. J'ai eu la promotion dont je rêvais tant, j'ai gagné les galons pour lesquels j'ai travaillé toutes ces années. Tout est là, sous mes yeux, et pourtant, l'exaltation n'est pas au rendez-vous. J'ai imaginé ce moment tellement de fois dans ma tête et ne rien ressentir n'a jamais fait partie de mon plan. J'ai toujours travaillé dur, je mérite ce pour quoi je me suis battue et je l'ai, entre mes mains, aujourd'hui, mais je suis apathique. Je ne comprends pas. Le travail a toujours été le meilleur moyen de m'échapper, et là, on dirait que ça ne marche plus, que ça ne m'apporte plus l'évasion que je recherchais. Je rentre chez moi, toujours aussi désenchantée. Pourtant, ici, j'ai mes repères, et malgré tout, je me sens déboussolée. C'est à n'y rien comprendre. Alors que je passe la porte de la maison, Caroline sort de ma chambre. Elle semble déterminée.

– Caroline ? Qu'est-ce que tu faisais dans ma chambre ?

– Je voulais faire une lessive quand je suis tombée sur ça ! répond-elle en brandissant un papier plié en quatre que je crois reconnaître.

– Une lessive ? Depuis quand tu fais ma lessive ?

– Ce n'est pas la question ! Ça fait des jours que je te vois errer comme une âme en peine. Tu as toujours l'air absente. Je voulais savoir ce qui te rend si triste et je trouve la lettre de Chase. Quand comptais-tu m'en parler ?

– C'est donc ça. Tu fouillais dans ma chambre !

– On s'en moque de comment j'ai trouvé cette lettre. C'est ce qu'il a écrit qui importe. Tu te rends compte de la puissance de ses mots ?

– Je sais…

– Non, tu ne sais pas… Oh non, tu ne sais pas ! Si tu l'avais compris, tu ne serais pas là en ce moment, tu serais à Los Angeles.

– C'est compliqué…

– C'est juste compliqué dans TA tête ! Ce mec, c'est ton héros. Je l'ai vu rallumer cette étincelle, je l'ai vu te ramener à la vie alors que moi-même j'avais perdu espoir et tu le sais parce que c'est pour cette unique raison que tu t'es enfuie. Sauf que dans ta fugue, tu es partie avec ton cœur alors qu'il lui appartient déjà. Il te suffit juste de l'admettre.

– Tu t'énerves contre moi ?

– Si je ne le fais pas, qui va le faire ? Je te connais par cœur et je sais très bien pourquoi tu es là. C'est parce que tu es morte de trouille et que tu laisses ta peur t'ensevelir. Mais à quel moment tu te bats ? L'amour se présente sous tes yeux, la vie t'offre une nouvelle chance, et toi, tu prends tes jambes à ton cou. Tout ça parce que tes sentiments t'ont frappée de plein fouet quand tu l'as vu sur ce brancard. Mais ce n'est pas Luke, il est toujours en vie et il t'offre son cœur sans concession, de l'autre côté du pays.

– Je ne veux pas m'attacher. Ça fait trop mal !

– Tu crois que tu décides ? Regarde-toi. Tu essaies de toutes tes forces de refouler ce que tu ressens, mais viens…

Elle me tire par le bras et me place devant le miroir.

– Qu'est-ce que tu vois ?

Je m'observe un moment, mais je ne dis rien.

– Je vais te dire ce que je vois, moi. Une fille belle, intelligente et amoureuse. Je l'ai vue sourire, rire et même être heureuse. Je l'ai vue reprendre goût à la vie tout en douceur. Je l'ai vue s'ouvrir aux autres, faire preuve de générosité, d'écoute et d'amour. J'ai vu la lumière briller à nouveau. J'ai retrouvé mon amie, et aujourd'hui, elle disparaît encore une fois derrière ses traits tristes. Tu n'as plus envie de sourire, Alyssa ?

– Si, confié-je en larmes.

Elle me retourne aussitôt face à elle.

– Alors, arrête de réfléchir, arrête de vouloir tout contrôler, laisse-toi vivre. Ne te demande pas si tu es capable d'aimer, tu aimes déjà, dit-elle en prenant mes mains dans les siennes et en les pressant intensément. Il n'est pas trop tard.

– Mais s'il mou…

– Chut ! Chase est en bonne santé, il ne va pas mourir. L'histoire ne va pas se répéter, et même si elle devait se répéter… Tu te protèges pour ne pas souffrir, mais si tu étais honnête une minute avec toi-même, tu t'apercevrais que tu es plus malheureuse loin de lui. Parce que tout ce que tu désires, c'est être près de Chase, peu importe ce qu'il peut arriver. Alors un choix s'offre à toi : vivre cette existence morose que tu t'infliges, le cœur en miettes depuis que Luke est parti, ou alors tu acceptes de te laisser aller, de t'exposer, et de laisser Chase recoller chaque morceau de ton cœur avec son amour suffisamment fort pour qu'il tienne toute une vie. Alors, qu'est-ce que tu décides ?

– Tu dis ça comme si c'était facile.

– Mais ça l'est. Relis cette lettre, pèse chaque mot, et une fois que tu auras terminé, ferme les yeux et écoute ton cœur. Il va te murmurer ce que tu dois faire.

Elle me tend ce morceau de papier, léger comme une plume et pourtant tellement lourd de conséquences, puis elle s'éclipse dans sa chambre, me laissant seule avec ma conscience. Je vais m'asseoir sur mon lit et fixe cette lettre pendant de longues minutes comme si elle pouvait m'exploser au visage. Je suis nerveuse, mes mains tremblent et les mots de ma meilleure amie me font tourner la tête. Je m'allonge sur mon lit, contemple le plafond, fébrile. Le temps passe et je reste toujours immobile. Mes doigts caressent le papier puis je décide enfin de relire ce message. Je prends une grande inspiration et déplie la feuille. Mes yeux ne lâchent plus les lignes. Plus je la relis et plus je peux sentir son souffle dans ma nuque, revoir son sourire parfait, discerner cette chaleur qui m'envahit lorsqu'il me serre dans ses bras. Mon corps réagit, reprend vie et je ne sais pas comment je n'ai pas pu m'en rendre compte plus tôt. Caroline a raison, grâce à lui, j'ai l'impression d'être un phœnix qui renaît de ses cendres. Je sens l'adrénaline pulser dans mes veines.

Sans attendre davantage, au beau milieu de la nuit, je prépare quelques affaires que je roule en boule dans un sac. Je laisse un mot sur la table de la cuisine pour prévenir mes colocataires, prends mes clés de voiture et ferme la porte discrètement. Plus je brûle l'asphalte, moins cette intime conviction me lâche.

Je prends la bonne décision.

À l'aube, alors que je dépasse le panneau *Welcome to Madison*, je ne peux ignorer cette boule qui se forme au creux de mon estomac. Je respire un grand coup et me répète que je peux le faire, que je le dois. Comme je tourne dans les rues de la bourgade, les souvenirs se bousculent dans ma mémoire. Jusqu'à présent, je refusais de rentrer chez nous, dans cette ville qui a vu naître ma plus belle histoire d'amour, parce que je savais que chaque mètre carré de cet endroit abritait un peu de « nous » que j'ai chéri pendant si longtemps et auquel je me suis accrochée de toutes mes forces. Pourtant, aujourd'hui, tout est différent. Je peux affronter mon passé avec le sourire et me réjouir de sentir qu'en revenant ici je ne pourrai jamais l'oublier. J'arrête ma voiture devant notre lycée et m'assieds sur un banc près de l'entrée principale. Je le revois avec sa veste de capitaine de l'équipe de basket, jouer avec ses cheveux pour mettre toutes les filles à genoux. Sa démarche assurée, ses livres sous le bras, toujours entouré de sa cour. Qu'est-ce qu'il était beau !

Puis je reprends ma voiture et je m'arrête devant ce café où nous traînions toujours avec Cory, chez Mona. C'est ici que Luke m'a reparlé pour la première fois. J'étais tellement dans tous mes états que j'ai répondu à côté et qu'il s'est contenté de me sourire. Tous ces endroits le rendent tellement vivant dans mon cœur, c'est surréaliste. Dans un sens, il suffit de venir ici car tous ces lieux lui redonnent vie d'une certaine manière et cette idée m'inspire confiance. L'heure de l'avant-dernière étape sonne. Je gare ma voiture dans l'allée, chez mes parents. Je ne suis pas venue ici depuis si longtemps. Je sonne à la porte, mais je sais que personne ne m'attend, ou alors peut-être... ma gouvernante. Le battant s'ouvre, un effluve de café caresse mes narines et je souris quand je découvre Mamita totalement éberluée, bouche bée.

–Yale !

– Ce vieux surnom aussi m'avait manqué ! Mamita ! crié-je en me jetant dans ses bras.

À part quelques cheveux gris çà et là, elle n'a pas changé, et sentir sa chaleur me fait un bien fou.

– Entre... Entre... dit-elle complètement bouleversée.

Je la suis et nous allons dans la cuisine, son endroit préféré dans cette maison. Je m'assieds au bout de l'îlot. *Ma place.* Je la regarde sortir deux tasses de café et je souris d'être de retour chez moi.

– Quand ta mère va te voir, elle ne va pas en revenir. Tu lui as beaucoup manqué, tu sais…

– Je sais, réponds-je mal à l'aise.

– On a tous compris pourquoi tu refusais de revenir ici, mais on ne pouvait faire autrement que de s'inquiéter pour toi.

– J'avais besoin de temps. Ma mère m'appelait sans cesse pour me demander de rentrer et cette idée me terrifiait, alors j'ai commencé à ignorer ses appels.

– Tu es devenue une belle jeune femme, Yale.

– Arrête ! Tu me disais déjà ça alors que j'étais sur le point d'entrer à l'université.

– Parce que c'est la vérité. Tout le monde s'en rend compte sauf toi, c'est peut-être pour cette raison que ta beauté est unique. À la façon dont Luke te regardait, lui le savait.

Je baisse la tête une seconde et Mamita interprète mon attitude comme si, pour moi, parler de Luke était impossible.

– Je suis désolée, Yale. Je ne voulais pas…

– Non, Mamita. J'aime qu'on parle de lui, c'est comme si on rendait son âme vivante le temps d'un souvenir.

Ma mère choisit ce moment pour nous rejoindre. Lorsqu'elle m'aperçoit, ses yeux s'illuminent. Elle a toujours été quelqu'un de fort et d'impassible, et pourtant je vois les larmes couler sur son visage sans qu'elle ait envie de les dissimuler.

– Yale ? Yale, tu es là ! dit-elle en se jetant à mon cou.

– Je suis rentrée.

– Laisse-moi te regarder. Oh ma chérie !

Elle me serre tellement fort contre elle que j'ai du mal à respirer. Ce n'est pas dans ses habitudes d'être aussi démonstrative, mais ses bras me font tellement de bien.

– Qu'est-ce que tu fais là ? Pourquoi ne m'as-tu pas prévenue ?

– J'ai décidé de venir un peu sur un coup de tête. J'avais besoin d'affronter mes peurs avant de pouvoir me projeter dans l'avenir. Papa est là ?

– Il rentre de Bruxelles aujourd'hui, il devrait être là pour le déjeuner. Quand il va te voir…

– Moi aussi j'ai hâte.

Bien plus que mon père, il est mon mentor, mon confident, mon meilleur ami. Lui aussi, je l'ai abandonné pour m'enfoncer dans mon chagrin que je pensais éternel. Lorsque j'entends sa voiture vrombir dans l'allée, je l'attends, impatiente, dans l'entrée. Il ouvre la porte et, dès qu'il m'aperçoit, il fait tomber sa mallette sur le sol et son regard se brouille de larmes, les miens aussi par la même occasion. Je me jette dans ses bras et l'étreins de toutes mes forces. Il n'arrête pas de répéter mon prénom comme si j'étais un mirage.

– Je suis là, papa.

– Oh ma fille ! Tu m'as tellement manqué !

Après ces retrouvailles émouvantes, nous passons dans le salon, cet endroit où nous aimions nous retrouver jadis, pour discuter de tout ce temps passé loin d'eux. Malgré les années, rien n'a changé, cette relation privilégiée avec mon père est inaltérable. Je prends plaisir comme autrefois à l'écouter me raconter ses voyages, ses affaires. Dans ce fauteuil, je reste cette petite fille à qui il a transmis sa passion et qui m'a valu mon surnom, Yale.

– Papa, je voudrais aller voir les parents de Luke. J'aimerais que toi et maman veniez avec moi.

– Je peux savoir pourquoi ?

– Je vais avoir besoin de vous.

– Tu sais que tu peux toujours compter sur nous.

– Je sais, papa.

Après le déjeuner, tous les quatre, avec Mamita, nous nous rendons chez les parents de Luke, nos voisins. Alors que je sonne à l'entrée, je suis fébrile. Mon père le sent et pose sa main sur mon épaule pour m'assurer discrètement que tout va bien se passer. Je respire un grand coup et lorsque la porte s'ouvre sur Meredith, la mère de Luke, je me mords la lèvre pour ne pas craquer. Le deuil a laissé des marques sur elle aussi. Ses traits sont tirés, sans doute à cause des nuits pendant lesquelles elle rêve du temps où Luke rentrait, un ballon de basket sous le bras.

– Bonjour, Meredith.

– Yale ! Mon Dieu ! dit-elle en me prenant dans ses bras. Je suis tellement heureuse de te revoir. Entrez vite !

Nous la suivons et j'ai l'impression de me retrouver dans un sanctuaire. Rien n'a changé, enfin, si, la lumière a perdu de son éclat dans cette maison. J'ai imaginé tant de fois revenir, mais je m'y refusais parce que j'avais peur de ne pas le supporter, que ce soit trop douloureux. Alors je ne sais pas si c'est parce qu'aujourd'hui je suis résignée, mais être là me fait du bien. Je le revois rentrer dans le salon, monter les marches de cet escalier.

Luke est partout, ici !

Comment ai-je pu croire qu'on pouvait l'oublier ?

Nous entrons dans le salon. John, son père, est assis dans le fauteuil face au jardin, le journal du matin entre les mains. Lorsqu'il se retourne, l'émotion se lit sur son visage.

– J'ai tellement attendu ce moment que j'ai fini par croire qu'il n'arriverait jamais, me confie-t-il, me serrant dans ses bras comme l'a fait mon père quelques heures plus tôt.

– Je suis vraiment très heureuse de vous revoir, moi aussi.

Nous nous installons dans le canapé, Meredith et John essaient de se convaincre que ce n'est pas un rêve.

– Je suis venue vous présenter mes excuses, dis-je en regardant toutes ces personnes, ma famille. Rester à New York, c'était facile. Je me suis tenue éloignée de cette ville, de vous, parce que c'était trop dur, il m'a fallu cinq ans pour accepter. J'ai fini par comprendre que ma plus grande peur, c'était d'oublier Luke. Mais c'est impossible, il fait partie de moi, je vis pour nous deux.

Meredith prend la main de son mari, les larmes ruisselant sur son visage.

– Tu es la meilleure chose qui lui soit arrivée, c'est vrai. On surmonte le manque chaque jour. C'est un combat, je l'admets, mais on se couche chaque soir en se répétant « Encore un jour, on a réussi » et tu dois faire la même chose, Yale.

– Justement. Si je voulais vous voir réunis aujourd'hui, c'est parce que je dois vous parler de quelque chose. Je suis allée à Los Angeles cette année pour le travail. Quitter New York m'a extraite de la bulle dans laquelle je me suis réfugiée tout ce temps. J'ai eu le sentiment de partir avec des sacs chargés de souvenirs, de chagrin trop lourd à porter sur mes frêles épaules. Et là-bas, j'ai rencontré quelqu'un. Un homme suffisamment bon pour prendre le temps et l'énergie de m'aider à enlever chacun de ces sacs pour qu'enfin je me sente plus légère. Je n'aurais jamais cru cela possible, je n'y croyais plus, mais j'ai envie de vivre cette nouvelle aventure, j'ai envie d'aimer à nouveau et c'est grâce à lui. Mais avant ça, je me suis dit que je devais vous en parler, je crois surtout que j'ai besoin de votre bénédiction.

– Tu n'as jamais eu besoin de notre bénédiction, mais que tu veuilles nous en parler nous touche énormément et nous honore. Aimer quelqu'un d'autre ne remet pas en question l'amour que tu as porté à Luke, nous le savons. Nous l'avions déjà compris il y a longtemps. Mais nous sommes heureux que tu l'aies enfin réalisé toi aussi, aujourd'hui. Tu mérites d'être heureuse, Yale, tu as la vie devant toi. Et sache que notre porte te sera toujours ouverte, dit-elle avant de se lever et de venir me prendre affectueusement dans ses bras.

Bientôt ce sont mes parents, John et Mamita qui viennent m'étreindre tour à tour. Je suis tellement soulagée.

Mais pour être totalement libre, je dois encore m'acquitter d'une chose, seule cette fois.

– Bien. Je vous promets de ne pas attendre cinq ans pour revenir vous rendre visite.

Comme s'ils lisaient mes intentions dans mon regard, ils me lancent un dernier sourire et je regagne la sortie. Avant de me laisser partir, mon père me dit une petite phrase qui a toute son importance pour moi.

– On est tous fiers de toi et de ce chemin que tu as parcouru.

Je lui souris et ferme la porte derrière moi. Je rentre chez mes parents prendre les clés de ma voiture et me mets en route. Je me gare devant une boutique de fleurs, achète un bouquet de roses rouges et me dirige vers mon but. Je ne suis pas retournée à cet endroit depuis son dernier jour. Sa tombe est entretenue, Meredith doit sans doute venir se recueillir ici régulièrement. Je marche et m'arrête enfin devant la stèle où est gravé son nom pour l'éternité, *Luke Austin*. Je dépose les fleurs et m'agenouille.

– Salut, Luke. Je sais ce que tu te dis, je ne suis jamais venue ici. Mais aujourd'hui, j'ai quelque chose à t'annoncer. J'aurais pu lever les yeux au ciel et te parler, mais j'avais peur que tu ne m'écoutes pas. Alors je me suis dit que venir sur ta tombe, c'était un peu comme appuyer sur un interphone et être en ligne directe avec toi. Alors, décroche ! Toi et moi, on a connu l'amour absolu, c'est d'ailleurs le plus beau cadeau que tu m'aies fait. C'était tellement beau, tellement fort que je pensais ne jamais pouvoir m'en remettre. Il m'a fallu du temps et des hallucinations, mais j'y suis enfin arrivée. J'ai fini par comprendre que je ne pourrais jamais t'oublier, qu'il me suffit de venir ici pour te parler ou bien de déambuler dans cette ville, où nous avons grandi et qui a vu naître notre amour, pour te retrouver. Je vivrai toujours avec le manque parce qu'un mec comme toi, ça laisse une empreinte indélébile. D'ailleurs je n'ai qu'à regarder mon poignet ! Si je suis là, c'est pour te parler de Chase. Je sais que c'est toi qui l'as mis sur mon chemin, j'ai mis du temps à le comprendre. Ce sera notre petit secret. Tu vois que même de l'au-delà, on est encore liés. Je sais pourquoi tu l'as choisi, il va me rendre heureuse, je le sens au plus profond de moi, je l'ai toujours su, si je suis totalement honnête. Je n'ai pas besoin de te le préciser, mais tu auras toujours une place de choix dans mon cœur, même s'il est temps de me le rendre et de laisser Chase en prendre soin, comme toi tu as pu le faire pendant toutes ces années. Je ne te dirai jamais adieu, juste à bientôt. Merci de veiller sur moi et de m'avoir montré qu'il existait un bonheur après toi, que j'étais capable de vivre et d'être heureuse après toi. Tu as raison, tu es mon ange.

Je retire mon alliance et la dépose près de son nom. Ce symbole si important, que j'ai gardé si précieusement tout ce temps, nous prouve à tous les deux que j'ai retrouvé ma liberté d'aimer. Une feuille tombe d'un oiseau de paradis, posé juste à côté de sa tombe. Je comprends que le message est passé. Je pars vers ma nouvelle vie, sereine.

Je passe la nuit chez mes parents, dans ma chambre d'adolescente qui n'a pas changé. Ils sont tristes de me voir partir dès le lendemain, mais je suis tellement pressée de vivre… ce sentiment est si exaltant. Je leur fais la promesse de revenir très vite et de ne plus laisser autant de temps nous séparer. Mon père insiste pour m'emmener à l'aéroport, je ne peux pas le lui refuser. Je l'enlace une dernière fois devant les portes d'embarquement et je sais que le sourire éclatant que je lui offre est un gage pour l'avenir. Il me salue une dernière fois avant de disparaître : je suis prête à affronter ces six heures d'avion interminables qui me séparent de Chase.

★★★

Alors que le taxi s'approche de l'appartement de Chase, l'angoisse s'empare de moi. Je suis convaincue de faire le bon choix, mais lui, ne s'est-il pas résigné ? Il est peut-être passé à autre chose ? Son offre a-t-elle expiré ? Tant de questions se bousculent dans ma tête et m'oppressent. Lorsque la voiture s'arrête devant cette résidence que je connais bien, je suis toute tremblante. Je paie ma course et remercie le chauffeur. Je prends une profonde inspiration et monte les escaliers. Lorsque je me décide enfin à frapper à sa porte, je réalise qu'il pourrait être à son bureau, ou alors pire, ce pourrait être une fille horriblement belle qui m'ouvre. Au bout de quelques secondes pendant lesquelles rien ne se passe, je m'apprête à faire demi-tour quand j'entends enfin le bruit de son verrou. Mon cœur palpite follement. Je retiens mon souffle et le découvre, enroulé dans une serviette, encore dégoulinant. Je comprends qu'il était sous la douche quand il m'a entendue frapper. Seul ? Il m'observe un instant, stupéfait. Il me détaille de la tête aux pieds comme s'il voulait s'assurer que je suis bien là et, en un battement de cils, il reprend une expression impassible.

– Qu'est-ce que tu fais là ?

– J'ai une question.

– Je t'écoute, répond-il l'air distant, tout en continuant à se sécher les cheveux.

– Pourquoi moi ?

Je brandis alors cette lettre que je connais maintenant par cœur. Dès qu'il la reconnaît, il devient livide. Son regard va et vient entre elle et moi, il essaie de jauger ma réaction.

Il prend un instant qui semble durer une éternité et se lance enfin :

– Mais je ne sais pas pourquoi toi… Tu rencontres des milliers de gens qui ne font que combler ton temps, jusqu'au jour où tu tombes sur LA personne, celle qui le suspend, celle qui souffle un vent de magie sur ta vie.

Son pouvoir est tel que tu ne verras plus jamais les choses de la même manière après elle. Et cette personne, c'est toi. Je n'y peux rien, je ne peux pas lutter. Je peux seulement succomber, avoue-t-il avec sincérité.

Je le sens fébrile, inquiet par ma réaction. Je lui souris amoureusement et m'avance lentement vers lui.

– C'est exactement ce que je voulais entendre.

Je passe mes bras autour de sa nuque, le fixe intensément pour qu'il puisse lire dans mes yeux que je lui appartiens à tout jamais.

– Tu as gagné, j'ai succombé, ajouté-je avant de l'embrasser tendrement sur les lèvres.

Dès que nos bouches entrent en contact, c'est l'explosion. Il n'y a plus de retenue, tous les verrous ont sauté. On peut être nous sans détour et se donner l'un à l'autre sans réserve. Je le laisse me posséder. C'est fou comme il m'a manqué. Nous traversons son appartement, le feu au corps et nos lèvres scellées. Lorsqu'il me dépose sur son lit, il me contemple tendrement.

– Ça veut dire que tu restes ? demande-t-il, une lueur dans le regard que je n'avais encore jamais décelée jusque-là.

Quel gâchis !

– Pour toujours, souris-je.

Il m'embrasse de plus belle et je fonds littéralement sous son corps.

– Attends... Attends...

Il s'interrompt, son visage à quelques centimètres du mien, haletant.

– J'ai quelque chose à te dire avant.

Il fronce les sourcils, impatient que j'assouvisse sa curiosité.

– Je... Je t'aime, Chase.

Je crois que je me souviendrai *ad vitam æternam* de cet instant. Il ferme les yeux comme s'il voulait laisser couler ces deux mots dans ses veines et savourer l'effet qu'ils lui procurent.

– Si tu savais le nombre de fois où j'ai rêvé de ce moment. Je n'ai jamais pensé qu'il pourrait être aussi parfait, me confie-t-il.

Il dépose de doux baisers sur mes lèvres avant de me regarder droit dans les yeux.

– Moi aussi je t'aime et je te fais la promesse de me battre chaque jour pour que tu ne l'oublies jamais.

Je colle ma bouche à la sienne. Je me délecte des sensations dont il me comble à chaque seconde. Il n'y a que lui qui puisse me redonner vie. Je me laisse aller, je veux me donner à lui de toutes les façons et, pour la première fois, nous faisons l'Amour.

Après, alors que nous sommes tous les deux allongés dans son lit, Chase me caresse les épaules, un brin songeur.

– Qu'est-ce que tu vas faire, maintenant ?

– Je n'en sais rien.

– Et ton boulot ?

– J'ai transmis mon dernier dossier à un confrère et j'ai envoyé ma démission à ton père.

– Mais tu en rêvais de ce poste.

– Oui, mais j'ai encore plus rêvé de vivre avec toi. Tu devrais être flatté, tu l'emportes !

– Je le suis... C'est quoi la suite ?

– Peu importe, je trouverai bien un truc à faire par ici.

– Alors c'est officiel, tu restes à Los Angeles.

– Je vais devoir demander à Caroline de m'envoyer toutes mes affaires, mais oui... Tu vas devoir me supporter.

– Mais quel fardeau ! plaisante-t-il en m'embrassant. La meilleure responsabilité que l'on m'ait jamais donnée, rajoute-t-il.

– Quel romantique !

– Et encore, t'as rien vu ! renchérit-il en me chatouillant.

J'éclate de rire en me tortillant contre lui. Il me laisse prendre volontairement le dessus et quand je pose ma tête contre son torse, je réalise que j'ai enfin trouvé mon chez-moi. Quoi qu'il arrive, peu importent les difficultés que nous pourrons rencontrer, je veux toujours rentrer à la maison.

Fin

Épilogue
Deux ans plus tard.

– Tu es prête ? me demande Caroline.

Je me regarde une dernière fois dans le miroir.

– Plus que jamais !

Je me lève et me tourne vers ma meilleure amie. Les larmes lui montent aux yeux.

– Tu es magnifique ! dit-elle, un sanglot dans la voix.

– Arrête ou bien les deux heures que tu viens de passer à me maquiller n'auront servi à rien.

– Mais je ne pleure pas ! ment-elle en reniflant.

– Et voilà, rétorqué-je en essayant de limiter le massacre.

– Lève les yeux au ciel... Lève les yeux au ciel... me conseille Caroline.

Je souris et choisis plutôt de la prendre dans mes bras. Nous sommes vite rejointes par ma mère qui entre dans la tente, là où nous nous sommes préparées.

– Dieu du ciel ! Je suis sans voix, s'écrie-t-elle. Quand ton père va te découvrir, arme-toi d'un mouchoir, il va saboter ton maquillage, sois-en sûre.

– J'ai bien l'impression que vous êtes tous décidés à le bousiller, plaisanté-je.

Caroline me prend par la main et me conduit devant la psyché. Elle me laisse m'admirer tout entière, dans ma robe.

– Toi la première.

Quand j'aperçois mon reflet, l'émotion monte en moi. J'ai choisi une robe longue et droite, style année vingt, en dentelle. J'ai coiffé mes cheveux en chignon sur le côté, agrémenté d'une énorme fleur écarlate.

Caroline m'a maquillée assez sobrement, accentuant plutôt mes lèvres pulpeuses avec un joli rouge. L'effet est prodigieux. Je suis exactement ce que je voulais être, une belle mariée. Mon père entre en trombe dans la tente.

– Vous êtes prêtes ? On va finir par être en retard, annonce-t-il en remettant ses boutons de manchette.

Lorsqu'il lève la tête dans ma direction, ses yeux brillent. Il reste là, interdit, sous le coup de l'émotion.

– Ma fille… Tu es… Tu es époustouflante. L'homme qui t'attend là-bas va tomber amoureux pour la deuxième fois. On y va ?

– Vous voulez bien me laisser seule une minute ?

Ma famille quitte la tente et je m'avance devant le miroir. Je caresse, sur le haut de ma poitrine, les mots gravés sur ma peau.

– Je te fais honneur, Luke, je vis.

Puis je me retourne pour enfin retrouver mon père et m'accrocher à son bras. Alors que nous quittons la tente, il me lance un dernier regard.

– J'ai espéré ce moment toute ma vie. Si tu savais comme je suis fier de toi, de la femme que tu es devenue. Je m'apprête à te donner à un homme qui t'a rendu le sourire, le goût de vivre et l'envie d'aimer à nouveau, tout simplement. Il te rend heureuse et rien que pour ça il a mon entière bénédiction. Je suis fier de voir ma fille devenir une femme. Je suis un père comblé.

– Merci, papa, sangloté-je. Je t'aime.

– Oh moi aussi je t'aime ! Maintenant, allons te marier ! dit-il en séchant mes larmes comme il l'a toujours fait.

Je m'avance au bras de mon père, dans cette allée ornée de fleurs. Tous nos amis, tous ceux qu'on aime sont là et me regardent marcher vers celui qui va devenir mon mari. Il m'attend près de l'autel, Ridge derrière lui, Caroline de l'autre côté, et en fond, la mer. Nous avons choisi le Mexique pour nous promettre l'éternité. Cette plage, c'est un peu là où tout a commencé et il nous paraissait évident que c'était ici que nous devions nous dire « Oui ». Je regarde Chase, tellement magnifique dans son smoking gris. Il essaie de dissimuler ses larmes entre son pouce et son index, et moi, derrière mon voile. Je crois que nous n'arrivons toujours pas à réaliser que nous sommes sur le point de nous jurer l'infini pour seule limite. Mais nous y sommes prêts depuis si longtemps que nous sommes impatients. Mon père s'arrête à quelques mètres de l'autel, relève mon voile et m'embrasse tendrement sur la joue. Je lui souris et lui répète à quel point je l'aime puis je m'approche enfin de Chase. Je prends sa main et le regarde dans les yeux.

– Tu es si belle.

– Toi aussi.

– Je t'ai déjà dit à quel point j'étais chanceux ?

– Non. Mais tu as toute une vie pour le faire, réponds-je en lui adressant un clin d'œil.

Puis nous nous retournons face à celui qui va nous marier, Tobby. Il sourit, il est tellement fier d'officier lors de cette cérémonie. Nous sommes tombés d'accord sur le fait que ça ne pouvait être que lui.

– Amis, famille, merci d'être venus aussi nombreux pour assister au mariage de Chase et Alyssa. Je suis sur le point de marier mon frère à sa belle fiancée. Pour moi, ce sont les deux meilleures personnes au monde. Je suis honoré de célébrer leur union aujourd'hui et très ému aussi.

Chase a vraiment dû faire le parcours du combattant pour qu'Alyssa se décide à lui ouvrir son cœur. Mais je sais que c'est le plus beau combat qu'il ait mené, je le sais parce qu'il me l'a dit. Quand j'ai vu Alyssa la première fois, je savais qu'elle était faite pour lui, mais je ne savais pas que j'allais trouver en plus une amie, ma meilleure amie. Leur histoire d'amour est à ses débuts, et pourtant, ils ont dû traverser bien des épreuves déjà. Je crois, avec le recul, que c'est pour mieux apprécier la chance qu'ils ont de s'être trouvés. Votre amour est suffisamment solide pour braver les tempêtes, traverser les déserts. Aujourd'hui, vous vous liez l'un à l'autre, ce n'est qu'une formalité devant les gens qui vous aiment parce qu'au fond vous l'êtes depuis le premier jour. Vous avez décidé d'écrire vos vœux. Chase, tu commences ?

Je me tourne vers Chase qui sort un papier de sa poche, il se racle la gorge une seconde et commence la lecture.

– Alyssa, je veux que notre vie, que l'amour que je te porte soit l'écho de ce moment. Doux et chaud comme le sable sous nos pieds, léger et envoûtant comme la brise qui virevolte dans tes cheveux. Tu as accepté d'emprunter cette longue route à mes côtés, de me laisser être le passager de ta vie et crois-moi, je t'en suis reconnaissant, mais n'aie jamais peur de regarder dans le rétroviseur, de te réfugier dans le passé quand le besoin s'en fait sentir, tant que je suis ton présent et qu'on construit notre futur tous les deux. J'accepte de ne pas être le premier si tu me promets que je serai le dernier.

Les larmes ruissellent sur mes joues, je prends sa main dans la mienne et la serre tout en le regardant dans les yeux. J'articule silencieusement les mots *« Je te le promets »* et me tourne vers Caroline pour qu'elle me donne mes vœux à son tour. Je déplie le papier et essaie de garder mon calme.

– Quelqu'un m'a dit un jour, quand les sentiments sont trop forts et les mots pas assez, les chansons peuvent parfois exprimer ce que l'on ressent.

« Doux amour, doux amour
Piégée dans ton amour
Je me suis ouverte, sans être sûre de pouvoir faire confiance
Mon cœur et moi avons été ensevelis sous terre
Libère-moi, libère-nous
Tu es tout ce dont j'ai besoin quand je te prends dans mes bras
Si tu pars cette nuit, j'en souffrirai
J'ai trouvé un homme à qui je peux faire confiance
Et mec, je crois en nous
Je suis terrifiée d'aimer pour la deuxième fois
Ne vois-tu pas que je suis prisonnière de ces chaînes ?
J'ai finalement trouvé mon chemin
Je suis liée à toi. Trop, trop jeune,
J'ai fait face, seule
Les murs que j'ai construits sont devenus ma demeure
Je suis forte et je suis sûre qu'un feu brûle en nous
Doux amour, si pur.
Je reprends juste mon souffle, nous sommes juste un cœur qui bat [17]. »

Chase essuie une larme avant qu'elle ne s'échappe et m'adresse un sourire tellement irrésistible qu'avant que Tobby ne nous déclare mari et femme, mes lèvres s'écrasent déjà sur les siennes, faisant rire l'assemblée.

La nuit est tombée, le repas est terminé. J'ai le sentiment que le temps s'emballe alors que tout ce que je souhaite, c'est profiter de cette soirée encore et encore. Le DJ nous demande de rejoindre le centre de la piste de danse pour ouvrir le bal. Je souris, le choix de la chanson est une surprise pour Chase. Il me jette un regard en coin quand je m'approche de lui et je lève les yeux au ciel de manière désinvolte. Il prend ma main et me serre contre lui.

– Tu as choisi *What a wonderful world* [18] pour notre première danse ? demande-t-il, étonné.

17. *Bound To You*, Christina Aguilera, 2010.
18. *What a wonderful world*, Louis Armstrong, 1967.

– Absolument ! Écoute… On dirait qu'il décrit la vie comme je la vois depuis que tu es entré dans la mienne.

Il pose sa joue contre ma joue et nous dansons, laissant les paroles de cette chanson nous envelopper.

– C'est le plus beau jour de ma vie, me confie-t-il.

– Le mien aussi, réponds-je avec émotion.

– Je t'aime tellement que je n'aurai pas assez d'une vie pour être rassasié de toi.

Je prends son menton entre mon pouce et mon index, tourne son visage vers moi et l'embrasse jusqu'à la fin de la chanson, laissant même commencer la suivante.

– Tobby a été remarquable comme maître de cérémonie. Il a écrit ça tout seul ?

– Il avait les idées, je l'ai juste aidé à trouver les mots.

– Tu crois qu'il se plaît avec nous ?

– J'ai acheté une énorme villa sur les hauteurs de Los Angeles, il a son propre studio et Lisa peut lui rendre visite quand il veut, qu'est-ce qu'il voudrait de plus ?

– Tu crois ? demandé-je hésitante.

– Je te dis mot pour mot ce qu'il m'a répondu quand je lui ai posé la question.

Je ris de bon cœur, tout en continuant à tournoyer dans les airs.

– Et toi ? Ça te plaît ton métier de consultant pour une chaîne sportive ?

– On verra bien. Je me dis que j'ai toujours un pied dans le sport, je ne peux pas rêver mieux. Mais c'est à toi qu'il faut poser la question, madame Cooper. Tu as quitté un poste à plus de dix mille dollars par mois pour travailler dans un service juridique gratuit, payé au lance-pierre.

– Je me sens utile. J'aide ces gens tous les jours et je pense sincèrement avoir trouvé ma voie.

– Alors on ne change rien ?

– Absolument rien.

– Juste une chose.

– Laquelle ?

– Je veux que le nom de Cooper apparaisse partout, je veux que tout le monde sache que tu es ma femme et que je suis un veinard !

– Ça marche ! Tout ce que tu voudras, susurré-je en posant mes lèvres sur les siennes.

– Bien. Je crois qu'il est temps. Puis-je danser avec la mariée ? demande mon père galamment.

– Bien entendu. Je vous la confie. Prenez-en soin, répond Chase.

Je regarde mon mari s'asseoir près de son frère, le prendre par le cou, sans savoir ce qu'ils peuvent bien se dire. Je balaie du regard tous les gens qui sont présents aujourd'hui et je suis comblée. La vie m'a malmenée, c'est vrai, mais quand j'observe Chase, je me dis qu'elle m'a aussi fait un très beau cadeau. Un cadeau dont je compte prendre soin jusqu'à la fin de mes jours. Je suis prête à lui donner des enfants, mais avant de devoir le partager, égoïstement, je veux en profiter encore un peu. La maison dans laquelle nous avons emménagé, il y a un an maintenant, est assez grande pour accueillir une équipe de football américain, mais avant, je veux parcourir le monde à ses côtés afin de pouvoir m'asseoir au coin du feu dans quelques années et raconter nos belles aventures à notre progéniture. Mais d'abord, prenons le temps de vivre.

Épilogue – Luke

Je suis jaloux de la pluie
Qui coule sur ta peau
Elle est encore plus proche que mes mains ne l'ont jamais été
Je suis jaloux de la pluie
Je suis jaloux du vent
Qui s'invite sous tes vêtements
Il est encore plus proche que ton ombre
Oh je suis jaloux du vent parce que…

Je t'ai toujours souhaité
Tout ce qu'il y a de meilleur dans le monde
Et je t'ai dit quand je t'ai quittée
Qu'il n'y avait rien à pardonner
Mais j'ai toujours cru que tu reviendrais,
en me disant que seule, tu n'avais trouvé
Qu'une peine de cœur et du désespoir
C'est dur pour moi de l'avouer, mais je suis jaloux
De te voir heureuse sans moi

Je suis jaloux de ces nuits
Que je ne passe pas avec toi
Je me demande qui dort à tes côtés

Oh, je suis jaloux de ces nuits
Je suis jaloux de l'amour
De cet amour que l'on avait
Et que tu donnes désormais à un autre
Oh je suis jaloux de l'amour parce que…
…/…

Pendant que je m'enfonce dans le sable
Je te regarde glisser entre mes mains
Oh, pendant que je meurs ici un jour de plus
Car derrière ce sourire, je ne fais que pleurer.
C'est dur pour moi de l'avouer, mais je suis jaloux
De te voir heureuse sans moi [19].

Je l'ai tellement chantée en boucle, cette chanson de *Labyrinth*.

Je t'ai vue évoluer, je t'ai vue te battre, je t'ai vue tout mettre en œuvre pour ne pas m'oublier, et puis je t'ai vue tomber amoureuse d'un autre. Je reconnais que j'ai été jaloux de le voir te toucher quand moi j'en étais privé, mais j'ai vu naître ce sourire, celui qui m'a tant manqué, et là, j'ai été soulagé. Je me suis rendu compte qu'il ne m'avait pas volé ma place parce que je sais que je serai toujours niché dans ton petit cœur, mais lui, il a le pouvoir de te faire rire, de te faire te sentir aimée, tout ce que moi je ne peux plus te donner.

Aujourd'hui, te voir devenir la femme d'un autre ne me fait ressentir aucune amertume, au contraire, je suis heureux que tu puisses vivre ce moment que je n'ai pas eu le temps de t'offrir. En fait, avec le recul, c'est sans doute parce que tu devais vivre quelque chose d'exceptionnel, de sensationnel, à la hauteur d'Alyssa Conrad.

Alors est venu pour moi le temps du lâcher-prise et de faire ce que je sais faire de mieux : veiller sur toi. Je serai

19. *Jealous*, interprété par Labyrinth.

toujours là, fort comme le vent, mais discret comme le bruit de la pluie. Tout s'envole et tout disparaîtra sans doute un jour, sauf l'amour que j'ai pour toi.

Je raccroche, maintenant, Yale.

Fin, pour de bon cette fois

Remerciements

Cette suite, on l'aime ou on ne l'aime pas. Quoiqu'il en soit, elle met un point final à l'histoire de Yale et de Luke aussi. J'ai cru pouvoir l'écrire en trois mois mais il m'aura fallu un an. Une année difficile, éreintante, pleine de doutes ; j'ai souvent eu envie de tout envoyer valser et d'abandonner. Alors, un merci à mes amies qui ont toujours été là pour me pousser, me bousculer et me secouer quand j'ai eu envie de baisser les bras et c'était une habitude. Je pense tout naturellement à Nathou et Caro, bien sûr mais aussi à Sandrine Dangriaux, Marie Berthelot, Marie-José Zapatero, Odré Flament, Pauline Pawlowski, Manon Azzarelli, Deborah Daguerre.

Merci aussi à Mila Marelli et Emily Jurius d'avoir lu mes premiers chapitres et de m'avoir donné envie de continuer.

Merci à Sylvie, mon éditrice, d'avoir accepté cette idée farfelue. Et merci bien sûr à celui qui a donné l'impulsion à cette suite, qui m'a aidée à me sentir prête pour retrouver mes personnages, Hugues de Saint Vincent. Il n'aura pas eu le temps de voir le résultat mais je reste convaincue que sans lui, elle n'aurait jamais vu le jour. Merci d'avoir pris le temps de m'écouter et de m'avoir donné ma chance.

Je ne l'oublierai jamais et je serai toujours reconnaissante pour ça.

Un merci spécial à ma famille, mon chéri et mes filles, d'accepter que parfois écrire, corriger ou relire prenne tout mon temps.

Un dernier merci à tous les lecteurs de « Si seulement » qui m'ont soufflé l'idée d'écrire la suite.

DÉCOUVREZ LES AUTRES TITRES DE LA COLLECTION HUGO NEW ROMANCE®

Adèle Ninay

Pas nés sous la même étoile

Hugo Roman